Nana Chiu

Der Gott der Rosen und der Dornen

Drachenmond Verlag

Copyright © 2018 by

Drachenmond Verlag GmbH
Auf der Weide 6
50354 Hürth
http: www.drachenmond.de
E-Mail: info@drachenmond.de

Lektorat: Lillith Korn
Korrektorat: Sabrina Uhlirsch
Satz: Marlena Anders
Layout: Astrid Behrendt
Umschlagdesign: Alexander Kopainski
Bildmaterial: Shutterstock

Druck: Booksfactory

ISBN 978-3-95991-888-6
Alle Rechte vorbehalten

1

Heute ist der 20. August – der Tag, an dem ich mein Leben ruinieren werde.

Natürlich wünsche ich mir, dass alles ganz anders ausgeht, wie Bücher es tun – mit einem Happy End, aber wenn Wünsche allein reichen würden, so wäre meine Mutter noch am Leben, Pluto ein Planet und ich würde nicht die Zeitung mit den Stellenanzeigen mit mir herumschleppen.

Andreas anerkennendes Lächeln verpufft, sobald ich mein Buch mit auf die Theke lege. »Florine«, seufzt sie.

Mit einem gleichermaßen gequälten Seufzer sage ich mir: *Flo, du bist erwachsen. Du weißt, was zu tun ist.* Die Entscheidung ist lächerlich einfach, nicht wahr?

Die Türglocke reißt mich aus der wundervollen Geschichte über ewige Liebe, übernatürliche Kämpfe und unmögliche Opfer und für ein paar Sekunden schlägt mir das Herz fast aus der Brust heraus. Ist er schon zurück? Andrea liest mein Gesicht wie ein Bilderbuch und presst ihre Lippen zu einem winzigen, mitleidigen Lächeln zusammen.

Es ist bloß eine Kundin.

Ich helfe erst seit drei Monaten im *Dornröschen* aus, habe jedoch immer bemerkt, wenn jemand zum ersten Mal hier ist. Vor allem bei den Bräuten.

»Neuling auf zehn Uhr«, flüstere ich Andrea zu. Wir beobachten die junge Frau, die sich ihr Handy und die Handtasche an die Brust drückt und sich mit großen Augen umschaut. So muss ich am ersten Tag auch ausgesehen haben, denn der bekannteste Blumenausstatter für Hochzeiten meiner Stadt heißt *Dornröschen* und liegt ausgerechnet an einem Friedhof. Die Adresse hatte sich wie ein böser Witz in der Stellenausschreibung gelesen, die Andrea mir damals mitgebracht hatte. In der Realität erwartet dich ein schiefergraues Gebäude, das von immergrünen Hecken und dem Friedhofstor eingerahmt wird. Und natürlich die Frage: Bringt es nicht Unglück, Friedhofsblumen auf der eigenen Hochzeit zu tragen?

Der Kundin geht wohl die gleiche Frage durch den Kopf. Sie weicht in kleinen Schritten rückwärts zur Tür. Dabei behält sie die Eimer mit den Rosen und den Hortensien im Auge, als könnte jederzeit ein Geist daraus schweben.

Andrea hüstelt, um ihr Lachen zu verbergen, und setzt mir das Rosengesteck auf, an dem sie die ganze Zeit gearbeitet hat. Die Blüten sind seidig unter meinen Fingern – eine Rosenkrone. Andrea hat nämlich keine Bedenken, was ihre eigene Hochzeit betrifft.

»Für dich?«, frage ich schnell, während sie mich Richtung Kundin schiebt.

»Für die Brautjungfern. Und jetzt geh. Ich hab noch zu tun.«

Ich setze mein strahlendstes Lächeln auf. Memo an mich: nach Stellenanzeigen für Rezeptionistinnen suchen. »Hallo, ich bin Florine. Wie kann ich Ihnen helfen?«

Die Kundin sieht die Blumenkrone an und sagt nur: »Oh!« Entschlossenheit strahlt aus ihrem Gesicht. Schleier vs. Blumenkrone: null zu eins! »Ich habe einen Termin.« Sie kramt in ihrer Handtasche und holt ein zerknülltes Stück Papier heraus. »Mit Herrn Fährmann?«

Augenblicklich friere ich mein Lächeln fest, damit mein Herzschlag es nicht abschüttelt. »Einen Augenblick bitte.«

Nachdem ich die zukünftige Braut zu einem Gartentischchen mit den neusten Brautzeitschriften und *Dornröschens* eigenem Portfolio gebracht habe, laufe ich zu Andrea. »Sie will zum Chef! Kannst du ihn holen? Bitte!«

Andrea hebt eine Augenbraue und arbeitet unbeindruckt weiter. Sie lacht. »Stell dich nicht so an und hol ihn selbst.«

»Aber Andrea!«

»*Aber Andrea* muss noch zwei Sträuße für den Termin in zehn Minuten binden. Er wird dich schon nicht fressen.«

Ich bin mir da, ehrlich gesagt, nicht so sicher. Am liebsten würde ich mich auf die Theke oder gleich auf den Boden werfen, um all die Aufregung und den Frust aus mir herauszustrampeln wie eine Zweijährige, der man den falschen Lolli gekauft hat.

»Und, wo ist er?«

»Am üblichen Platz.«

Seufzend schlurfe ich zur Hintertür und trete auf den Friedhof hinaus. Die Stille und der pudrige Duft von Schleierkraut wickeln mich mit ihrer Weichheit ein. Ich strecke mein Gesicht den spätsommerlichen Sonnenstrahlen entgegen und atme ganz tief durch.

»Am üblichen Platz« ist ein Ort, den ich inzwischen mit verbundenen Augen finden kann. Ich laufe über das Moos am Rand des Weges, um meine Schritte – und hoffentlich meinen Herzschlag – zu dämpfen. Eine Biene schwirrt träge an meinen Augen vorbei und macht einen Schlenker. Sie verkriecht sich summend in einer der Rosenblüten auf meinem Kopf. Mittlerweile habe ich keine Angst davor, gestochen zu werden. Aus irgendeinem Grund tun sie das nie. Ich rede mir gerne ein, dass es an meinen Superkräften liegt und nicht daran, dass Bienen friedliche Tierchen sind.

Der Anblick des Rosengrabs presst mir wie immer die Luft aus der Lunge. ›Rosengrab‹ ist übrigens wörtlich zu nehmen: Ein riesiger Rosenstrauch drückt einen einfachen Grabstein nieder, sein Stamm so dick wie mein Arm und jeder Blumenkopf perfekter als ein bearbeitetes Bild. Seine Rosen sind weder weiß noch rosa oder fliederfarben – es ist eine ausgewaschene Mischung aus allen drei Tönen. Ein Aquarellbild, das zu lange in der Sonne hing.

Sein Rücken hingegen zeichnet sich dunkel ab, der Kopf ist wie im Gebet gebeugt. Er sieht wie ein Mönch aus, der gedankenversunken in seinem Klostergarten arbeitet. Selbst seine kurz geschorenen Haare passen dazu – unnatürlich weiß wie Asche von Räucherstäbchen. Ob sie sich genauso weich anfühlen würden? Meine Hände zucken nach vorn, zu seinem seltsamen Haar. Wieder habe ich das Gefühl, dass er es erlauben würde. Dass ich sein Haar berühren dürfte. Es ist so lächerlich, ich könnte heulen! Jedes Mal, wenn wir allein sind, füllt sich die Luft zwischen uns mit etwas und mein Herz *weiß* ...

Schlussendlich weiß ich gar nichts und berühre stattdessen die Rosen auf meinem Kopf. Sie haben die gleiche Farbe wie die am Rosenstrauch. Die Biene krabbelt über einen meiner Finger und die Gänsehaut sprießt meinen Körper entlang. Ist es merkwürdig, Grabblumen zu tragen? Makaber?

Ich räuspere mich. »Herr Fährmann?«

Seine Schultern spannen sich augenblicklich unter dem schwarzen Sweatshirt an.

Ich beiße mir auf die Unterlippe. Habe ich ihn erschreckt? »Da ist eine Frau ... Ihr Termin ist da.«

Er seufzt und schneidet eine der perfekten Rosen ab. Seine Hände sind übersät mit frischen Einstichen und Blut. Hoffentlich hat er eine Tetanusimpfung.

»Herr Fährmann?«, wiederholt er. »Immer noch, Florine?«

»Tut mir leid. *Erik*.«

Der Name kommt mir kaum über die Lippen. Nicht, weil er mein Chef ist. Vier Buchstaben sind schlichtweg zu klein und zu banal, um ihn zu erfassen. Er ist einfach zu seltsam. Zu groß. Zu ... alles. Der Blick seiner blassgrauen Augen zu unwirklich und zu alt. Dabei sieht er nicht älter als dreißig aus. Ich habe ältere Professoren, die ich problemlos duzen kann.

Endlich steht er auf und klopft sich Blütenblätter und Erde von der Hose. Dann sieht er die Krone auf meinem Kopf und erstarrt.

Während ich von einem Fuß auf den anderen trete, greife ich nach der Rosenschere, die er mir entgegengestreckt hat. Obwohl ich lächele, zittern meine Lippen verräterisch. Sein Blick katapultiert mich durch die Zeit, zurück zu meinem Vorstellungsgespräch und ersten Arbeitstag. Damals hat er mich genauso angesehen. Als wäre *ich* der Geist einer Verstorbenen, der plötzlich durch die Tür spaziert ist. So sieht man Zombies an, nicht seine Angestellten.

Mit jedem Meter, der uns dem Ladenraum näher bringt, werden meine Hände um die Schere schwitziger. Wir gehen im Gleichschritt nebeneinander und die Stille sowie der Rosenduft tränken die Luft mit Feierlichkeit. Es fehlt nur noch ein weißes Kleid und wir könnten zum Altar schreiten. Mein Gesicht brennt, als hätte ich es mit Tabasco vollgeschmiert. Verflucht sei Andrea mit ihrer Rosenkrone und mein eigener alberner Verstand!

Schnell blicke ich auf die vorbeiziehenden Gräber. Namen und Zahlen in Stein, rotes Plastik und vertrocknete Blumensträuße. Auf einem Friedhof wartet kein Altar auf dich, höchstens ein frisch ausgehobenes Grab. Ich friere in Eriks Schatten. Meine Fingerspitzen jucken, ich möchte so gerne nach seiner Hand greifen. Eigentlich sah mein Plan ganz anders aus, aber das wäre der perfekte Augenblick. Wir sind allein. Jetzt könnte ich ihn fragen, ob er Zeit hat. Wofür auch immer, denn das Wort *Date* sind weitere vier Buchstaben, die nicht zu ihm passen wollen.

Später in der Pause ignoriere ich die Stellenanzeigen wie bereits seit Tagen und versuche zu lesen. Die Wörter und Sätze entgleiten mir nach wenigen Sekunden und mein Blick landet zum hundertsten Mal im Ladenraum. Auf Erik, der einer weiteren Braut zu einer Märchenhochzeit verhilft. Sie ist nervös – das sind sie alle. Dann lächelt er, sagt etwas und es ist wie Magie: Sie sitzt aufrechter, als hätte man mehrere Tonnen von ihren Schultern gehoben. Als würde sie jeden Augenblick abheben. Abwesend lächele ich mit, wickle das Lesebändchen um meinen Zeigefinger, wickele es wieder ab …

Er blickt kurz zu mir und die Erinnerung an mein Vorhaben brennt durch meinen Körper: Heute werde ich vielleicht, sollte ich mich trauen, nach einem Date zu fragen, meinen verbliebenen Arbeitsmonat ruinieren. Schnell lese ich weiter. Verstecke mich zwischen den Seiten und ausgedachten Abenteuern.

»Behalt sie doch an.« Andrea zeigt mit dem Schlüsselbund auf die Krone.

»Ich weiß nicht.« Nervös streiche ich über die inzwischen weichen Blüten auf meinem Kopf.

Andrea lächelt und ich bilde mir ein, dass sie Bescheid weiß. Dass es ihre Art ist, mir zu sagen, dass es gut gehen wird. »Komm schon. Ist ja nicht so, als könntest du das jeden Tag tragen.«

Ich lasse die Hände sinken. Sie hat natürlich recht. Vielleicht trage ich nie wieder eine Blumenkrone. Erst recht nicht nach diesem Tag.

Von meinem Fahrrad aus winke ich Andrea zum Abschied. Der Fahrtwind hebt mein Haar in einer schwarzen, knisternden Wolke in die Höhe und reißt einige Blütenblätter mit. Die letzten Sonnenstrahlen schieben ihre Finger durch Baumkronen und zwischen den Gebäuden hindurch, verfangen sich in meinem Haar. In zwei Wochen ist der August zwar zu Ende, der Sommer jedoch nicht. Wenn ich Glück habe, bleibt das Wetter noch bis zum Ende der Semesterferien schön. Ein denkbar schlechter Ersatz für einen richtigen Urlaub, aber vom Frühling abgesehen, liebe ich diese Zeit am meisten. Wenn die Sonne nicht mehr so heiß brennt und die Farben ineinanderschmelzen. Die ganze Welt schwillt mit Gerüchen, Früchten und Sehnsucht an, alles kurz vorm Zerbersten. So wie mein Herz. Das sind die letzten bittersüßen Sommertage, die ich deswegen so sehr liebe, weil sie das Ende ankündigen.

Sobald Andreas Auto an mir vorbeigerast ist, bremse ich ab und blicke schwer atmend auf den ausgeblichenen Asphalt. Das ist der Augenblick, auf den ich den ganzen Tag gewartet habe.

Die Fahrt zurück zum Blumenladen dauert zu lange und nicht lange genug. Eriks Auto steht noch da. Und was soll ich sagen? *Hi, Herr Fähr... nein! Hi, Erik, ich wollte fragen, ob du ... Nein, ich frage ja bereits. Willst du ...? Hast du Lust, mit mir ...?*

Das Tor zum Friedhof steht offen. Ich lehne mein Fahrrad an die Hecke und gehe um das Gebäude herum. *Sei zu*, schlägt die eine Herzkammer, *sei offen*, schlägt die andere. Der Griff der Hintertür ist heiß wie ein Bügeleisen. Schnell drücke ich ihn hinunter. Die Tür schwingt in meine Richtung, offenbart den dunklen Vorraum dahinter. Die Sonne brennt auf meine Haare, meinen Rücken.

Im Inneren ist es still und kühl. »Erik?«, rufe ich leise. Niemand antwortet. Der Ladenraum ist leer, die Tür zu seinem Büro angelehnt.

»Erik?«

Das Büro ist auch leer – insofern man diesen winzigen Raum so bezeichnen möchte. Jede Wand ist über und über mit Regalen voller Ordner gefüllt. Sogar unter dem winzigen Fenster und in kleinen Türmen um den Schreibtisch stapeln sich welche. Staubpartikel steigen in den Sonnenstrahlen auf wie Schnee über einer Miniaturstadt. Der einzige Hinweis auf Erik ist das Sweatshirt, das auf einem Ordnerstapel liegt. Ich hebe es auf, um es ordentlich zusammenzufalten, wobei mir auffällt, wie weich der Stoff ist. Reflexartig atme ich den typischen Rosenduft ein. Irgendwann, wenn ich alt und schrumpelig bin und irgendwo Rosen rieche, werde ich bestimmt an diesen Sommer denken – an Erik und diesen Moment. An den Tag, an dem ich ihm meine Liebe gestehen wollte.

Die Hintertür fällt ins Schloss und während ich panisch versuche, das Oberteil wieder auf dem Ordnerturm zu drapieren, bleibe ich mit dem Fuß an einer der Ecken hängen. Ich rolle mich schützend zusammen, als ich kopfüber in das Regal falle.

Mit einem erstickten Aufschrei lande ich in der Finsternis, höre das Klappern der Ordner und Papierrascheln – sonst nichts. Misstrauisch taste ich den Boden unter mir ab, bevor ich die Augen öffne. Ich habe keine Ahnung, wo ich bin, aber es ist eindeutig nicht Eriks Büro. Mein Blut wird kalt wie flüssiger Stickstoff. Die Dunkelheit um mich herum riecht nach Erde und ich muss an Keller, Höhlen und frische Gräber denken. Panisch schlucke ich gegen meine Übelkeit an, gegen das Verlangen, aufzuschreien. Was ist das für ein Ort?

Mein erster Gedanke: Ich bin durch den Boden gekracht und in einem geheimen Keller unter *Dornröschen* gelandet! Blinzelnd schaue ich nach oben – es klafft kein Loch über mir, und wenn ich über den Boden taste, finde ich lediglich zwei zerknickte Ordner und das unglückselige Sweatshirt. Wo bin ich? Liege ich bewusstlos in Eriks Büro und träume mir das zusammen? Werde ich gleich im Krankenhaus aufwachen? Mein Herz schlägt schneller.

»Erik?«, flüstere ich in die Dunkelheit hinein und greife nach meinem Rucksack, um das Handy zu holen. Etwas krabbelt über meine Hand und ich springe mit einem abgewürgten Schrei auf, schlage mit dem Sweatshirt gegen meine Arme und Beine, um jedwedes Getier von mir abzuschütteln. Fast bin ich versucht, mein Display einzuschalten, um den Boden zu beleuchten, aber der sieht bestimmt wie ein Teppich aus sich windenden, raschelnden Insekten aus! O Gott, denke bloß nicht an die eine Szene bei *Indiana Jones*!

Es schüttelt mich vor Gänsehaut und ich renne los, stolpere, renne weiter und warte regelrecht auf das Knirschen unter meinen Füßen, als liefe ich über verstreute Kartoffelchips. Ich höre bloß meine Atemzüge, meine Schritte auf der weichen Erde und meinen viel zu lauten

Herzschlag. Und dann das Rauschen von Wasser. Ich bleibe stehen. Vorsichtig setze ich einen Fuß vor den anderen und betrete eine riesige Höhle. Es ist hell darin, das Wasser leuchtet wie unter Schwarzlicht. Mit dem Smartphone in der Hand trete ich näher heran, beobachte den leuchtenden Fluss, der sich quer durch die Höhle windet. Ein Keller ist das ganz bestimmt nicht.

»Hast du dich auch verlaufen?«

Wie oft habe ich jemanden sagen hören, ihm wäre das Herz stehen geblieben. Ich habe es immer für eine Metapher gehalten. Doch in diesem Moment atme ich ein und aus, ein und aus, während mein Herz kein einziges Mal schlägt.

Ich wirbele herum und mein Handy knirscht in meiner Umklammerung. Ein Kind steht neben mir, streicht über das Stofftier in seinem Arm und schaut mich ausdruckslos an. Sofort mache ich einen großen Schritt nach hinten, denn ich bin nicht blöd und erkenne einen Horrorfilm, wenn ich einen sehe.

»Verstehst du nicht, was ich sage?« Das Kind runzelt die Stirn.

»Ich verstehe dich«, quetsche ich hervor.

»Du hast Angst«, sinniert es und streichelt erneut über das Stofftier. Ich kann nicht einmal sagen, ob es ein Junge oder ein Mädchen ist, dafür hat es wenigstens keine langen schwarzen Haare. »Du hättest auch dein Kuscheltier mitnehmen sollen.«

»Ich bin zu alt für so was.« Obwohl es mit der Angst mehr recht hat, als mir lieb ist.

Das Kind rückt das Kinn vor. »Ich wollte dir eigentlich kurz Mopsi geben, aber jetzt kriegst du sie nicht.«

Das graurosa Schweinchen sieht mich herablassend aus den matten Augen an.

Pah! Ich halte das Sweatshirt hoch. »Ich habe dafür einen Schutzanzug!« Und weil es eisig kalt vom Fluss herüberweht und ich aus offensichtlichen Gründen Gänsehaut bekommen habe, ziehe ich es über.

Das Kind nickt anerkennend. »So einen hatte ich auch, aber ich konnte nur Mopsi mitnehmen.«

»Wohin denn mitnehmen?«

»Hierher.«

Mein Blick wandert vom Fluss zum Kind und den dunklen Schatten entlang der Höhlenwände. Bestimmt ist es verwirrt. »Und von wo kommst du? Wo warst du vorher?«

»Im Krankenhaus.«

Es gibt tatsächlich ein Krankenhaus in der Nähe, aber wie ist das Kind ausgerechnet hier gelandet? Und wo wir schon dabei sind: Wie bin *ich* hier gelandet?

Wir starren uns eine Zeit lang an und mit jeder Sekunde fühlt sich das Ganze tatsächlich wie ein Traum und das Kind weniger gruselig an. Stofftier hin oder her, bestimmt hat es mehr Angst als ich und etwas klickt in mir, überlagert meine eigene, damit ich uns beide hier sicher herausbringen kann. Ich zeige in die Richtung der Strömung. »Wenn man sich verirrt, sollte man immer flussabwärts gehen. Suchst du nach deinen Eltern?«

»Nein, ich suche Oma und Opa. Und Leonie.«

»Deine Schwester?«, frage ich höflich nach.

»Nein.« Es runzelt die Stirn. »Unsere Katze.«

»Und wie heißt du?«

»Luka.«

Luka fragt mich nicht nach meinem Namen. Wir gehen schweigend los, folgen dem Flüstern des Flusses. Mein Gehirn droht mit Selbstzerstörung, wenn ich weiter nach einer logischen Erklärung dafür suche, warum ich an einem unterirdischen Fluss mit einem fremden Kind ausgerechnet nach dessen Großeltern und Katze suche. Stattdessen halte ich mein Handy hierhin und dorthin, aber natürlich gibt es keinen Empfang. Nicht einmal eine Möglichkeit, die Polizei zu rufen.

»Da sind sie ja!«

»Was? Wo?« Ich sehe mich wild um, aber weit und breit ist niemand zu sehen. Und dann sehe ich, wohin Luka zeigt – auf das Wasser. Das Flüstern wird lauter, obwohl die Strömung langsamer zu werden scheint. Auf der leuchtenden Oberfläche erscheinen Schatten und Formen. Ein Arm gleitet geisterhaft nach oben und winkt. Luka winkt mit dem breitesten Grinsen zurück. »Opa! Oma!«

Mein Smartphone schlittert zu Boden, als zwei Gesichter das Wasser durchbrechen und uns anlächeln. Ein Mann und eine Frau stehen mitten im Fluss, ihre leuchtenden Gesichter rund und runzlig vom Lächeln. Irgendwo schnurrt tatsächlich eine Katze.

Luka macht einen Satz zum Fluss, will sich in die Strömung stürzen. Aber egal wie freundlich die beiden alten Menschen lächeln, sie bestehen immer noch aus diesem gespenstischen Licht.

»Nein!« Ich greife nach ihm, bevor er in das gruselige Wasser fallen kann, und für einen Augenblick glaube ich, es geschafft zu haben. Meine Hände gleiten jedoch durch den Körper, schneiden durch ihn hindurch, durch das Plüschschweinchen, und Luka sinkt lautlos ins Wasser, in die Arme seiner leuchtenden Großeltern.

Wieder falle ich, knalle schmerzhaft mit den Knien auf das steinige Ufer und kann mich gerade noch mit den Händen abstützen. Meine Haare schwappen nach vorne und berühren die leuchtende Oberfläche. Kälte durchschießt meinen Körper und ich rutsche schnell zurück. Der untere Teil meiner Haare knistert und wird im Zeitraffer weiß, bevor er zu glitzerndem Staub zerfällt.

Schritte knirschen auf dem steinigen Untergrund. Jemand rennt auf mich zu. Eine viel zu heiße Hand schließt sich um meinen Oberarm und ich ziehe erschrocken die Luft ein.

»Es geht schon«, sage ich schnell und versuche mich aus dem Griff zu winden. »Ich bin nur hingefallen.«

Der Fremde zieht mich trotzdem auf die Beine, als wäre ich federleicht. In dem Flusslicht sieht sein Gesicht wie ein Puzzle aus gespenstischen Schatten aus. Bei seinem Anblick reißt in meinem Inneren etwas ab und fällt und fällt und fällt. Ich möchte wegsehen, aber ich habe Angst. Auch wenn er wie ein Mensch aussieht, weiß ein grundlegender Teil von mir sofort, dass er keiner ist. Es ist *etwas anderes*. Ein Roboter? Ein Alien? Ein Monster im Menschenkostüm? Die Wörter kreisen in meinem Kopf, versuchen vergeblich auf dem Ding, das mich festhält, haften zu bleiben. Sehen so Serienmörder aus, bevor sie jemanden umbringen? Wo führt er mich hin? Erneut ziehe ich an meinem Arm, um mich zu befreien, aber der Griff des Fremden lässt keinen Millimeter nach.

»Was soll das?« Meine Stimme trägt nichts von der Wut, die ich empfinde, sie klingt so winzig klein. »Lass mich los!« Ich stemme mich gegen den Griff und schaue mich um. Aus der Dunkelheit lösen sich drei weitere Gestalten und jeder Albtraum, jede Nachrichtenmeldung scheint in dem Augenblick wahr zu werden. Mein Herz zieht sich zu einem winzigen Eisklumpen zusammen. Wer sind sie? Und was wollen sie von mir? Meine Lippen beginnen unkontrolliert zu zucken und ich klammere mich an die einzig logische Erklärung, die wie eine kaputte Schallplatte in meinen Gedanken spielt: ein Traum, ein Traum! Es muss ein Albtraum sein!

Die anderen drei Männer treten näher, ihre Gesichter werden vom Fluss beleuchtet. Der Anblick ihrer identischen, maskenhaften Gesichter lässt mich erstarren. Zu spät sehe ich, wie nah sie bei mir stehen. Sie erwischen meinen anderen Arm und ich reiße mit aller Kraft daran, bis etwas in meiner Schulter nachgibt, kratze und trete wild um mich. Ich könnte genauso gut gegen Steinsäulen kämpfen. Tief in meiner Kehle steckt ein Schrei fest, wächst zu einem Brüllen heran.

Etwas schlägt hart zwischen mir und den grauenhaften Zombiemännern ein. Ich schrecke vor den gefletschten Zähnen und den blutunterlaufenen Augen zurück. Mein Schrei kämpft sich endlich frei und verliert sich im Knurren des riesigen Hundes. Ich warte darauf, seine Zähne in meinem Fleisch zu spüren, auf den reißenden Schmerz. Der Hund verbeißt sich jedoch im Arm des ersten Fremden. Das Knacken und Platzen hallt von den Höhlenwänden wider. Einer meiner Arme ist endlich frei und ich halte mir die Hand vor den Mund, um meine Übelkeit zurückzuhalten. Ein abgetrennter Unterarm fällt mir vor die Füße und mein Schrei prallt heiß und feucht gegen meine Handfläche.

Jemand greift von hinten um meinen Bauch herum und zerrt mich von dem Hund und dessen Massaker weg. »Ich bin es.«

Meinen nächsten Schrei schlucke ich hinunter. Erik stößt mich hinter sich.

Erik?

Ich will ihn vor den Männern warnen, ihn bitten, die Polizei zu rufen, mich wegzubringen – irgendetwas, um diesem grauenhaften Moment zu entkommen. Die Erde erzittert und die Worte rollen sich wie tote Blätter ein und verstopfen mir den Mund.

Mit absoluter Klarheit weiß ich plötzlich, dass es ein Traum ist. Mein Herz schlägt in Zeitlupe, stolpert beim Anblick von Eriks Rücken. Die Erde zittert immer noch, vibriert meine Knochen hoch, und der Boden reißt auf, als hätte jemand einen unsichtbaren Reißverschluss geöffnet. Die schwarze feuchte Erde darunter bewegt sich wie ein kauender Mund und verschluckt den ersten der albtraumhaften Männer. Kaut, öffnet sich wieder. Das alles sehe ich nur im Hintergrund, irgendwo ganz weit hinten. Denn ich kann meine Augen nicht von Eriks Händen abwenden, die die Bewegungen imitieren.

Moment, nein. Sie dirigieren! Und als einer seiner Finger nach oben zuckt, stolpere ich nach hinten, als knochenweiße Wurzeln aus dem Boden hochschießen, einen weiteren Mann einfangen und in den kauenden Schlund hinunterziehen. Alle vier verschwinden lautlos in der Erde.

Mit einem letzten zittrigen Nachhall schließt sich der Boden. Alles, was bleibt, sind die verstreuten Blütenleichen meiner Krone. Daneben sitzt der riesige dreifarbige Hund und blickt mich hechelnd an. Kein einziges Geräusch durchdringt die Stille. Als hätte die Erde den ganzen Sauerstoff mitverschluckt.

Ich öffne meinen verklebten Mund, um irgendetwas zu sagen – irgendein Zauberwort, um mich selbst aus diesem Horrorfilm aufzuwecken. Mein Mund füllt sich mit Speichel und Salz, bis ich mich schließlich übergebe. Mein Mittagessen ertränkt die letzten Blütenblätter.

2

Ein Taschentuch erscheint zur gleichen Zeit vor meiner Nase, als eine warme und sehr schlabberige Hundezunge meine Hand abzulecken beginnt. Ich blicke vom Taschentuch zum Hund und weiß nicht, was ich tun soll. Mein Kopf ist wie leer gefegt. Wie Steppenläufer jagen drei Gedanken durch diese Hirnwüste:

Der Hund hat zwei verschiedenfarbige Augen.
Ich habe vor Erik gekotzt.
Es ist ein Traum.
Der Hund hat zwei verschiedenfarbige Augen.
Ich habe vor Erik gekotzt.
Es ist …
»Kein Traum«, sagt Erik.
»Was?«

Er sieht mich stirnrunzelnd an und drückt mir das Taschentuch in die Hände. Es ist aus Stoff, der Rand bestickt, und ich würde am liebsten kichern. Wer trägt heutzutage so etwas bei sich? Stattdessen drücke ich mein Gesicht in den weichen, fast durchsichtigen Stoff. Meine Tränen sickern augenblicklich durch, kleben an meinen Fingerspitzen.

Eriks Schatten fällt auf mich, hüllt mich und den Hund in Dunkelheit. Er drückt mir mein verdrecktes Handy in die Hand. »… ausziehen!«

»Was?« Entsetzt schüttle ich den Kopf. Ich soll *was* tun?

Seine Augen leuchten merkwürdig auf, obwohl sein Gesicht im Schatten liegt. »Zieh den Pullover aus«, presst er zwischen den Zähnen hervor. Er streckt zögernd seinen Arm aus und ich blicke auf seine

Finger, die das Licht des Flusses unheimlich reflektieren. Sehe wieder die Wurzeln und den erdigen Schlund.

Will er …? Werde ich jetzt auch verschluckt?

Erik greift nach mir, bevor ich ausweichen kann, schiebt mir die Kapuze übers Gesicht. »Denk an deine Wohnung.«

Meine Wohnung? Was hat meine Wohnung damit zu …

Wir fallen und mir wird schlecht. Ich schließe die Augen und klammere mich an Eriks Unterarm.

»Es ist vorbei«, murmelt er und streift die Kapuze zurück.

Vorsichtig öffne ich ein Auge und ziehe hörbar die Luft ein.

Was ich sehe, kann einfach nicht real sein. Wir stehen in meiner Wohnung. Zwischen meinem ungemachten Bett und dem Schreibtisch. Der dreifarbige Hund sabbert auf meinen Teppich.

Panisch reiße ich mich aus Eriks Griff, stoße ihn von mir und sprinte zum Badezimmer. Der Boden schwankt unter meinen Füßen wie das Deck eines Schiffs.

Gerade noch rechtzeitig schaffe ich es zur Kloschüssel. Man könnte meinen, dass mein Magen bereits leer wäre, aber der menschliche Körper ist voller Wunder und beweist mir das Gegenteil.

Hinterher beiße ich die Zähne zusammen, wasche mir mit eiskaltem Wasser das Gesicht und trinke welches in großen Schlucken, um mir den ganzen Horror und die Schreie aus der Kehle zu spülen.

Ich bin mir sicher, dass Erik weg sein wird, als ich vorsichtig die Tür öffne. Ich bete sogar, dass er nicht da ist, denn die PR-Abteilung meines Gehirns hat bereits eine wundervolle und logische Erklärung für die ganzen Ereignisse zusammengestellt. Ich bin zwar sehr wohl in Eriks Büro gestürzt, habe mir dabei aber so den Kopf angeschlagen, dass ich ohnmächtig geworden bin und das Ganze geträumt haben muss. Hinterher bin ich einfach nach Hause zurück. Gedächtnislücken sind bei einer Gehirnerschütterung nicht ungewöhnlich. Übelkeit übrigens auch nicht. Sollte ich dann nicht schleunigst zu einem Arzt? Zu einem Krankenhaus? Diese Gedanken werden augenblicklich von der Security abgeführt.

Zuerst entdecke ich den Hund, der konzentriert den riesigen Topf mit dem deckenhohen Feigenbaum betrachtet. Und dann sehe ich Erik. Er betrachtet die Wäscheleine über dem Kücheneingang – mit meiner Unterwäsche, die dort trocknet.

Augenblicklich möchte ich sterben, im Boden versinken.
Erik könnte bei beidem behilflich sein.

Ich halte mich am Türrahmen fest, während es mich vor Lachen schüttelt. Er sieht besorgt aus, während er sich mir vorsichtig nähert. Mein Gelächter hört sich mit jeder Sekunde merkwürdiger an. Macht mir selbst Angst.

»Florine!«

Als hätte seine Stimme einen Schalter umgelegt, bricht das Lachen ab. Meine Beine geben nach und ich sinke zitternd auf den Boden. Erik kniet sich vor mich, seine Hände zucken hin und her. Ich rücke ein Stück nach hinten, presse mich an die Wand. Seine Bewegungen frieren ein, bevor er die Hände zu Fäusten ballt.

»Geht es dir gut?«, fragt er kalt und so kontrolliert, dass ich zu ihm aufsehe. Er sieht so unwirklich in meiner Wohnung aus. Fake. Ein schlecht gephotoshoptes Bild. Genauso unwirklich wie die Männer, die mich angegriffen haben. Aber wenigstens hat er …

Wieder suche ich nach Worten. Bewusstsein? Eine Seele?

»Mein Pullover«, sagt er. »Ich brauche ihn zurück.«

Irgendwie schaffe ich es, mir das Ding auszuziehen. »Es tut mir leid«, sage ich für den Fall, dass ich ihn ruiniert habe.

Was auch immer er in meinem Gesicht liest, seins wird ruhiger und abweisender. So geschäftlich, dass es fast wehtut. Ich rechne mit einem Statement im Stil einer Regierung, die die Landung eines Raumschiffs leugnet.

Erik seufzt, erhebt sich und zieht sich das Sweatshirt über. »Frag schon.«

Die Resignation in seiner Stimme nimmt etwas von meiner Angst. Dabei weiß ich gar nicht, was ich ihn seiner Meinung nach fragen soll und platze mit der erstbesten Frage heraus, die mir einfällt: »Was bist du?«

»Du wirst mir nicht glauben«, murmelt er. »Frag etwas anderes.«

Ich stelle mir alles Mögliche vor, egal wie albern: Alien, Magier oder irgendetwas Übernatürliches? Ein Elf. Ein Zeitreisender. Dann atme ich tief durch. »Sag es mir trotzdem.« Es klingt wie ein Befehl. Nach Mut und Sicherheit, die ich absolut nicht empfinde. *Aber auch nach einem Theaterstück*, flüstert mein Verstand. *Nach einem Spiel. Er ist bloß ein Mensch. Ein Mann. Dein Chef!*

Erik schüttelt den Kopf. »Das war eine schlechte Idee. Ich muss gehen ...«

Irgendetwas kracht in mir zusammen. Warum lacht er nicht? Wo bleiben die Leute mit den Kameras? Warum sagt er nicht einfach, dass er einen dummen Witz gemacht hat? Dass er ein Mensch ist? »Erik!«, flehe ich.

Sein Blick flackert kurz zu mir und er schluckt hart. Er sinkt in sich zusammen und dieser Anblick macht mir nur noch mehr Angst. »Ich bin ein Gott.«

Mein Herz rührt sich nicht, genauso wie in der Höhle, als ich das Kind sah. Und ich kann nicht anders: Ich lache. Dieses winzige Wort ›ein‹ kreist jedoch dabei durch meinen Kopf. Wie ich wohl reagiert hätte, wenn er ›Ich bin Gott‹ gesagt hätte? »Was für einer?«

Erik wirft mir einen vernichtenden Blick zu und schnippt mit den Fingern. Der Hund trottet ergeben an seine Seite. »Ich hole dich morgen früh ab. Gute Nacht.« Seine Stimme ist eisiger als das Wasser vorhin. Er greift nach der Kapuze und ich springe auf.

»Warte! Willst du etwa gehen? Nach all dem ...?« Ich hebe hilflos die Hand, um zu zeigen, dass ich den seltsamen Ort, die Männer und seine Ankündigung meine. Aber ich stehe immer noch in meiner Wohnung. Mit einem angeblichen Gott und seinem Hund.

Eriks Wut schnellt mir entgegen wie ein lebendiges Ding. »Das war kein Scherz vorhin und ich werde mich auch nicht zu einem machen lassen. Gute Nacht.«

Der Fluss und das Kind, die Männer und Eriks Rettung scheinen vielleicht unmöglich, aber sie sickern langsam in meinen Verstand hinein – werden mit jedem Atemzug realer. Mein Körper ist voller Abschürfungen und Staub und meine Arme schmerzen, wo man mich festgehalten hat. Spätestens morgen werde ich dort Blutergüsse finden – Beweise. Und wollte ich nicht Abenteuer? Übernatürliche Kämpfe?

Ich greife nach Eriks Arm, der immer noch oben an der Kapuze ist. Er zuckt weder zurück noch schüttelt er meine Hand ab. Ich wusste es!

Der Triumph füllt süß und heiß meine Brust. »Wer bist du?«, frage ich erneut.

Erik lässt seinen Arm sinken. Er sieht überrascht aus, fast unsicher. »Ich habe viele Namen«, sagt er langsam. Blickt auf meine Hand an seinem Ärmel und sieht sich dann um, als lägen seine Namen in meiner Wohnung verstreut herum. »Du kennst vielleicht nur ›Hades‹.«

Mein Kopf kratzt Informationen aus den tiefsten Gehirnwindungen zusammen. »Der Totengott?« Als hätte ich mich verbrannt, lasse ich ruckartig seinen Arm los.

Erik tritt zurück, stellt sich zu den Pflanzen ans Fenster. Seine Schultern zucken kurz unter dem schwarzen Stoff. Fast schon aggressiv. Das Thema ist beendet. Die Leichtigkeit, mit der ich ihn lesen kann, macht mich gleichermaßen glücklich und misstrauisch. »Und der dunkle Ort? Der Fluss?«

»Die Unterwelt.«

»Und wie bin ich dorthin gekommen?«

»Du warst in meinem Büro.«

In seiner Stimme klingt kein Vorwurf mit, trotzdem brenne ich bis in die Haarspitzen. Wie viel peinlicher kann der Abend denn noch werden? »Ja«, gebe ich kleinlaut zu.

»Dann hast du den Eingang … gefunden.«

»Wer waren dann diese … Dinger?«

»Tonpuppen. Golems.«

»Künstliche Menschen?« Meine Stimme überschlägt sich fast.

Erneut ein Schulterzucken. Die Sonne ist beinahe untergegangen und malt die Wände und den Vorhang blutrot. Eriks kurze Haare glühen in dem Licht.

Ich warte auf weitere Erklärungen – irgendetwas. Stattdessen höre ich lediglich das Klackern von Krallen, als der Hund sich dem Topf mit dem Bambus widmet.

»Und was wollten sie von mir?«, hake ich nach. »Oder greifen sie alle an?«

»Nur dich.«

»Aber warum?«

Erik sieht kurz über die Schulter zu mir. »Wegen dem, was du bist.«

Sofort denke ich an die Dinge, die ich bin – die für mich bisher gefährlich waren, und kann mich mit Mühe davon abhalten, die Arme vor der Brust zu verschränken, mich vor Blicken und Händen der Männer zu verbergen, die gar nicht da sind. Jeder Millimeter meiner Haut brennt. Es schmerzt, ihre Worte selbst dann zu hören, wenn ich mir die Ohren zuhalte. *Milchkaffee ... Karamell ... Ach, komm schon, dein Vater stand offenbar auch auf Schokoschnittchen ...* Als wäre ich etwas, das verschlungen werden kann. Ich schüttele den Kopf. Wenn es darum ginge, hätten die Golems unzählige andere Frauen angreifen können.

»Was bin ich denn?«, will ich von Erik wissen und mein Herzschlag legt an Tempo zu. Also schiebe ich einen Witz hinterher. »Bin ich jemand Wichtiges?«

Erik sackt ein Stück in sich zusammen. Nur einen Augenblick später steht er jedoch aufrecht und ungerührt vor mir, sein Gesicht unlesbar im Halbdunkel. Seine Stimme trieft vor Sarkasmus. »Ja, Kore, du bist unglaublich wichtig.«

Die Worte verfehlen ihre Wirkung nicht – sie tun weh. Denn natürlich weiß ich, dass ich nichts Besonderes bin. Es war bloß ein Scherz. Und ist ›Kore‹ das griechische Wort für ›Dummkopf‹?

Bevor ich ihn danach fragen kann, ist Erik mitsamt dem riesigen Hund verschwunden. Ich blinzle zu den Stellen, an denen die beiden gerade gestanden haben, und die Überzeugung, mir alles eingebildet zu haben, kommt mit voller Wucht zurück. Mein Magen knurrt und aus dem Badezimmer weht mir der säuerliche Geruch von Erbrochenem entgegen. Warum habe ich mir *das* nicht einbilden können?

3

Die Brotscheibe ähnelt einem Stück Kohle. Sollte ich mir eine neue machen? Aber das Spiegelei ist perfekt. Unten knusprig, oben mit flüssigem Eigelb. Bis ich mir eine neue gemacht habe, wird es kalt und eklig werden. Also kratze ich die dunkelsten Stellen vom Brot ab und ertränke alles in Tabasco. Meine Gedanken ertränke ich dagegen in Bier, bis die Unterwelt, das Kind, Eriks Rettung und sogar der Hund nichts weiter als ein Märchen sind. Eine wunderbare Buchidee sogar. Das sollte ich aufschreiben. Mein Kichern hallt seltsam von der Wand wider und mein Kissen ist feucht, wo ich etwas vom Bier verschüttet habe. Was soll's! Bier soll doch eh gut für Haare sein, oder? Dann sollte ich Erik einen ganzen Kasten schenken! Ich lache wieder.

Erik.

Was wohl schlimmer wäre: dass der ganze Abend wirklich so passiert ist oder dass ich so jämmerlich verknallt bin, dass ich das Ganze halluziniert habe? Ich halte die Flasche gegen das Licht der Laterne vor meinem Fenster. Mein Kopf ist so leer wie das Bier. Die Flasche gleitet aus meinen Fingern und fällt auf den Boden. Rollt lautlos über den Teppich, kollidiert mit einer weiteren. *Prost!*

Ich sollte schlafen, aber ich kann nicht. Denn sobald ich die Augen schließe, greifen Hände nach meinen Armen und ich höre Eriks unmögliche Worte ›Du kennst vielleicht nur Hades‹ in meinem Kopf und mir wird abermals schlecht. Dabei weiß ich praktisch nichts über Hades.

Das ist es!

Fast falle ich vom Bett, als ich mich nach meinem Handy verrenke. Das Licht blendet mich und ich warte mit halb zusammengekniffenen Augen darauf, dass Google und Wikipedia ein weiteres Rätsel des Universums lösen. Viel gibt es leider nicht zu lesen. Hades, der älteste Junge von sechs Geschwistergöttern, wurde vom eigenen Vater verspeist. Götter eben. Poseidon folgt ihm, bevor Zeus die Prophezeiung erfüllt und Cronos umbringt. Hurra, die Zicklein sind befreit, die Großmutter unversehrt und der Wolf tot. Die Freude mag nicht wirklich halten, vermutlich wegen des Bieres …

In meiner Vorstellung sehe ich ein Kind, das völlig allein im göttlichen Schlund lebt. Ohne seine Mutter wirklich gekannt zu haben. Wie viele Jahre hat es gedauert, bis sein Bruder geboren wurde? Jahrtausende? Äonen? Und all diese Zeit war Hades allein. Ohne zu wissen, ob sich das jemals ändern würde. Ohne etwas zu sehen oder zu hören. Nein, ich weine nicht. Es ist nur das blöde Licht und das Bier.

Ich lese weiter, wie Hades lediglich die Unterwelt bekam, den förmlichen Keller der Welt, während Zeus und Poseidon den Himmel und die Ozeane unter sich aufteilten. Die Schwestern bekamen offenbar noch weniger – Inzestehe. Was für Arschlöcher! Wer weiß wie lange in trostloser Dunkelheit eingesperrt, dann endlich frei und ›Hier, Bruder, die Unterwelt: kalt, dunkel und gruselig. Viel Spaß mit PTSD!‹

Schade, dass das Bier alle ist, ich könnte jetzt gut ein weiteres Fläschchen vertragen.

Natürlich hat selbst der Gott der Unterwelt eine Frau. Persephone! Mein verzerrtes Gesicht spiegelt sich auf dem Display. Neue Jobidee: Gargoyle in der Unterwelt. Dann kann ich weiterhin für Erik arbeiten.

Ich klicke auf den Link, bin schließlich auch nur ein Mensch. Natürlich ist eine Göttin zierlich und blond. Die ultimative Disney-Prinzessin. Und offenbar ist das Eriks Ding, denn er ist so heiß auf sie, dass er sie entführt und vergewaltigt. Man sollte wirklich keine Beziehungsratschläge vom Vergewaltiger™ Zeus annehmen.

Okay, ich habe mich entschieden. Ich nehme die jämmerliche Verknalltheit und Halluzinationen. Denn wenn Erik wirklich Hades ist, ist er erstens ein Vergewaltiger und zweitens verheiratet. Und wer will bitte schön so einen als Love-Interest haben?

Das Gähnen reißt mir regelrecht den Mund auf und ich reibe mir die Tränen aus den Augen. Meine Kraft reicht nur noch, um das Handy mangels Nachttisch unters Bett zu schieben, damit ich nicht drauftrete.

Ich reibe meine Hände aneinander. Sie werden nicht warm, das waren sie seit Monaten nicht mehr. Dreck klebt in schwarzen Halbmonden unter meinen Nägeln. Der Wind zieht an meinen Haaren und schlägt mir den Geruch von nasser Wolle ins Gesicht. Der Mantel hat seine guten Tage lange hinter sich. Ich muss das Ebenbild eines jüdischen Mädchens auf der Flucht sein – ausgezehrt und dreckig. Versteckt auf einem Friedhof.

Alexander streicht sich die weißblonden Haare aus der Stirn. Er sieht aus, als gehörte er auf die Plakate für die Front. Weiße Haare, weiße Haut, helle Augen. Heimat und Arier und totaler Krieg. Er ist nichts davon. Er ist Wärme, Magie und Liebe. Und ich möchte, dass er meine Hände in seine nimmt und sie endlich, endlich warm werden. Aber die Uniform, die er trägt, trennt uns besser als jeder Stacheldrahtzaun.

»Sind sie alle in Sicherheit?«, frage ich. Zum hundertsten Mal. Inzwischen bin ich mir selbst lästig.

Alexander lässt sich nichts anmerken. »Natürlich.«

»Wirklich alle? Tante Elisa auch?«

»Alle.«

Ich nicke. Schlucke das hundertste Danke hinunter. Meine ganze Familie, selbst Onkel und Tanten, ist in Sicherheit. Sicher vor etwas, das Alexander kennt. Woran ich nicht denken mag. Denn irgendwo haben tausende andere Mädchen nicht so viel Glück wie ich. Sie sind nicht die Wiedergeburt einer Göttin, von der sie kaum etwas gehört haben. Denn das bin ich. Persephone. Und sie haben nicht Alexander – Hades, den Gott der Unterwelt –, der durch die Hölle geht, um ihre Familien vor einem furchtbaren Tod zu bewahren. Das ist das Einzige, worauf sie neidisch sein sollten. Denn ich? Ich werde trotzdem sterben. Zur gleichen Zeit wie diese anderen Mädchen, Frauen, Kinder und Männer. Heute ist mein Todestag.

Die Tränen klatschen in riesigen heißen Tropfen auf den feuchten Mantel. Ich habe Angst. Ich bin erst neunzehn ... Und nur weil ich diese Göttin bin, wird meine Familie diesen Krieg überleben. Weil ich Persephone bin, muss ich heute sterben. Die Wolle kratzt über meine brennende Haut, als ich die Tränen mit dem Ärmel wegwische. Nein! Mein Name ist Erika Hedwig Fährmann! Nicht Persephone!

»Alex ...« Sein Name fällt salzig und erstickt aus meinem Mund.

Er ist sofort bei mir, kniet in dem eisigen Schlamm zu meinen Füßen. Meine Hände brennen in seinen, obwohl seine Haut so eisig ist wie der Grabstein in meinem Rücken. Er drückt seinen Kopf gegen meinen Bauch und seine gemurmelten Worte dringen warm durch den Stoff meines Kleides, Gebete, die ungehört in meinem Schoß versinken.

Ich liebe dich. Ich liebe dich. Ich liebe dich.

Seine Schultern zittern. Er hat auch Angst. Vielleicht mehr als ich. Ich ziehe seinen Kopf an mich, küsse seine weißen Haare. *Ich liebe dich.* In diesem Moment fühle ich mich beinahe wie eine Göttin, stark genug, um ihn zu beschützen.

Er umfasst meine Hände, drückt etwas hinein und ich ertaste die roten scharfen Kanten. »Nein!« Erschrocken werfe ich das Messer von mir. Die Klinge glänzt rot auf wie ein totes Herz, bevor es in den Schlamm sinkt. »Ich wünschte, du hättest mir nicht davon erzählt.«

»Bitte«, flüstert er. »Ich will, dass du lebst.« Er dreht sich um, sucht im Matsch nach der Waffe.

Ich greife nach seiner Jacke und ziehe ihn zu mir zurück. »Und ich will keine Mörderin sein!«

Ein Schatten fällt auf uns und Alexander ruft etwas. Unzählige rote Tropfen bedecken sein Gesicht und fließen im Regen zusammen. Ist das mein Blut? Es verteilt sich auf meinem Kleid. Zwischen den Rissen im Stoff sehe ich Dornen. Meine Beine sind weg. Ich will aufspringen. Schreien. Er klammert sich an mich, der Schlamm um uns herum glänzt rostig. So sterbe ich also.

In meinem Inneren kann ich weder Angst noch Tränen finden. Mein Mund will keine Worte formen, nicht einmal ein ganzes Lächeln. Weiße Flocken bedecken den blutigen Schlamm. Kein Schnee. Blütenblätter. So schön und zart wie die Fetzen eines Ballkleids. Ein Blatt bleibt auf seinen Haaren liegen. Als ich es wegstreichen will, berührt ein dorniger Ast sein Haar, malt es mit seinem Blut rosa.

Ich liebe dich.
Und Erik schließt ergeben die Augen.

Ich blinzele zu der weißen Decke über mir. Tränen rinnen mein Gesicht hinab und sammeln sich kalt in meinen Ohren. Als ich meine Hand hochhebe, zittert sie, aber sie ist menschlich. Und es ist meine, nicht Erikas. Es war nur ein Traum. Meine Augen quellen über vor Tränen, verwischen Eriks blutüberströmtes Gesicht, das wie ein Standbild auf meiner Pupille klebt. Alexander. Erik. Erika. Woher hat mein Unterbewusstsein diese Namen? Wie konnte es so etwas Schönes wie Eriks Rosen zu einem Albtraum spinnen?

Seufzend wälze ich mich aus dem Bett, stolpere über die ganzen Bierflaschen. Kein Wunder, dass ich solche Dinge träume.

Wie am Tag zuvor flüchte ich ins Badezimmer unter die Dusche. Das Wasser hagelt warm über mein Gesicht und meine Schultern. Ich spüre immer noch den eisigen Nieselregen, Eriks Haare zwischen meinen Fingern. Als die Kopfschmerzen überhandnehmen und die letzten Tränen aus mir herauspressen, begrüße ich den Kater mit einem dankbaren Lächeln.

Der Wasserkocher erfüllt die Wohnung mit dem Krach eines startenden Düsenjets und ich bin endlich in der Realität angekommen. In einem Regal finde ich sogar Müsliriegel, die Andrea für mich besorgt hat, weil O-Ton: dein Magen so laut knurrt, dass ich den Dozenten nicht hören kann! Ich musste ihr schwören, niemandem von ihrer Fürsorge zu erzählen, denn sie genießt ihren Ruf als Eiskönigin an unserer Uni.

Die Kopfschmerzen erreichen ein neues Level an Unerträglichkeit, während ich mit meiner Teetasse in einer Hand und der Gießkanne in der anderen herumgehe. Ein Schluck für mich, einer für die Pflanzen. Lisbeth, Prinz Henry II (der Erste lebt bei meinem Dad), Mademoiselle Käthchen. Für ganze drei Sekunden lächele ich sogar, bis ich mich daran erinnere, dass ich zur Arbeit muss und mein Fahrrad vor dem Laden an der Hecke lehnt. Ich sollte einfach aufgeben und mich krankmelden. Es wäre nicht einmal gelogen. Außerdem … Außerdem müsste ich Erik nicht sehen! Nach dem vergangenen Abend und diesem grauenhaften Traum würde die Begegnung die gleichen nuklearen Ausmaße an Peinlichkeit erreichen wie der Morgen nach einem besoffenen One-Night-Stand.

Zwischen dem Chaos unter meinem Bett finde ich mein Handy. Der Akku ist fast leer, ich hatte den Eintrag über Persephone nicht geschlossen. Mit einem Wisch ist er weg. Im selben Augenblick summt es und fällt fast auf den Boden.

»Mist!«

Schnell klicke ich mich bis zur Nachricht durch, denn sicherlich ist es Andrea.

Es ist nicht Andrea. Die Nachricht könnte nicht einfacher sein: *Komm runter.* Bloß der Kontaktname ergibt keinen Sinn. Seit wann habe ich Eriks Nummer? Und er meine? Oder ist das jemand aus der Uni?

Unten vor dem Haus hupt ein Auto und ich springe auf, schiebe das Handy in den Rucksack und schlüpfe in meine Turnschuhe. Mein Herz schlägt im Takt mit meinen Schritten auf den Treppenstufen.

Ich stolpere auf den Bürgersteig hinaus – vor einen glänzenden schwarzen Wagen. *Dornröschens* Logo ziert die Seitentür des kleinen Vans. Es ist tatsächlich Eriks, er sitzt höchstpersönlich hinter dem Steuer.

»Steig endlich ein!«

Und das tue ich sogar kommentarlos, halte meinen Rucksack wie einen Schutzschild vor mich.

»Schnall dich an!«

»Kein Morgenmensch, was?«, rutscht es mir heraus. Ich halte mir die Hand vor den Mund. Eriks Gesichtsausdruck kann getrost mit ›mörderisch‹ beschrieben werden. Um diesem Blick zu entkommen, fummele ich länger als nötig am Gurt herum.

Das Auto fährt los und ich spüre jeden einzelnen meiner Herzschläge wie einen Hammerstoß in meinem Kopf. Am Himmel ist keine Wolke zu sehen und die Morgensonne knallt mir unbarmherzig ins Gesicht, brennt in meinen Augen.

»Trink.« Erik hält mir einen dampfenden Becher hin.

Weil er seine Anweisung diesmal nicht gebellt hat, nehme ich ihn überrascht an. Mir wird jedoch übel. »Ich hasse Kaffee!«

Eriks Mundwinkel zuckt. »Dann solltest du weniger trinken.« Er greift, ohne hinzusehen, nach dem Becher, streift mit seinen kühlen Fingern meine und der Geruch verschwindet.

Vorsichtig hebe ich den Deckel hoch. Der Inhalt ist erdbeerrot und riecht nach Früchten und Blumen.

»Danke.« Mehr mag ich nicht sagen. Offenbar gab es keine Halluzinationen oder Gehirnerschütterungen. Offenbar ist Erik tatsächlich … was auch immer. Vielleicht war das der Grund, warum ich ihn nie beim Namen nennen konnte – weil es nicht sein echter war? Mein Gehirn stolpert regelrecht über den anderen. *Hades*. Wie betrunken muss ich denn bitte gewesen sein? Ich lache auf und es klingt wie ein Frosch mit Schluckauf. Erik blickt stoisch auf die Straße.

Vorsichtig nippe ich an dem fruchtigen Becherinhalt. Mit jedem Schluck werden meine Kopfschmerzen schwächer, bis sie ganz verschwinden und ich mich so wach und klar fühle wie nie zuvor. Wohin ich auch blicke, mir erscheint alles in HD: der Marienkäfer auf der Windschutzscheibe, die überquellenden Mülleimer an einer Bushaltestelle und die Tauben, die sich um die Reste eines Brötchens streiten. Sogar die Bewegungen verlangsamen sich wie bei einem Film in Slow Motion.

»Was ist da drin?«, flüstere ich. Sogar meine Stimme klingt anders – ungewohnt klar. Waren in dem Becher Drogen?

»Ambrosia.« Erik wirft mir einen Blick zu. »Es hat eine belebende Wirkung auf Menschen.«

»Kokain auch. Heißt noch lange nicht, dass das gesund ist.«

Eriks Mundwinkel macht wieder diese klitzekleine Bewegung. Es ist nicht so, dass er nicht lächeln kann. Ich habe ihn unzählige Male Kundinnen anlächeln sehen, aber wenn ich so darüber nachdenke, habe ich ihn nie lachen gehört. Und hat er mich jemals angelächelt? Mein überwaches Gehirn blättert durch die Kartei meiner Erinnerungen. Erfolglos.

»Wo ist dein Hund?«, frage ich schwach. Ambrosia hin oder her, meine Laune ist im Eimer.

»Ros ist … zu Hause.«

Damit ist wohl die Unterwelt gemeint, jedenfalls erkläre ich mir so seine zögerliche Reaktion. Ich erinnere mich dumpf an meine trunkene Recherche vom Vorabend, an die Beschreibungen der griechischen Totenwelt und … »Ros?«, quietsche ich. »Wie Kerberos? Der Höllenhund?«

»Wie Kerberos, der Seelenwächter, aber ja.«

»Okay?« Sollte er nicht drei Köpfe haben? Selbst gedacht klingt die Frage verrückt.

Hiermit scheint unser Gespräch beendet zu sein. Erik schaut auf die Straße, ich genieße die ambrosiainduzierte Aussicht draußen. Der Rucksack auf meinem Schoß vibriert. Bestimmt Andrea, aber wir sind bereits da.

Als wir auf den Parkplatz einfahren, schaut sie tatsächlich aus dem Fenster, mit dem Handy am Ohr. Ihr Mund klappt auf, sobald sie mich sieht, und das Vibrieren bricht augenblicklich ab. So ein Scheibenkleister! Was soll ich ihr denn gleich sagen? Die Wahrheit kommt sicherlich nicht infrage.

Erik wartet, bis ich aus dem Auto gestiegen bin, verriegelt es und verschwindet wortlos auf dem Friedhof. Als er das Tor passiert, sieht er über die Schulter zu mir. Mein Herz setzt einen Moment aus, als das Traumbild von seinem blutüberströmten Gesicht in meinem Kopf aufflackert. Entschieden setze ich einen Fuß vor den anderen, denn ich bin bereits zu spät. Außerdem wird Andrea sicherlich gleich implodieren, wenn sie mir nicht all die Fragen stellt, auf die ich keine vernünftige Antwort habe.

»Guten Morgen«, biete ich schwach an.

Andrea stürmt auf mich zu, wirft die Arme um mich. Ich stehe da wie ein Baumstumpf und betrachte die verschiedenen Lilatöne ihrer Haare vor meiner Nase. Dass sie auf mich einredet, merke ich Sekunden später.

»... vermisst! Und du gehst nicht ans Handy!«

Ich reiße mich vom Anblick ihrer Haarfarben los. »Mein Akku ist leer«, lüge ich.

»Geht es dir denn gut?«, fragt sie so nachdrücklich, als hätte sie diese Frage bereits mehrmals gestellt.

»Ja.« Ambrosia sei Dank. »Woher weißt du überhaupt von ...? Dass etwas passiert ist?«

Sie zieht die Augenbrauen zusammen und studiert mein Gesicht. »Dein Fahrrad.« Sie nickt zum Hinterausgang. »Was soll ich mir denn denken, wenn ich es morgens hier finde und du bist nirgendwo zu sehen?«

»Oh.« Stimmt ja. Und es ist sogar das Fahrrad, das sie mir geschenkt hat.

»Flo? Bist du wirklich okay?«

Lächelnd winke ich ab. »Bin nur absolut platt. Nicht viel geschlafen.«

»So?« Andrea grinst. »Dann habe ich eine großartige Aufgabe, um dich aufzuwecken!«

»Oh, bitte nicht!«

»Oh, doch! Eine ganz große Lieferung. Viel Spaß beim Auspacken.«

Ich schlurfe zum Hinterzimmer, um Schürze und Handschuhe zu holen. Andreas Gegacker folgt mir hinein.

Seltsam, denke ich, während ich die gelieferten Blumen sortiere und in Vasen und Eimer packe, Andrea hat mich gar nicht nach Erik gefragt. Warum er mich gefahren hat. Nicht, dass ich auf diese Art von Fragen scharf wäre. Vielleicht denkt sie einfach, ich hätte ihn um Hilfe gebeten und dass es nichts zu bedeuten hat? Ich wische mir das Gesicht mit einem sauberen Zipfel Schürze ab. Die Wahrheit sieht natürlich ein bisschen anders und unglaublicher aus, das Ergebnis bleibt jedoch das gleiche: Es hat nichts zu bedeuten.

4

Mittags, als es endlich Zeit für meine Pause ist, bin ich ein Wrack. Mein Körper funktioniert einwandfrei, immer noch high von Ambrosia, aber mein Hirn möchte dringend heruntergefahren werden. Standby für mindestens achtundvierzig Stunden.

Ich betrachte das winzige Sofa im Hinterzimmer – höchstens ein großzügiger Sessel – und möchte drauffallen. Diese eine Stunde durchschlafen. Bevor ich länger darüber nachdenken kann, habe ich mich bereits hineingefaltet. Ich schließe endlich die Lider.

Ich liebe dich. Ich liebe dich. Erik sieht zu mir auf, sein Gesicht zerstochen und voller Blut.

Seufzend öffne ich die Augen.

Es ist nicht das erste Mal, dass ein Traum bis in den Tag hinein nachwirkt. Manchmal wache ich auf, desorientiert, wütend, weil er vorbei ist. Manchmal heule ich sogar. Aber all diese Träume verblassen, lösen sich spätestens im Morgenlicht des nächsten Tages auf. Dieser Traum ist anders. Er wächst. Wird größer und echter. Wie eine Erinnerung. Wie etwas, das wirklich geschehen ist.

Andrea hebt eine Augenbraue, als ich zur Hintertür gehe. Ich zucke mit den Schultern und sie wendet sich wieder dem Kunden zu.

Draußen ist es inzwischen so warm wie im Hochsommer. Das Licht extrahiert die letzten Düfte aus Bäumen, Blumen und frisch gemähtem Gras. Wenn man die Augen schließen würde, könnte man meinen, es wäre Juni oder Juli.

Ich habe Angst, sie zu schließen.

Vorsichtig nähere ich mich dem Rosengrab, bereite mich darauf vor, Erik zu sehen. Der gestrige Tag scheint sich wie ein Déjà-vu zu wiederholen. *Und täglich grüßt das Murmeltier ...*

Heute trage ich jedoch keine Rosenkrone und Erik ist nicht da. Der Rosenstrauch summt vor Insekten, die dem Rosenduft gefolgt sind. In jeder Blüte sehe ich ein, zwei Bienen oder Hummeln, die betrunken abheben.

Ich knie mich auf das ausgetrocknete Moos. Der Grabstein ist winzig und mit Blütenblättern übersät. Meine Finger zittern, während ich sie zur Seite streiche. Es fühlt sich falsch an, einen Grabstein zu berühren. Vorsichtig, um mich nicht an den riesigen Dornen zu verletzen, beuge ich mich vor, um die Inschrift besser sehen zu können.

Die Buchstaben tanzen vor meinen Augen. Es kann einfach nicht stimmen ...

Hier ruht Erika Hedwig Fährmann.

Mit klopfendem Herzen rutsche ich zurück, weg von dem Namen aus meinem Traum. Meine Haare verfangen sich in den Zweigen. Panisch greife ich danach ... so dumm!

Als ich endlich schwer atmend auf dem Weg stehe, brennen meine Hände und die Kopfhaut. Einige ausgerissene Haare hängen wie schwarze Spinnweben von den unteren Zweigen herab. Aus den dreieckigen Einstichen auf meinen Handflächen quillt kirschrot das Blut hervor.

»Was tust du da?«

Eriks Stimme ist so kalt, dass ich erstarre. Ich friere, so wie im Traum, und nicht einmal die Mittagssonne kann meinen Körper aufwärmen.

Seine Hand an meiner Schulter ist warm, leicht wie ein Blütenblatt. »Florine?«

Der Schock, meinen Namen aus seinem Mund zu hören, taut mich endlich auf. Es ist sicherlich nicht das erste Mal, dass er meinen Namen ausspricht, aber ...

»Das ist nur ein Traum«, flüstere ich durch meine Tränen hindurch. Der Rosenstrauch zerfließt zu weiß-grünen Schlieren, bevor Eriks Oberkörper mir die Sicht verstellt. Seine Umarmung ist weder bequem noch kann ich mich richtig darüber freuen. Meine Arme sind zwischen uns eingequetscht, ich habe sie um mich selbst geschlungen und schlucke jeden Schluchzer hinunter, jede von meinen und Erikas Tränen, um sein Sweatshirt nicht vollzurotzen.

Er murmelt etwas gegen mein Haar.

»Was?«

»Ich bringe dich nach Hause.«

Erik schüttelt meine Schulter und ich hebe meinen viel zu schweren Kopf, blinzele zu dem Haus, in dem ich wohne. Er muss mir aus dem Auto helfen, als wäre ich tausend Jahre alt.

An einem anderen Tag würde ich vor so viel Peinlichkeit sterben, heute empfinde ich kaum etwas. Die ganzen Bierflaschen, das dreckige Geschirr, der Geruch von verbranntem Fett in meiner Wohnung – ich sehe und rieche all diese Dinge, aber sie fühlen sich fremd an, wie Requisiten einer Theaterbühne.

Ich krieche in mein Bett, in die Duftwolke aus verbranntem Brot und abgestandenem Bier und mache die Augen zu. Nur für eine Sekunde.

Abermals taucht sein blutüberströmtes Gesicht vor mir auf, meine Arme und Beine erstarren zu Holz. »Nein!«, widerspreche ich, versuche mich aufzurichten.

»Hypnos!«, ruft Erik.

»Was …?« Ich reiße die Augen auf.

An meinem Bettende erscheint jemand. Ein Junge? Mann? Er ist ganz weiß. Wie Knochen, Marmor und Schwanenfedern. Ein weißer Streifen Stoff liegt in einem Verband um seinen Kopf herum und bedeckt seine Augen. Er rutscht zu mir aufs Bett und ich sollte Angst haben, ganz bestimmt, aber aus seinem Rücken breiten sich zwei Flügel aus. Das Licht scheint durch deren pudrige Membran hindurch, ich sehe das Grün meiner Pflanzen. Dieser Anblick wirkt so vertraut wie eine Kindheitserinnerung – und genauso tröstlich. Es sind Fledermausschwingen. Wie bei einem Dämon, denke ich noch. Dämonen sind jedoch nicht weiß, oder? Nur Engel …

Noch vor Sonnenaufgang wache ich auf. Zum Glück, ohne etwas geträumt zu haben. Ich falle fast aus dem Bett, so nah liege ich am Rand. Das kalte Zwielicht in meinem Zimmer flutet den Abdruck eines Körpers neben mir. Vorsichtig streiche ich über den kalten Stoff der Decke und wische den Abdruck wie ein Bild im Sand weg. Hypnos. Der Name entweicht beinahe meinen Lippen, doch ich presse sie fest aufeinander. Was soll ich tun, wenn dieser Engeldämon tatsächlich wieder auftaucht? Auf keinen Fall will ich noch einmal einschlafen. Außerdem ... Fast lache ich wegen meiner absurden Gedanken: Außerdem kann bestimmt nur Erik ihn rufen. Alexander ... Hades ... So viele Namen, die bloß jetzt, in der Nacht, real klingen.

Fast bin ich versucht, Hypnos doch zu rufen. Um mir selbst zu beweisen, dass es nicht geht. Dass es ein Traum war. Halluzination ... was auch immer. Am Ende habe ich zu viel Angst, dass genau das Gegenteil passiert. So bleibt wenigstens alles ungewiss. Vielleicht gab es ihn wirklich, vielleicht nicht – Schrödingers Hypnos sozusagen.

5

Die Straßenbahn rattert mit vollem Tempo am Haus vorbei und die leeren Bierflaschen klimpern in der Tasche. Die Waschmaschine unter mir dreht im Gleichklang ihre Runden und für einen Moment ergibt alles eine Melodie. Ich schalte mein Handy an – erst eine Minute nach sieben. Dabei ist alles erledigt: Pflanzen versorgt, aufgeräumt, geduscht, gefrühstückt. Inzwischen sind sogar meine Haare trocken. Bis Erik mich abholt, werde ich vor lauter Langeweile gestorben sein.

Ich springe von der Waschmaschine hinunter und greife nach der Tasche mit dem Altglas. Mein Plan: Die Flaschen wegbringen und dann selbst zu *Dornröschen* fahren. Schnell schicke ich Erik eine Nachricht, damit er nicht umsonst wartet. Es ist nur höflich, sage ich mir, aber mein Herz schlägt immer schneller, je länger ich auf eine Antwort warte – die natürlich nicht kommt.

Draußen winke ich der alten Nachbarin aus dem Erdgeschoss zu, die durchs Küchenfenster beobachtet, wie ich die Flaschen in den Altglascontainer werfe. Sie winkt mir zurück, mit einem Stift in der Hand. Bestimmt hat sie jede einzelne Flasche mitgezählt und in ihren *Enthüllungen des Hauses 43a* aufgeschrieben. Bis Weihnachten bleibt reichlich Zeit, aber ich hätte so Lust, ihr ein Fernglas zu schenken. Mit Nachtsichtfunktion.

Mit quietschenden Reifen rast ein Auto in unsere Straße. Wow, ist es nicht zu früh für Straßenrennen? Oder zu spät? Das Auto bremst neben den Containern ab. Mein Lächeln und die Tasche entgleiten mir.

Eriks Kopf fährt herum zu den Containern und er fixiert mich mit seinem Blick. Ich spiele die Hauptrolle in einem *Terminator*-Film! *Oh, oh.*

»Rein!«, knurrt er. Hinter dem Wagen hat sich innerhalb Sekunden ein kleiner Stau gebildet und die Ersten hupen bereits oder bedienen sich der Verkehrsgebärdensprache. Erik antwortet mit hocherhobenem Mittelfinger. Ich stolpere zur Beifahrertür und schnalle mich hektisch an, bevor Erik wie am Vortag in den Feldwebelton verfällt.

Die Türschlösser klicken ominös und mit einem Ruck schießt das Auto nach vorne. Das Gesicht der Nachbarin zieht noch an mir vorbei – ihre Augen leuchten elsternhaft. Jetzt denkt sie bestimmt, ich sei in einer Gang oder so. Ich riskiere einen Blick zu Erik, dessen Kiefer so angespannt sind, dass ich jederzeit mit dem Geräusch berstender Zähne rechne. Schön wär's, wenn ich bloß in einer Gang wäre.

Wir sind im Rekordtempo am Laden. Eine ganze Stunde zu früh. Erik hält sich am Lenkrad fest. »Mach das nicht noch mal.«

»Klar. Wenn du mir sagst, was ›das‹ sein soll.«

»Wenn ich dir sage, dass ich dich abhole, sollst du nicht allein losgehen«, presst er hervor.

»Okay?« Ich schnalle mich ab. »Warum bist du so sauer?«

Endlich sieht er mich an. Ich rechne mit einer wütenden Antwort. Vor lauter Überraschung lässt er sogar das Lenkrad los. »Ich weiß es nicht ...«

Sicher nicht? Für mich riecht das inzwischen nach Fifty Shades of Kontrollfreak.

»Verzeih. Ich habe überreagiert ...«

Meine Hand am Türgriff erstarrt. Hat er sich gerade entschuldigt? Ohne Ausreden? Ohne zu behaupten, es sei meine Schuld, weil ich ihn dazu mit meinem Verhalten *gebracht* habe? »Warum?«

»Ich hatte Angst, dass dir etwas passiert.«

»*Warum?*« Ich drehe mich zu ihm um. »Was soll mir denn passieren?« In jedem meiner Worte schmecke ich die Verbitterung und die Hoffnung, dass er den Wahnsinn der letzten zwei Tage irgendwie erklärt. Dass da mehr ist.

Erik schüttelt den Kopf und entriegelt die Tür.

Demonstrativ bleibe ich sitzen und starre ihn an. Langsam geht mir sein Schweigen auf die Nerven. Erik erwidert meinen Blick für Sekunden, bevor er aussteigt und neben dem Auto wartet, als sei ich ein bockiges Kind. Ich atme tief durch und folge ihm. Was soll ich sonst tun? Denn vielleicht ist da wirklich nichts. Vielleicht bilde ich mir das ein und das ist der Grund, warum er schweigt.

Im Laden ist es kühl. Das Sonnenlicht leuchtet dumpf durch das Kondenswasser an den Glasscheiben. Der abgestandene Blumenduft füllt meine Lunge – als würde ich wieder zu Hause ankommen.

Erik marschiert zu seinem Büro und schließt sich ein.

Ich stehe ratlos in dem nebeligen Ladenraum, als die Türglocke klingelt. Mein Kopf schnappt so schnell herum, ich könnte in der nächsten *Exorzist*-Verfilmung mitspielen.

Der junge Mann in der Hermes-Uniform schaut sich grinsend um. Dann bläst er eine riesige Kaugummiblase, die pink auf seinem Gesicht zerplatzt. Er sieht mich an und grinst breiter, sein Gesicht fast radioaktiv am Strahlen. »Hey, P!«, ruft er. »Was geht?«

P? Mir klappt die Kinnlade runter. Es ist eigentlich unmöglich, aber der Typ grinst *noch* breiter, während ich die Worte *geschlossen*, *haben* und *wir* in die richtige Reihenfolge zu bringen versuche.

Das Schloss in Eriks Büro rattert und er reißt die Tür auf. Gott sei Dank sieht er genauso entgeistert aus wie ich. »Hermes?«

Der junge Mann schlendert auf ihn zu, sein Lächeln tausend Watt schwächer. »Onkel«, murmelt er und sie umarmen sich. Erik sieht mich über die Schulter des Hermesboten an und ich drehe mich weg.

Ganz davon abgesehen, dass der ganze Morgen so absurd wirkt wie eine *Adventure-Time*-Folge, schnürt mir der Anblick die Kehle zu, ohne dass ich weiß, warum.

Die Tür zum Büro schließt sich mit einem Klicken. Ich schlurfe zu der Theke und öffne meinen Rucksack, streiche über die federweichen Kanten des Buches und greife nach der Zeitung und einem Stift. Irgendwie drängt es mich jetzt, nach anderen Stellen zu suchen. Es endlich hinter mich zu bringen wie einen Besuch beim Zahnarzt.

Minuten später kommt der Hermesbote heraus und schließt vorsichtig die Tür. Er sieht erschöpft aus, von Kaugummi keine Spur.

Dann bemerkt er meinen Blick und lächelt. Ich kenne dieses Lächeln. Es sieht nie ganz richtig aus – wie ein Paar Schuhe, das immer drückt und zwickt und in dem man sich blutige Blasen läuft. Aber du ziehst die Schuhe trotzdem an, weil gerade Winter ist und du keine anderen hast. Lange glaubte ich, dass nur mein Vater solch ein Lächeln trug. Bis ich ihn nachts weinen hörte. Am nächsten Morgen zog ich mir zum ersten Mal auch so ein Lächeln an und gab vor, nichts gehört zu haben.

Der Bote kommt zu mir an die Theke. Er studiert mein Gesicht, meine Haare, die Zeitung vor mir. »Erinnerst du dich an mich?«, fragt er.

Sofort schüttele ich den Kopf. Es ist das erste Mal, dass irgendein Bote in den Laden kommt.

Er zuckt grinsend mit den Schultern und holt ein Kaugummipäckchen aus seiner Tasche. »Auch eins?«

Misstrauisch beäuge ich es. Es ist noch versiegelt und ich kann die ausländische Aufschrift nicht lesen, aber auf der Folie ist ein Granatapfel abgebildet. »Okay.«

Er reicht mir die ganze Packung.

»Eins reicht ...«

»Nein. Nimm das Ganze. Limited Edition!«

Mit dem Gefühl, Drogen überreicht bekommen zu haben, schiebe ich sie in meinen Rucksack. Die Dinger landen gleich im Mülleimer!

Seine Augen funkeln amüsiert, als wüsste er, was ich denke. »Pass auf dich auf, P!« Er holt eine zerknüllte Baseball-Mütze mit dem Hermes-Logo aus seiner Hosentasche und setzt sie auf. »Und wenn du mal ganz down bist, hilft ein Kaugummi«, sagt er zwinkernd.

Oh, da sind so was von Drogen drin!

Ich warte, bis er pfeifend den Laden verlassen hat und greife nach meinem Rucksack, um die verfluchten Dinger in den Mülleimer zu pfeffern.

»Ist er schon weg?«

Ich zucke zusammen, als hätte mich mein Vater mit einer Flasche Vodka in der Hand erwischt. Dabei habe ich nichts Falsches gemacht. Im Gegenteil! Trotzdem schiebe ich die Kaugummipackung tiefer in den Rucksack. Der Bote und Erik kannten sich offenbar, hatte er Erik nicht sogar ›Onkel‹ genannt? Wie soll ich ihm jetzt sagen, dass sein

Neffe mir offenbar Drogen zugesteckt – oh. Mein Gehirn legt eine Vollbremsung hin. Erik ist kein Mensch. Er ist Hades. Der Hermesbote kann nicht sein Neffe sein.

»Wer war das?« Ich rolle den Stift auf der Zeitung hin und her. Es kann nicht sein. Oder doch? »War das wirklich …?«

»Hermes. Ja.« Erik beobachtet den Stift, der sich immer schneller zwischen meinen Fingern bewegt. Auf seinem Gesicht liegt derselbe verkniffene Ausdruck wie Tage zuvor, als er mir gesagt hat, wer er wirklich sei.

Wow, denke ich. Und dann spreche ich es laut aus: »Wow.«

Eriks Blick huscht misstrauisch über mein Gesicht. Wartet er darauf, dass ich ausflippe, weil ich jetzt *zwei* Götter kenne?

Demonstrativ beuge ich mich über die Zeitung und umkreise die Stellenanzeige, die *junge Studentinnen für einen seriösen* – Hahahaha! – *Massagesalon* sucht.

Erik schnaubt und verschwindet in seinem Büro. Sobald die Tür ins Schloss fällt, stürzen die ganzen Fragen auf mich ein: Was wollte Hermes von Erik? Warum sah er hinterher so unglücklich aus? Und warum sollte ich mich an ihn erinnern können?

6

Die Hände meiner Mutter sind überzogen mit Schwielen, ihre Fingernägel mit schwarzer Erde umrandet – die Hände einer Erdgöttin. Sie streicht Furchen in mein Haar, sät den Duft nach Sonne und Erde hinein, nach zerplatzten Granatäpfeln.

»Erzähl es mir noch einmal«, bitte ich schläfrig.

Die Göttin lacht und küsst meine Schläfe. Sie gräbt meine Haare um, um neue Worte hineinzusäen. »Vor Milliarden Sonnenkreisen, bevor es die Menschen gab und die Götter ihre Eltern bezwangen, fiel ein Stern vom Himmel und sank tief in den Schoß der Erde. Aus dem Stern keimte ein Wesen, ein Kind, das Jahrtausende lang heranwuchs, ungesehen und vaterlos. Und als die Erdkruste irgendwann zerbarst, offenbarte sich ein Mädchen – so schwarz wie die Erde, die sie gebar, ihre Augen gefüllt mit dem Licht tausender Sterne.

Diese neue Göttin trug unaussprechliche Kräfte in sich, ein glorreiches Schicksal. Ihr galt es, ein neues Zeitalter einzuläuten. Deswegen wurde sie versteckt, verborgen vor den Augen der Götter und später der Menschen. Ihr wahrer Name ein Fluch, den nicht einmal Götter auszusprechen wagten. Man nannte sie einfach nur …«

»*Kore*«, beende ich. »Das Mädchen.«

Seufzend blicke ich nach oben zu dem Sternenmeer, das im Gleichklang mit meinem Herzschlag pulsiert. Die Geschichte meiner Geburt ist eine Lüge – ein Märchen. Die Nymphen flüstern andere Dinge hinter meinem Rücken. Meine Mutter hatte mich genauso geboren wie jede Sterbliche, wie Rehe und Wölfe es tun. In tiefstem Schmerz und hellstem Rot. Mein Vater ist Zeus. Der Göttervater, der Gestaltwandler …

der Frauenschänder. Und weil er dabei nicht einmal vor seiner Familie haltmacht, lebe ich in der Menschenwelt versteckt, in einem Tal, das nie ein Mensch oder Gott betreten hat. Damit weder Zeus noch ein anderer Gott mich findet, damit ich meiner Tochter keine Lügen über ihre Geburt erzählen muss.

Ich schließe die Augen und stelle mich schlafend. Meine Mutter küsst meine Stirn, flüstert ihren Segen gegen meine Augenbrauen. Der Boden erzittert unter den Granatäpfeln, die sie für mich zurücklässt. Sie hat mir verboten, etwas aus der Menschenwelt zu essen. Sobald sie weg ist, öffne ich die Augen und blicke auf ihre Gaben. Die Wahrheit ist, dass ich nichts zu essen brauche. Ich bin unsterblich. Die Granatapfelkerne sollen mich an sie binden und unbesiegbar machen, mich so weit über die Grenzen der Unsterblichkeit hinausschieben, bis meine Existenz so grundlegend ist wie der Kosmos selbst.

Eine Frucht nach der anderen zerschlage ich auf einem Stein und warte. Die Käfer und Vögel finden die Gaben immer zuerst, picken die blutigsten Kerne heraus und fliegen davon. Danach kommen andere Tiere. Sie bleiben, reiben ihre Schnauzen an meinen klebrigen Händen und lecken den rubinroten Saft auf. Zum Schluss fliegen die Bienen und die Schmetterlinge herbei und malen meine Haut mit ihren Edelsteinfarben an. Sie sind mir alle treu ergeben. Denn die andere Wahrheit ist: Ich kenne den Geschmack von Granatäpfeln nicht. Ich habe noch nie einen gegessen ...

Wenn ich die Augen aufschlage, vibriert meine Haut mit dem Schlagen unzähliger Flügel und ich berühre mein Haar, suche die Wärme von Mutterhänden.

Dabei dachte ich, ich hätte den Schmerz längst vergessen. Die Sehnsucht. Der Kloß aus Tränen wächst und wächst, denn mein Haar ist kalt und meine Mutter seit Jahren tot. Es muss eine Erinnerung sein, die mein Unterbewusstsein aus der hintersten Ecke herausgekramt hat. Als sie starb, war ich nicht einmal drei; ich kenne meine Mutter lediglich von Bildern und aus den kleinen Anekdoten, die mein Vater manchmal mit mir teilt. Wie eine Elster sammele ich jede einzelne von ihnen in der Dunkelheit unter meinem Herzen. Die Hände in meinen Haaren gehörten nie dazu. Es fühlte sich zu echt an, um reine Einbildung zu sein. Irgendwann ist meine Mutter mir bestimmt genauso durch die Haare gestrichen und hat Geschichten erzählt. Ich wünsche mir, dass dem so war.

»Ranunkeln, habe ich gesagt!« Andreas Stimme zittert vor ungehaltener Wut und dem Versuch, leise zu sein. Verständlich, dass sie sauer ist, denn ich habe den ganzen Vormittag Mist gebaut.

Ich stelle die Vasen mit den Ranunkeln auf die Theke. Andrea reißt eine Blume nach der anderen heraus und ordnet sie am Strauß an. »Was ist los mit dir?«, zischt sie nicht sonderlich leise.

Wir blicken sofort zu Erik, der gerade eine Braut bezirzt. Beide scheinen nichts von unserem Geplänkel gehört zu haben.

»Ich habe schlecht geschlafen. Was Komisches geträumt.« Schon wieder.

»Ja?« Andrea klingt freundlicher. Sie wirft einen Blick zu Erik und beugt sich vor. »Was denn?«

Mit einem Schulterzucken beobachte ich, wie sie den Strauß immer weiter dreht und vervollständigt. Ich will ihr nicht sagen, dass ich von meiner Mutter geträumt habe. Sie würde dann ihren mitleidigen Ausdruck aufsetzen, der nicht wirklich Mitleid ist. Andreas Mutter lebt nämlich und angeblich hassen sie sich. Offenbar so sehr, dass Andrea eine tote liebende Mutter lieber wäre als eine verhasste lebendige.

»Irgendwas von Granatäpfeln«, antworte ich.

Der Ordner, den Erik gerade noch gehalten hat, klatscht zu Boden und die Kundin lacht erschrocken auf. Statt ihn aufzuheben, dreht er sich zu uns um. Mir liegt schon eine Entschuldigung auf den Lippen – aber sein Gesichtsausdruck verschlägt mir die Sprache. Er sieht mich an, als hätte ich ihm ein Messer in die Brust gerammt und seinen Brustkorb aufgeschnitten. Als wäre ich das jüdische Mädchen aus meinem Traum.

7

In meiner Pause gehe ich auf den Friedhof hinaus, um Eriks Blicken zu entkommen. Und Andreas Nachfragen zu meinem Traum. So spannend sind Granatäpfel nun wirklich nicht.

Im Inneren des Ladens kracht etwas zu Boden, ich spüre die Vibration in meinem Rücken. Als ich hineinrennen will, höre ich ihre Schreie und lasse den Türgriff los. Es ist eindeutig ein Streit. Der Vorwurf in Andreas Stimme und Eriks gebellte Entgegnungen sind zu deutlich. Die Worte selbst sind kleine Fetzen, die kein richtiges Bild ergeben. Die Überraschung, dass beide sich offenbar gut genug kennen, um miteinander zu streiten, weckt Eifersucht in mir. Was soll ich auch denken, worum sich ein Mann und eine Frau so lautstark streiten?

Es wird still. Vertragen sie sich gerade? Mir wird schlecht.

»Wenn du es ihr nicht sagst, tue ich das!«, schreit Andrea überdeutlich. Wem was sagen? Eriks Antwort erklingt draußen, als die Eingangstür auf der anderen Seite des Gebäudes ins Schloss scheppert. Dann knallt eine Autotür, der Motor brüllt auf und ein Wagen rast mit quietschenden Reifen davon.

Was soll ich jetzt machen? Am liebsten würde ich nach Hause gehen, blöderweise liegt mein Rucksack aber unter der Theke. Außerdem will ich Andrea nicht allein lassen ... Wer weiß, was die beiden im Laden angerichtet haben.

Nachdem ich tief Luft geholt habe, öffne ich die Tür. Der Boden glänzt feucht in der Nachmittagssonne. Es ist so ruhig. Was habe ich denn erwartet? Andrea weinen zu hören? Ich hätte nach so einem Streit Rotz und Wasser geheult, aber Andrea ist aus anderem Holz geschnitzt.

Aus dem Abstellraum greife ich mir einen Eimer und den Wischmopp. Der Boden ist überflutet, ein Tisch liegt auf der Seite, die vormals darauf stehenden Ausstellungsblumen treiben wie Schiffe zwischen den Eimern und Vasen umher. Und mittendrin steht Erik, nicht Andrea, und betrachtet die Zerstörung zu seinen Füßen.

Wir stehen minutenlang da, bevor mir das Elend zu viel wird. Ich hebe zwei Vasen auf, um frisches Wasser zu holen. Erik muss ebenfalls aus seiner Erstarrung erwacht sein, da ich höre, wie er die Tür abschließt. Kurz darauf knarzt der Tisch, als er diesen wieder aufstellt.

Anschließend hocken wir auf dem Boden und versuchen, so viele Blumen wie möglich zu retten. Die meisten sind jedoch verloren, die Stiele gebrochen, die Blüten zerdrückt oder aufgeweicht.

Erik betrachtet eine weiße Rose, die den Streit überlebt hat. Sie welkt unter seinem Blick, zersetzt sich im Zeitraffer zu Staub und Erde. Gänsehaut kriecht meinen Rücken hoch. Stimmt ja, ein Gott, erinnere ich mich selbst. Der Totengott höchstpersönlich …

Erik erhebt sich, wischt sich die Hände an seiner Jeans ab. »Ich muss dir etwas sagen …«

Sein ernster, verlorener Gesichtsausdruck zerschneidet meinen Brustkorb von innen, als hätte ich Glasscherben verschluckt. Wenn du etwas Harmloses sagen willst, dann kündigst du es nicht an. Und ich kann nicht anders, ich habe Angst und die Worte rutschen einfach aus mir heraus. »Bist du schwanger?« Ich schlage mir die Hand vor den Mund. Viel zu spät. *Bitte, lach*, flehe ich durch meine Augen.

Seine Augen verdunkeln sich bloß.

»Es tut mir leid«, stottere ich. Mein Gesicht brennt mir regelrecht von den Knochen weg. Denn es tut mir wirklich leid. Lachen ist die einzige Waffe, die ich kenne.

Erik nickt. Kurz und abgehackt. »Ich«, beginnt er und rollt seine Finger kurz zu Fäusten, bevor er sich korrigiert. »*Wir* – du und ich – werden morgen zum Olymp reisen. Ich hole dich ab.«

Die Glasscherbe in meinem Inneren löst sich mit einem Mal auf.

»Klar«, antworte ich und zucke mit den Schultern. »Und übermorgen besuchen wir den Weihnachtsmann und fahren mit ihm nach Disneyland.«

»Das ist nicht lustig.«

»Okay? Ich fand es schon ein bisschen witzig«, antworte ich. »Darf ich denn wenigstens erfahren, warum wir zum Olymp reisen?«

»Um Zeus zu sehen. Er verlangt unser Erscheinen.«

Ich denke an Hermes, an das Wenige, was ich bisher über griechische Götter gelernt habe. Das war also der Grund für seinen Besuch. »Warum?«, frage ich erneut.

Eriks Hände ziehen sich mehrmals zusammen, als hielte er in jeder Hand ein schlagendes Herz. »Weil du in der Unterwelt gewesen bist. Das hätte nicht passieren dürfen.«

»Warum soll ich dann mit? Ich bin nur ein Mensch und außerdem bin ich sicher nie wieder in der Unterwelt.« Soll ich als Zeugin fungieren? Erklären, dass es nicht Eriks Schuld war? Oder werde ich bestraft?

Erik lässt seine Arme hängen, die Hände schlaff. Herzstillstand. »Du bist kein Mensch.«

Wer hätte gedacht, dass ausgerechnet dieses Wort wie eine Beleidigung klingen könnte? Skeptisch ziehe ich die Brauen nach oben. »Was bin ich dann?«

»Erinnerst du dich nicht?« Während er meinen Blick erwidert, leuchten seine Augen grünlich wie Irrlichter.

Keine Ahnung, wovon er spricht. Hermes hat mich dasselbe gefragt. »Woran soll ich mich erinnern?«

»Aber ...« Er tritt einen Schritt zurück, zertritt eine Gerbera. »Du hast es doch geträumt.«

Ich stehe ebenfalls auf. »Was hat mein Traum bitte mit der ganzen Sache zu tun?« Mein Kopf dröhnt. »Kannst du mir nicht einfach sagen, was los ist? Geht es hier um euren Streit?«

»Persephone«, flüstert er. Jede einzelne Silbe mit Verzweiflung gefüllt. »Du bist Persephone«, wiederholt er lauter. Seine Bewegungen sind fast zu schnell, um sie zu sehen. In Sekundenbruchteilen zieht er sich die Kapuze über den Kopf und verschwindet.

Zuerst gratuliere ich mir selbst, dass ich nichts fühle, aber dann fühlt sich mein Brustkorb wie ein Altglascontainer an und ich sinke auf den nassen Boden zurück.

8

Fühlt sich so Erwachsensein an? Deine Welt ist voller Risse und Scherben, Sekunden vor dem Einsturz, und du machst trotzdem weiter, tust, was du tun musst – arbeitest, atmest, drehst dich in deinem Rad … Denn ich kann nicht ewig einfach auf dem Boden sitzen, irgendein Countdown scheint in meinem Körper herunterzuzählen und ich bewege mich. Sammele die nicht mehr zu rettenden Blumen in zwei Eimern. Wische den Boden, meine Hose klamm von dem ganzen Wasser.

Die Sonne wabert orange am Horizont, kann sich nicht entscheiden, ob sie untergehen soll. Ich blicke zu den Mülltonnen und umklammere die Eimergriffe. Diese Blumen kann ich nicht wegwerfen. Selbst tot sind sie noch wunderschön. Und was macht man sonst mit Blumen auf einem Friedhof?

Über Kies, Gras und Moos gehe ich zwischen den Gräbern entlang und lege auf jedes leere Grab eine Blume. Meine Gedanken kehren unablässig zu den vier Silben zurück: Per-se-pho-ne. Wie gerne würde ich es für einen Traum halten. Doch in den letzten paar Tagen hat sich meine Welt gedreht und gedehnt und ich frage mich, wie sie wirklich ist – wer *ich* wirklich bin. Ich bin nicht mehr bloß Florine, wenn ich für Minuten Erika war. Und jetzt soll ich keine von beiden sein, weil ich Persephone bin?

Bilder der blonden Göttin fluten meine Gedanken. Die Marmorstatuen … Ich, eine Göttin? Was für ein Witz! Das Einzige, was ich mit einer gemeinsam habe, ist die Breite meiner Hüften.

Ich laufe weiter und weiter, aber mein verräterisches Gehirn zieht mich zu einem bestimmten Gedankengang zurück, zum aufregendsten Detail von Persephones Lebenslauf: Frau von Hades.

Vor dem letzten Grab bleibe ich stehen. Eins, das keine Blumen braucht, weil daraus bereits ein Rosenstrauch wächst. Trotzdem lege ich die übrig gebliebenen Blumen auf den Teppich aus Blütenblättern. Der süßlich grüne Duft zerbrochener Stängel vermischt sich mit dem der Rosen. Ein Geschenk für eine Frau, die ich nicht kenne. Eifersucht ist ein seltsames Ding. Ich habe keinen Grund, auf eine Traumgestalt eifersüchtig zu sein – auf das eigene Unterbewusstsein. Aber natürlich wünsche ich mir auch, dass Erik mir so verzweifelt seine Liebe erklärt.

Hat Hades Persephone denn wirklich geliebt? Und sie ihn? Ihre Liebesgeschichte liest sich wie ein Horrormärchen. *Stockholm-Syndrom 10.000 BC.* Falls sie ihn denn geliebt hat. Vielleicht konnte sie ihn einfach nicht verlassen – oder durfte es nicht. Die Frage, die dann bleibt: Wenn Erik Hades ist und ich Persephone, heißt das, dass er mich doch irgendwie liebt? Die leeren Eimer rutschen mir aus den Händen und schlagen dumpf auf der Erde auf. Sind wir sogar verheiratet?

Erik wartet im Laden auf mich. Ich weiß nicht, warum ich angenommen habe, dass er nicht zurückkommt. Es passt nicht zu ihm, den Laden unverschlossen und mich so spät allein zu lassen.

Wir steigen schweigend in sein Auto, fahren los. Die ganze Zeit sehe ich ihn von der Seite an, sein ebenmäßiges Profil – einer Marmorstatue nicht unähnlich. Hades und Persephone fahren in einem Auto ... Ich lache. Erik zuckt nicht einmal mit der Wimper. Offenbar hat er nicht vor, von sich aus über den pinken Elefanten im Raum zu sprechen.

Sobald ich mich räuspere, erstarrt er, zieht sich zusammen, wartet bestimmt auf meinen Angriff. Welche der tausend Fragen soll ich ihm denn zuerst stellen? Am Ende entscheide ich mich für die dringendste und unmöglichste.

»Wie kommt es, dass ich sie bin? Persephone, meine ich.«

Erik atmet tief durch, starrt weiter geradeaus auf die Straße. »Sie ist gestorben. Vor langer Zeit«, flüstert er. »Du bist ihre Wiedergeburt. Inkarnation ...« Er fuchtelt abfällig mit seiner Hand.

Habe ich irgendwo ein Zeichen? Ein Geburtsmal? Sind die drei Weisen zu meiner Geburt erschienen? Er klingt so sicher und selbstverständlich. *Sieh mich an*, will ich sagen. Ich bin schon als Mensch nicht überdurchschnittlich, wie kann ich dann eine Göttin sein?

»Wie kannst du dir so sicher sein? Ich bin irgendjemand …« Meine Stimme bricht und er sieht mich endlich an. Sein Gesicht mit dem gleichen Schmerz überzogen wie meine Worte. Nur eine Reflexion, sage ich mir schnell, aber die Hoffnung wächst und wächst zu einem Luftballon. Und liegt es nicht in deren Natur, zu platzen?

»Woher weißt du, dass du gerade wach bist und nicht träumst?«, fragt Erik. »Ich würde dich immer und überall erkennen.«

»Selbst wenn ich dir glaube …« – und ich möchte ihm so gerne glauben – »… würde das bedeuten …« Hilflos zucke ich mit den Schultern. »Sind wir jetzt verheiratet?«

Erik schwenkt auf die Gegenfahrbahn aus und flucht. Zum Glück kam uns gerade kein Auto entgegen, mir schlägt trotzdem beinahe das Herz aus der Brust.

Er schluckt hörbar. »Ich weiß nicht, was ich darauf antworten soll.«

Wir schweigen.

»Hast du sie geliebt?«, frage ich leise und meine: *Liebst du mich?*

»Ja.« Er holt tief Luft, sieht mich kurz an. »Ich werde sie immer lieben.«

So wie er ›immer‹ betont hat, macht mir klar, dass er nicht nur von meinen Gefühlen weiß, sondern mir auch sagen will, dass er sie niemals erwidern wird. Ich werde Persephone nicht ersetzen können. Niemals. Ein Lächeln schleicht sich auf meine Lippen. Wenn ich schon untergehen soll, warum nicht richtig?

»Was ist mit der Entführung? Mit der –« Ich schließe den Mund. Wie konnte ich bloß für eine Sekunde daran glauben, Erik wäre in der Lage, irgendjemanden zu vergewaltigen?

»Ich habe sie niemals entführt!«, schnappt er. »Und ganz bestimmt nicht vergewaltigt! Du hast offenbar keine Ahnung und kein Recht –« Ruckartig bremst er ab und ich werde ein Stück nach vorne geschleudert. Wir sind vor meinem Haus. »Ich möchte, dass du eins verstehst: Das hier …« – dabei zeigt er auf die Luft zwischen uns – »… darf nicht passieren. Unter keinen Umständen. Hast du verstanden?«

Ich nicke. Was soll ich sonst tun? Schweigend steige ich aus und trotte zum Haus. Erst als die Eingangstür hinter mir ins Schloss fällt, fährt er mit quietschenden Reifen davon und ein dumpfer Bass zieht ihm nach.

Irgendwie schleppe ich mich bis zu meiner Wohnung hoch. Bis zum Badezimmer. Der perfekte Augenblick, um unter der Dusche zu heulen. Dafür könnte ich mich sogar schminken, damit die Wimperntusche dramatisch verläuft. Mit Mühe ziehe ich mir die feuchte Hose aus und hänge sie über den Badewannenrand.

Halbnackt wandere ich zum Kühlschrank. Wie lange ich auch in das kalte weiße Innere blicke, es materialisiert sich weder etwas Essbares noch ein Bier. Wundervoll. Der perfekte Abschluss dieses Tages. Härter als nötig werfe ich die Kühlschranktür zu und die Tabasco-Flaschen klimpern gegeneinander.

Es ist unfair, okay! Ich kenne Götter, arbeite sogar für einen, und neuerdings soll ich selbst eine sein. Die Wiedergeburt der unglaublichen Persephone! Unterm Strich bin ich jedoch lediglich eine weitere einsame Frau mit einem leeren Kühlschrank und gebrochenen Herzen. Von wegen Happy End! So eine Geschichte würde erst gar nicht geschrieben werden. *Die Prinzessin bekam eine Abfuhr und lebte unglücklich und einsam bis an ihr Lebensende.* Ich ziehe mir eine trockene Hose an und werfe mir meinen Rucksack über die Schulter. Wer will so einen Mist lesen, wenn man ihn in der Realität umsonst haben kann?

Erst nach dem Abstecher zu der Trinkhalle, als ich zu dem Supermarkt am Ende der Straße blicke, begreife ich meinen Fehler. Ich trete von einem Bein auf das andere, die ganzen Flaschen in meinem Rucksack stoßen schwer aneinander. Ich hätte zuerst einkaufen gehen sollen. Mein Magen grummelt unglücklich. Wenn ich jetzt nicht esse, nachdem ich bereits das Mittagessen ausgelassen habe, kippe ich um. Wenn ich den ganzen steilen Weg bis zum Supermarkt geschafft habe, aber auch. Es gibt nur eine einzige Lösung für mein Dilemma – Pizza!

Ich quetsche mich zwischen dem Zaun und der Trinkhalle hindurch, um eine Abkürzung durch den Park zu nehmen. Es ist noch früh und hell genug, dass sogar Mütter mit Kindern und Pärchen durch den Park spazieren. Finster starre ich eines an und sie machen einen großen Bogen um mich.

Ganz genau. Macht den Weg frei für die große Florine – Göttin der Pizza und des Bieres und gebrochener Herzen, Schutzgöttin unglücklich Verliebter und Loser!

Mit der Pizza bewaffnet und weit besser gelaunt, mache ich mich auf den Heimweg. Ein älteres Paar bleibt bei meinem Anblick stehen und nimmt einen anderen Weg. Kenne ich bereits. Rassismus ist tatsächlich wie Wein. Je älter, desto kräftiger und saurer. Ich tue so, als würde es mir nichts ausmachen. Als wäre es mir egal, wie sie mich ein paar Meter weiter immer noch beobachten und miteinander tuscheln.

Meine Gleichgültigkeit verpufft, als die beiden quer über den Rasen auf mich zumarschieren. Mit klimperndem Rucksack laufe ich schneller. Der Tag war grauenhaft genug, können sie mich nicht in Ruhe lassen, damit ich endlich meine Pizza essen und heulen kann?

Alte Menschen sind schneller, als sie aussehen. »Lena!«, ruft die alte Frau und hakt sich bei mir ein.

»Ich bin nicht Lena«, antworte ich und versuche, meinen Arm so höflich wie möglich aus ihrem zu ziehen. Offenbar verwechselt sie mich und ich weiß nicht, wie ich es ihr nett erklären soll.

Die Frau lächelt mich nervös an. »Ich weiß. Verzeih den Überfall, Liebes. Wir haben gesehen, dass dir einige Herren folgen. Ich wusste nicht, was ich sonst tun soll.«

»Die Polizei rufen«, knurrt ihr Ehemann.

»Das ist bestimmt nicht nötig.« Ich drehe mich um, suche nach meinen angeblichen Verfolgern. Es ist nicht mehr der Hunger, der in meinem Magen rumort, denn ich habe nicht gemerkt, dass mir jemand gefolgt ist. Bestimmt haben sich die beiden vertan …

Die Pizzaschachtel rutscht mir aus den Fingern, als ich zwei maskenhafte Gesichter zwischen den Bäumen sehe. Die Golems starren mich aus ihren unbeweglichen Puppenaugen an.

Aus dem Augenwinkel sehe ich, wie der alte Mann seine Brille und ein steinaltes Handy herausholt.

»Komm, Herzchen.« Die Frau drückt mir die Pizza zurück in die Hände. »Sehen sie nicht grauenhaft aus? Ich wusste sofort, dass mit den beiden etwas nicht stimmt. Hast du sie schon mal gesehen? Harald, pack dein Handy wieder ein! Und was sollen sie tun? Verhaften? Dann mach! Mach einfach!«

Wie betäubt stolpere ich weiter, eingeklemmt zwischen den beiden streitenden Eheleuten. Die Frau trägt mich praktisch durch den gesamten Park bis zum Haupteingang. Weder spüre ich meine Beine noch mein Herz.

»Wo wohnst du, Liebes? Wir bringen dich nach Hause.«

»Nein, nein«, sage ich schnell. »Das ist nicht nötig. Ich wohne gleich um die Ecke.« Ich will bloß weglaufen. Schnell nach Hause. Vielleicht Erik Bescheid sagen, dass seine komischen Türsteher die Dorfbewohner erschrecken.

»Ich rufe gleich jemanden an«, lüge ich, als die alte Frau widersprechen will. »Ich rufe meinen Freund an. Wir wollten ... Ich wollte nur die Pizza holen.« Erleichtert hebe ich die Schachtel an. Sie werden eh nicht auf die Idee kommen, dass das ganze Ding für mich allein war.

Der alte Mann schaut auf seine Armbanduhr. Sein strenger Blick erinnert mich an den meines Vaters. »Richte bitte deinem Freund aus, dass er zu solch einer Uhrzeit die Pizza selbst holen soll.«

»Harald!«

»Was? Junge Frauen sollten um diese Zeit nicht alleine herumlaufen.«

»Es ist fünf Uhr nachmittags!«

Er zeigt zurück zum Park. »Sag das doch den Nichtsnutzen dahinten. Meinst du, die warten bis Mitternacht, bevor sie die weibliche Bevölkerung terrorisieren?«

»So habe ich das nicht gemeint ...«

»Ich bin in zwei Minuten da«, unterbreche ich sie. Es ist mir unangenehm, dass sich die beiden meinetwegen streiten. »Vielen Dank, dass Sie mir geholfen haben. Wirklich!«

»Aber selbstverständlich, Liebes. Komm gut nach Hause!« Die Frau umarmt mich sogar und ich brumme mit brennendem Gesicht meinen Dank. Der alte Herr nickt mir zu und brummt ähnlich peinlich berührt eine Antwort.

Es dauert fast zehn Minuten, bis ich endlich ankomme. Die längsten zehn Minuten meines Lebens. Erst als ich die Tür hinter mir mehrmals abschließe und das Schuhregal davorschiebe, kann ich endlich richtig atmen. Mit dem Gesicht voran falle ich auf das Bett. Die Flaschen rollen im Rucksack herum, drücken mich in die Matratze hinein. Was für ein Tag. Im Treppenhaus rennt jemand die Stufen hoch und ich halte die Luft an, bis eine Tür im Stockwerk über mir knallt. Vielleicht wollten die Golems mir gar nichts tun. Aber warum haben sie mich dann verfolgt? Mitten am Tag? Nach Eriks Offenbarung kann es kein Zufall sein. Ich hole das Handy heraus und starre auf das Display, bis es ausgeht. Mache es wieder an.

Sind dir ein paar Golems entlaufen? Habe vorhin welche im Park gesehen.

Ich beiße ein Stück meiner Pizza ab, lecke mir den Tabasco vom Finger und scrolle weiter. Zwei Bierflaschen später habe ich immer noch keine Antwort von Erik und weiß genauso viel über Persephone und ihre Beziehung zu Hades wie vorher. Von Liebe spricht jedenfalls niemand. Stattdessen lese ich einen interessanten Fakt nach dem anderen und vergesse sofort den Inhalt.

Kurz vor Mitternacht wage ich mich aus meinem Deckennest heraus und schleiche mich zum Fenster. Die Straße ist leer, keine grausigen Gesichter sehen zu mir auf. Auf der gegenüberliegenden Seite steht ein schwarzer Van, aber ich kann nur dessen Dach sehen. Es ist irgendein Auto. Die Vorstellung, es sei Eriks, gefällt mir jedoch besser.

9

»Ich will nicht für alle Ewigkeiten hierbleiben!«

Vögel kreischen in den Bäumen über mir auf und flattern davon. Demeters Gesicht ist so nachsichtig, so geduldig, ich möchte es wie einen ihrer Granatäpfel an dem Stein zerschmettern. Um zu beweisen, dass es eine Lüge ist, dass sie dahinter genauso vor Wut kocht wie ich.

»Kore.« Sie hält mir eine Hand hin.

Ich bin kein wildes Tier, das sie mit ihrem Duft an sich binden kann! »Nein«, zische ich, »Persephone!«

Und da, endlich. Wut blitzt in ihren Augen auf, verlischt aber wie eine Sternschnuppe. »Sprich diesen Namen nicht aus! Noch gehört er dir nicht.« Sie sieht sich um, als würden jeden Augenblick Zeus und die anderen auftauchen, um mich zu entführen. Ich rieche ihre Angst, sehe die Linien um ihre Augen, auf ihrer Stirn, wie aufgeplatzte Erde. Sie ist so alt ... Ein Teil meiner Wut steigt davon wie Nebel im Sonnenlicht. Ich mag die Angst nicht, die sich daraufhin in mein Herz schleicht. Sie ist eine Göttin, sage ich mir. Sie mag seit dem Anbeginn der Zeit existieren, aber sie wird niemals sterben.

»Mach das nicht noch einmal«, flüstert sie. »Denke nicht einmal dieses Wort.«

Ein Wunsch, den ich ihr nicht erfüllen kann. Ich nicke – eine weitere Lüge.

Meine göttliche Mutter tritt zu mir, zieht mich in ihre Arme und drückt ihre Stirn an meine. »Ich liebe dich«, sagt sie, ihre Worte ein Regen aus Liebe, der mich durchtränkt.

Ich nicke erneut und schweige, denn ich bin nicht Erde, sondern Erz. Ihre Liebe sickert durch mich hindurch und versinkt im Boden unter meinen Füßen.

Die Erde zittert, die Granatäpfel trommeln auf ihrer Haut. Meine Mutter verschwindet, lässt mich im Tal zurück. Es schließt sich um mich wie die Wände eines Grabes, droht, mich zu zerdrücken.

Mit zusammengebissenen Zähnen zerschmettere ich fast alle Früchte, warte jedoch nicht auf die Tiere, sondern hebe den mit Saft durchtränkten Stein hoch und ziehe die Klinge heraus, die sich dort durch die Jahrhunderte aus dem Saft kristallisiert hat. Ihre Kanten leuchten tödlich im Morgenlicht. Ich mag mich meiner Mutter widersetzen, aber ich bin nicht dumm. Und ich habe Angst. Ich binde den Rock meines Kleides hoch, lege den letzten Granatapfel in die Stofffalten. Es gibt sonst nichts, was ich mitnehmen kann.

Wenn die ersten Vögel und Insekten landen, bin ich hunderte Meter weiter und die Erde zittert unter meinen Fußsohlen.

In den nächsten Stunden lasse ich mich von meinen Entdeckungen führen und so sitze ich mittags in einem Baum und beiße in ein Stück Honigwaben, den ich aus dem Bienenstock neben mir geholt habe. Die Bienen krabbeln über meinen Körper, sodass ich lachen muss. Der Honig explodiert frisch und süß in meinem Mund und ich kaue selig an dem Wachs, bis jeglicher Geschmack daraus verschwunden ist. Der Ast ist übersät mit ausgespuckten Wachsklumpen.

Träge und satt schließe ich die Augen und lasse die Sonnenstrahlen über mein Gesicht wandern, meinen Hals, meine Brüste.

Ein Flüstern schreckt mich aus dem Halbschlaf. Das Kristallmesser liegt warm in meiner Hand, kurz davor, durch meine honigverschmierten Finger zu gleiten. Der Wind teilt die Zweige für einen Augenblick. Da ist niemand. Das Flüstern erklingt abermals, so unerträglich nah, dass ich die Worte zu verstehen glaube. Lästern die Nymphen? Aber es gibt hier weder eine Quelle noch einen Teich.

Lautlos springe ich aus meinem Versteck hinunter und folge den Stimmen, das Messer erhoben und bereit. Sind das die Götter, vor denen mich meine Mutter gewarnt hatte? Ich sollte zurücklaufen, ich sollte, sollte, sollte …

Es ist zu spät und ich lache über meine eigene Angst. Das Flüstern dringt durch das Gestein zu meinen Füßen, ein riesiges Stück Granit, das eine unterirdische Quelle bergen muss. Mein Durst ist plötzlich und kaum zu ertragen, genau wie mein Wunsch, den Geschmack von Honig wegzuspülen – die Beweise meiner kindischen Rebellion.

Das Messer gleitet durch das Gestein wie durch Erde. Wenige Schnitte und der Granit fällt weg. Herrlich kalte Luft schlägt mir entgegen – nirgendwo fließt Wasser. Ich beuge mich über den Rand des Erdlochs. Die Stimmen erklingen wieder, sehnsüchtiges Flüstern, leises Lachen. Der Neid klebt bitter an meiner Zunge. Die eigene Sehnsucht. Dabei weiß ich nicht einmal, nach was.

Die Erde ist kalt unter meinen Füßen, die Gänsehaut kriecht mit jedem Schritt höher und bald klappere ich mit den Zähnen. Die feuchten Wände fühlen sich nun wahrlich wie ein finsteres Grab an. Aber etwas treibt mich weiter. Ich möchte wissen, wer da lacht. Warum ein solch schlichtes Geräusch wie tausende Käfer unter meine Haut kriecht und mich von innen aushöhlen kann.

Der Gang führt um eine Ader aus Erz und endet abrupt in einer riesigen Höhle, in deren Mitte ein Fluss aus Licht verläuft. Ein Tier stürzt sich auf mich, die Lefzen über riesigen Zähnen hochgezogen. Als er mein Lächeln sieht, knurrt der seltsame Wolf lauter, den Kopf schiefgelegt, vermutlich, weil ich mich ihm unerschrocken nähere. Ich stecke das Kristallmesser zurück in meinen Gürtel und knie mich hin. Diesen Wolf habe ich nie zuvor gesehen, er kann nicht aus dem Tal sein. Aufregung blubbert meinen Bauch hoch, als die Erkenntnis sich in mir ausbreitet: Ich bin nicht mehr im Tal.

Der Wolf schnuppert neugierig die Luft, seinen Blick auf meine Hände fixiert. Er nähert sich geduckt und drückt seine warme, feuchte Schnauze dagegen. Grummelnd plumpst er hin, schließt die Lider und beginnt den Honig und die Reste vom Granatapfelsaft von meinen Händen zu lecken.

Wenn ich noch breiter grinse, zerplatzt mir das Gesicht. Der Wolf öffnet seine Augen – eines blau, eines braun – und ich weiß, dass er nun mein ist, mir für alle Zeiten treu ergeben.

Er bellt kurz, schwört seine Treue.

»Führ mich herum«, flüstere ich. »Zeig mir alles.«

Der Wolf dreht sich schwanzwedelnd um und führt mich tatsächlich den Fluss entlang. Wir nähern uns dem Flüstern. Weiß der Wolf um mein Ziel, um meinen sehnlichsten Wunsch?

Es ist ein Nest, aber die Wesen darin keine Vögel, trotz ihrer Schwingen. Weiß wie die Sterne, schwarz wie Erde – wie ich. Es sind zwei Männer, Brüder, Götter … Ihr geheimes Flüstern verstummt, sie legen ihre Schwingen schützend umeinander, bedecken ihre tödlichen Augen mit ihren Händen. Augenblicklich blicke ich auf meine erdverschmierten Füße, kurz davor, mir selbst die Augen zuzuhalten. Hypnos und Thanatos. Der Schlaf und der Tod. Sie existierten bisher lediglich in den Märchen meiner Mutter, jetzt bräuchten sie bloß ihre Hände auszustrecken und ich würde einschlafen und dann einfach sterben. Selbst als Göttin, selbst als Persephone. Weil ich keinen einzigen der Granatäpfel aß.

Die Blumen wachsen hoch bis zu meinen Schenkeln, ihre blutigen Köpfe explodieren in durchsichtigen Blüten – Schlaf und Tod vereint. Ich beuge mich hinab und pflücke eine Handvoll. Eine Gabe. Die Brüder greifen danach, vorsichtig, um mich nicht zu berühren, flüstern ihren Dank.

Erleichtert neige ich meinen Kopf, meine Haut so klamm, so furchtbar sterblich, und folge dem Wolf. Ich bin tatsächlich nicht mehr im Tal. Ich bin in der Unterwelt.

Als Hades eintritt, hält er in jeder Hand Mohnblumen, sein Ausdruck so ratlos und verloren, dass ich mir eine Haarsträhne ins Gesicht ziehe, um mein Lachen zu verbergen. Er sieht mich an und mein Herz zieht sich zusammen, versteckt sich vergeblich vor seinen Augen. Was sieht er? Ein schmutziges Mädchen auf einem Stein, einen Wolf zu ihren Füßen, von plaudernden Seelen umgeben? Ein unverschämtes Kind? Eine halbnackte, wilde Göttin?

Ich sehe einen knochenweißen Gott, sein Gewand schwarz und zerschlissen, seine Augen leuchten weich – haben die gleiche Farbe wie die Seelen. In Demeters Märchen war er ein finsterer, alter Mann. Schweigsam, unverrückbar wie der Olymp selbst. *Der Schwächste,* meinte meine Mutter. Er *ist* älter, denn er sah und erlebte mehr als Demeters geflüsterte Geschichten, aber *mich* gab es länger. Ich schlummerte unter der Erde, lange bevor die Unterwelt zu seinem Reich wurde.

Empfindungen jagen über sein Gesicht wie die Gestirne über den Himmel. Verborgen vor seinem Blick halte ich das Messer fest, die Kanten schneiden in mein Fleisch. Ich bin bereit.

»Kore«, sagt er und scheint genauso überrascht von seiner Stimme zu sein wie ich. Sie ist wie Erz, wie mein Kristallmesser. Und mein Herz der Granit. »Das ist mein Platz.«

Obwohl ich abermals lache, es verstecken will, streiche ich mir das Haar aus dem Gesicht. Er *muss* es einfach sehen. »Es gibt keinen anderen Sitz«, antworte ich.

Und Hades sieht sich um, als wäre es nicht sein eigenes Reich, die einzige Sitzmöglichkeit nicht der Stein. »Mein Fehler«, sagt er und sein Lächeln ist unerwartet und süß wie der Honig, der noch an meinen Lippen klebt. Mit einer Geste seiner weißen Finger befiehlt er etwas hoch aus dem Boden, die Ranken verbiegen sich, formen ein Nest. Hades blickt mich an und entlang der Ranken leuchtet es auf, Blütenblatt um Blütenblatt öffnen sich die fast weißen Blumen. *Eine Gabe.* Für mich. Hinter dem Vorhang meiner Haare glüht mein Gesicht und mein wildes Lachen wird nur noch von meinem Herzschlag übertönt.

10

Ich lache immer noch, als ich aufwache. Glucke die Aufregung in mein Kissen hinein. Wie konnte ich so mutig gewesen sein? So dreist? Ich bewundere mein Traum-Ich dafür – ich würde sonst was dafür geben, genauso selbstverständlich ich selbst zu sein. Da ist natürlich der Neid, genauso bitter und scharf. Aber auch das Wissen, diesem anderen mutigen Ich in etwas überlegen zu sein. Persephone wusste nicht, wonach sie suchte. In meiner Erinnerung hatte sie keine Ahnung, dass sie sich verliebt hatte, und ganz bestimmt nicht wie schlimm.

Bewusst atme ich ruhiger, versuche, meinen Körper zurück in den Schlaf zu zwingen. Ich möchte mehr wissen, mich an mehr erinnern. Denn ich war offenbar glücklich damals. Wie sah dieses Glück aus? Wie sehr liebte er mich?

In der Küche klappert etwas, wenige Meter von meinem Bett entfernt. Panisch wälze ich mich herum, taste nach dem Kristallmesser, das nicht an meinem Gürtel steckt. Eine riesige Hundeschnauze schiebt sich hechelnd in mein Blickfeld, eins seiner strahlenden Augen braun, das andere blau.

»Scheibenhonigkleister!«, japse ich.

In der Küche räuspert sich jemand. »Florine?«

»O mein Gott!« Was tut Erik hier? »Was tust *du* hier?« Meine Stimme ist so schrill, dass Ros die Ohren anlegt und sich leise winselnd auf den Teppich vor dem Bett zusammenkauert. »Ernsthaft, Erik?« Ich ziehe mir die Decke bis unters Kinn, obwohl ich noch die Kleidung von gestern trage und er keine Anstalten macht, aus der Küche herauszukommen. »Das hier ist nicht *Twilight*!«

Ich springe auf, tänzele um Ros' ausgestreckten Körper und mache einen Rekordsprint zum Badezimmer.

»Was ist Twilight?«, ruft Erik mir verwirrt hinterher.

Das würdige ich bestimmt keiner Antwort und knalle die Badezimmertür zu.

Gelobt sei meine Faulheit, denn der Korb mit sauberer Wäsche steht wie zuletzt auf der Waschmaschine. So schnell, wie ich mich wasche, halte ich es nicht für unwahrscheinlich, in einem früheren Leben beim Militär gewesen zu sein. *Offiziersschule.* Erschrocken sehe ich mich im beschlagenen Spiegel an. Zahnpastaschaum tropft mein Kinn hinab. Wo kam das her? Ich jage dem Wort hinterher, wate durch schlammige Erinnerungen, aber da ist nichts. Die Bilder entgleiten mir, bevor ich nach ihnen greifen kann … Muss ich schlafen, um mich erinnern zu können?

Draußen hebt der Wasserkocher wieder in die Stratosphäre ab. Stimmt ja, ich habe noch ein Vampirhühnchen zu rupfen!

Entschlossen und barfüßig stampfe ich aus dem Badezimmer, um Erik zu erklären, wie unangebracht es ist, unangekündigt in der Wohnung einer schlafenden Person zu erscheinen. Und wenn ich herausfinde, dass er mich im Schlaf beobachtet hat …!

Kurz vor Ros bleibe ich stehen. An dem Holzrahmen meines Bettes klebt etwas, wächst in filigranen Linien daraus. Die roten Blütenblätter sind winzig klein, die Mohnblume eine Bonsaiversion ihrer Geschwister aus meinem Traum. Ich pflücke sie, halte sie vorsichtig zwischen zwei Fingern.

Als ich in die Küche einmarschiere, zuckt Erik zusammen.

»Hast du mich im Schlaf beobachtet?«

»Natürlich nicht!« Sein Mund klappt fast hörbar zu. »Nicht *dich* … nicht heute.«

Ich will nicht daran denken, dass er es bei Persephone getan hat – die ich zwar bin, aber offenbar auch nicht – und rede schnell weiter. »Ich habe geschlafen! Normale Menschen tauchen dann nicht bei einem auf. Sie klingeln an der Tür, rufen an, warten draußen«, zähle ich auf.

»Ros war bei dir«, unterbricht er mich. »Vielleicht erinnerst du dich nicht, aber er gehört auch zu dir. Du hast ihn an dich gebunden.« Eriks Gesichtsausdruck nach zu urteilen, findet er diese Tatsache nicht unbedingt toll. »Er rief mich, sobald du wach warst. Und ich *habe* dir gesagt, dass ich dich abholen werde.«

Stimmt ja. Die Wut macht der Angst Platz. Der Olymp, Befehl von Zeus. »Muss ich wirklich mit?«

»Möchtest du, dass er stattdessen zu dir kommt?«

Mein ganzer Körper zieht sich bei dem Gedanken zusammen – vermutlich Persephones Reflex, der Jahrtausende später mich erreicht. »Natürlich nicht.«

Eriks Blick ist auf die Traumblume in meiner Hand gerichtet. Ich möchte sie ihm geben. Eine Gabe. Ich möchte ihn berühren, möchte, dass er mich genauso festhält wie im letzten Leben – bis meine Angst wegschmilzt.

Es ist Persephones Mut, der meine Füße nach vorn zwingt, und ich durchschreite dieses »Das«, das zwischen uns steht und laut Erik nicht passieren darf. Die Blütenblätter zittern verräterisch, als ich ihm die Blume gebe, aber er nimmt sie an, hält sie behutsam zwischen seinen Fingern. Meine Gabe an den Gott der Rosen. Ich bin wieder Florine, als ich den weichen Stoff seines Sweatshirts berühre und mich auf die Zehenspitzen stelle. Erik lächelt flüchtig gegen meinen Mund, seine Augen am Flackern. Das war's. Ich will zurücktreten, mich im Badezimmer einschließen und nie wieder herauskommen, aber meine Hände sind an seiner Brust festgefroren. Erik schließt die Augen und etwas verschiebt sich. Er zieht mich zu sich, die Mohnblume gegen meinen Rücken gepresst. Als er mich küsst, blühen Erinnerungen in mir auf wie eine Rose aus Déjà-vus. Ich greife nach seinen Schultern, um mich nicht in ihnen zu verlieren – in hundert Namen und Leben und tausenden Küssen.

Mein Blut ruckt schmerzhaft durch meine Adern. Das grüne Echo meiner Pflanzen, der ganzen Welt um uns herum, erreicht mich. Wir alle leben und ich bin Persephone und Erik Hades. Ich liebe ihn und er …

Erik weicht zurück, Millimeter nur, unsere Lippen trennen sich trotzdem. Er streicht meine Arme hinab, umfasst eines meiner Handgelenke. »Das war eine schlechte Idee«, flüstert er warm gegen meine Lippen, seine Augen immer noch geschlossen. »Iss bitte etwas. Ich weiß nicht, wie lange wir auf dem Olymp bleiben.«

Er greift nach seiner Kapuze und verschwindet, das Gefühl seiner Finger um mein Handgelenk klingt nach. Die Melancholie, die ich empfinde, wenn ich an den Helm denke, den Hades damals benutzte, um zwischen den Orten zu springen, gehört mehr Persephone als mir. Auch Götter müssen wohl mit der Zeit gehen und ein Kapuzenpulli ist heutzutage unauffälliger als ein Helm.

Die Arbeitsplatte ist übersät mit Gebäck und Obst, ein Stilgemälde an Überfluss. Ich greife nach einem warmen Franzbrötchen und sehe die Rose. Nicht weniger fragil als meine Mohnblume liegt sie zwischen zwei Äpfeln. Vorsichtig presse ich ihre kühlen Blütenblätter gegen meine Lippen und ihr Duft sickert in meinen Mund. Es ist eine der Rosen, die Hades für Persephone schuf. Für wen hat Erik sie zurückgelassen? Für Persephone? Oder für mich?

11

Nach meinem seltsamen Frühstück legt Ros seinen Kopf schief und starrt mich an. Auch wenn ich ahne, was gleich passieren wird, springe ich trotzdem zurück, als Erik plötzlich vor uns steht. Er hält mir seine Hand hin. »Bereit?«

»Nein«, antworte ich, ergreife jedoch seine Finger und hole tief Luft.

Er zieht die Kapuze seines Sweatshirts wieder hoch und meine Welt löst sich auf. Wie bei einer Diashow schiebt sich ein anderes Bild vor meine Augen. Ich öffne den Mund, immer weiter.

Das ist der Olymp?

Alles ist weiß. Es gibt so viele Weißtöne, man müsste einen eigenen Baumarkt dafür aufstellen. Wir stehen am Rande einer marmornen Ebene, die sich bis zum Horizont erstreckt. Sie ist makellos bis auf einige riesige Löcher und Täler, in denen unwirklich blaues Wasser schimmert. Eine surreale Landschaft. Das Unmögliche schwebt jedoch über unseren Köpfen: Paläste, inselgleiche Ebenen und Gesteinsbrocken ziehen über uns wie Wolken hinweg; Gärten so grün, dass mir die Augen tränen. Manche von ihnen schweben in Zeitlupe hinab wie magische Aufzüge. Alles ist gestochen scharf, selbst die Risse in manchen Säulen. Als ob ich literweise Ambrosia getrunken hätte.

»Wow«, flüstere ich und blicke aus dem Augenwinkel zu Erik.

Er trägt weiterhin sein abgewetztes Sweatshirt und eine noch ältere Jeans und trotzdem … Er sieht aus wie auf diesen Hintergrund gemalt. Ich ziehe den Saum meines Pullovers hinunter – ein altes Ding, beim letzten Besuch bei meinem Vater stibitzt. Ich bin ein Papagei in einer

Schwanenwelt. Ein Clown bei einer Oper. Was soll's. Außer Erik sieht mich ja niemand.

Er führt mich zur Mitte der Ebene. Ich blicke wieder hoch zu den schwebenden Wundern über uns. Ihr Licht verdrängt die Dunkelheit, die sie umgibt. Es war noch nicht Mittag, als wir aufgebrochen sind. Sind wir in einer anderen Zeitzone? Dabei dachte ich immer, der Olymp wäre in Griechenland. Meine Füße rutschen auf dem glatten Boden aus.

»Florine!« Erik reißt mich an sich, bevor ich endgültig das Gleichgewicht verliere.

Instinktiv kralle ich mich in seinen Arm, die Spitzen meiner Turnschuhe schweben über einem weiteren Loch, so breit wie ein Brunnen. Das Blau darunter ist kein Wasser – es ist die Erde! Wir sind im All? Ich keuche auf. Die dunkle Kälte des Weltraums schlägt mir entgegen und ich drücke mich noch näher an Erik. »Danke …«

Eriks Gesicht ist grau. Er schluckt mehrmals, bevor er zittrig nickt und mich weiterführt.

Diesmal achte ich auf den Boden unter meinen Füßen und die weiße Ebene vor uns. Von wegen niemand sieht mich – Gestalten erscheinen um uns herum, ganze Gruppen von Göttern. Sie beobachten uns. Mich. Ihre Blicke kriechen über meinen Körper, ätzen neue Löcher in meinen Pulli. Kaum dass wir uns jemandem nähern, verschwindet derjenige, den Blick von mir abgewandt. Erik merkt nichts davon. Oder ist es ihm egal?

»Pass diesmal bitte auf«, raunt er.

Zu meinem Horror treten wir an einen weiteren Abgrund. Er zieht mich weiter und ich bin mir sicher, dass wir fallen werden. Wir landen auf Gestein, auf einem der Felsbrocken, der sich abgesenkt hat und jetzt hochschwebt. Er erzittert unter unserem Gewicht, kleine Steine lösen sich und verschwinden geräuschlos in der Dunkelheit des Weltalls. Sekundenlang scheint es, als würde der Stein sich nicht weiterbewegen – uns jeden Augenblick mit in die Tiefe reißen.

Erik legt einen Arm um mich und ich kann nicht anders – ich lehne mich in seine Wärme hinein. Mit geschlossenen Augen spüre ich den langsamen Aufstieg. *Es wird alles gut gehen. Wir werden nicht abstürzen. Es wird nichts passieren. Und die ganzen anderen Götter gehen mir sonst wo vorbei. Ich habe keine Angst vor ihnen. Auch nicht vor Zeus!*

Mein Herz schlägt so schnell, es reißt jeden Augenblick ab, springt aus meiner Brust und folgt den Steinen, die sich unablässig von dem Felsbrocken lösen.

Erik spannt seinen Arm um mich, beinahe schmerzhaft. »Wir sind da.«

Zuerst öffne ich das eine und dann das andere Auge und an meinem ganzen Körper stellen sich die Härchen auf. Meine Haare schweben wie schwerelos hoch. Die Luft flimmert und knistert geladen, als stünden wir in einem Gewittersturm. Und gewissermaßen tun wir das. Knisternde Wolken ziehen über die Ebene, wechseln ihre Farbe von weiß zu grau, von violett zu schwarz. Niemand muss mir sagen, dass ich sie niemals berühren darf.

Zwischen den Wolken blitzt immer wieder ein Gebäude auf. Ein Palast aus Gold, der nie ganz sichtbar wird. Sollte das alles tatsächlich Gold sein, dann ist das ein bisschen beeindruckend. So wie irgendwelche Weltrekorde es immer sind. Schlussendlich ist es jedoch langweilig und ein bisschen eklig. Was soll ich mit dem Wissen anfangen, wie viele Hot-Dogs jemand in einer Minute verdrücken kann? Ein Teil meiner Angst kapselt sich augenblicklich ab und brennt beim Eintritt in die Atmosphäre nieder.

Auch hier erscheinen Götter, falten sich in bunten Wolken aus der Luft und starren uns an. Mein Pullover ist eine Rüstung, magisch und undurchdringlich und wirft ihr Geflüster zurück.

Ich zucke zusammen, als eine ganze Gruppe davon auf uns zukommt. Sie scheinen regelrecht über den Boden zu schweben, ihre Gewänder schneeweiß, die Haare so golden, dass jede Haarproduktwerbung zu einem Witz verkommt. Eine Göttin führt die Prozession an und sie ist perfekt. Photoshopperfekt, nur hat sie natürlich keine Filter auf sich, sondern ist unerträglich echt und lebendig.

Sie studiert jedes Atom meines Körpers und ihr Mund verzieht sich Millimeter um Millimeter. Ich wette, wenn sie allein ist, befragt sie ihren Spiegel und trinkt das Blut junger Mädchen.

Hoheitsvoll nickt sie Erik zu und ihr Lächeln wirft mich fast um. Wie kann sie sich so schnell verstellen?

»Aphrodite«, grüßt Erik eiskalt.

Aphrodite verzieht daraufhin ihr Gesicht, als hätte Erik Tennissocken mit Sandalen an. Ich will lachen, aber sie sieht nicht wie jemand aus, der ein solches Verhalten hinnehmen würde. Und war da nicht etwas? Mit Äpfeln und Helena? Ich wünschte, ich hätte mein Handy dabei, um das noch einmal nachzulesen.

Hinter uns beginnt das Getuschel und Gelächter. Offenbar ist der Olymp eine übernatürliche Version eines Schulhofs. Statt meiner Hautfarbe, Figur oder Haar diskutieren sie eben meine menschliche Hülle. Dasselbe Gelächter, derselbe gezischte Ekel – ein uraltes Lied.

Ich beiße die Zähne zusammen und laufe mit hocherhobenem Kopf weiter. Nicht, weil ich Persephone bin. Denn sie hätte Aphrodite bestimmt einen Kaffee in die Haare gekippt, in den sie vorher ein Haarentfernungsmittel gemischt hätte. Nein, ich bin Florine, ein Produkt jahrelanger Evolution. Und deswegen besteht meine Haut aus Titan und meine Ohren sind mit Filtern ausgestattet, die keine Beleidigung passieren lassen. Gegen mein eigenes Hirn bin ich natürlich machtlos – ein Virus im eigenen System, den man nicht löschen kann, sondern mit dem man zu leben lernt.

An der kilometerlangen Treppe zu Zeus' Palast wartet eine weitere perfekte Gestalt auf uns. Sie wirft mir bloß einen neugierigen Blick zu und verneigt sich vor Erik. »Aides«, murmelt sie. »Zeus erwartet dich.«

Erik lässt mich los. Sein Gesicht genauso finster wie eine Wolke, die ein paar Meter weiter donnernd näher kommt. »Nur mich?«, fragt er nach.

Die junge Frau nickt und beginnt den Aufstieg.

Erik flucht. »Du musst hier unten bleiben«, sagt er unnötigerweise und sieht sich um, bestimmt auf der Suche nach jemandem, den er mit seinen Blicken töten kann.

Ich setze mich auf eine goldene Stufe. »Okay.« Ehrlich gesagt bin ich sogar erleichtert, Zeus nicht treffen zu müssen. »Bis gleich?« Mir ist eigentlich nicht danach, trotzdem schenke ich ihm mein mutigstes Lächeln.

Erik wirft mir einen letzten Blick zu und steigt seufzend die glänzenden Stufen hoch.

Eine Zeitlang sehe ich ihm nach, bis mir der Nacken wehtut. Danach rutsche ich auf der warmen und unerwartet weichen Stufe herum. Womöglich bleibt für immer der Abdruck meines menschlichen Hinterns darauf zurück.

Um mich irgendwie zu beschäftigen und den Blicken zu entkommen, rupfe ich einzelne Fäden aus dem Saum meiner Shorts, flechte und zwirbele sie zusammen. Haben sie alle nichts Besseres zu tun? Für einen Augenblick kippt meine Sicht und ich sehe mich selbst durch diese fremden Augen: Ein Mensch unter Göttern, eine Bettlerin vor einem Tempel, weniger wert als eine Sklavin. Bilder blühen in meinem Kopf auf. Der Geruch schwitzender Körper und Ziegendungs, Gelächter, das Hungergefühl, das meine Mitte durchbohrt, Beleidigungen ... Schläge und Tritte. Männergesichter, Männerhände, heißes Schnaufen an meinem Ohr, die salzige Dunkelheit hinter meinen Augenlidern.

Das Gesicht eines Mannes entsteigt daraus – eines reichen Mannes. Ich weiß, was er will, als er mein Handgelenk umfasst und mich von den Stufen wegführt. Sie wollen alle dasselbe. Ich wünschte nur, seine Berührungen wären nicht so zärtlich, sein Blick nicht so weich, nicht mit so viel Wunder gefüllt. Er glaubt sicherlich, ein Held zu sein, ein Wohltäter. Aber es ist seine Geschichte, sein Märchen. Für mich ist er bloß ein Mann, dessen Münzen mein Leben um einige Tage verlängern werden und zu dem ich nicht nein sagen kann. Ein weiteres Mosaikstück für meine Albträume.

»Wie ist dein Name?«, fragt er. Seine Stimme klingt vertraut und schneidet durch mich hindurch, bis ich weine.

»Minthe.«

»Erinnerst du dich an mich?«

»Nein.« Warum sollte ich? Ich werde nicht durch den Dreck und das Elend meiner Erinnerungen nach ihm graben.

Das ist der Anfang vom Ende.

Die Erinnerungen explodieren in meinem Kopf.

Hades' Zaubertricks, um seine Göttlichkeit zu beweisen, die Besuche in der Unterwelt, seine Rosen, seine Küsse, die ich immer mit offenen Augen erwidere, seine Liebe ...

Mein Tod.

Ein Messer sinkt zwischen meine sterblichen Rippen und trifft meine sterbliche Lunge. Das Gesicht meines Mörders ist glattpoliert wie das einer Statue. Und so sterbe ich zu Füßen einer steinernen Puppe, zu Füßen einer Frau, die ihre Finger in meinen Körper bohrt und nach meiner Seele greift. Sie zerrt daran, als wollte sie Unkraut aus der Erde reißen. Mein Körper ist ein durchlöcherter Blasebalg, der vergeblich Luft einzusaugen versucht. Ich grabe meine Finger und Zehen in die Erde hinein, gebe mir Wurzeln, die diese furchtbare Frau niemals erreichen kann.

Meine Seele reißt. Die Frau lacht auf und ihre Augen glühen rot.

Zitternd klammere ich mich an die Stufe, drücke meine Fingerkuppen in das Gold hinein. Der Schweiß klebt warm an meiner Haut und sammelt sich zwischen meinen Schulterblättern. Ich will die Augen schließen, aber ich kann nicht. In der Dunkelheit warten all diese Männer auf mich, dort bin ich hungrig und kalt. Ich lege die Arme um mich, taste nach meinen Rippen. Kein Messer.

Zwischen dem Knistern der Wolken erklingen Schritte. Jemand kommt auf mich zu. Die Panik, so aufgebracht gesehen zu werden, schiebt die neuen Erinnerungen mit Gewalt in die alten hinein wie Puzzleteile, die nicht zusammengehören und doch irgendwie ineinanderpassen.

Als ich aufblicke, sind meine Augen zum Glück trocken. Ein Kind kommt auf mich zu, ein Junge. Seine weiße Kleidung und sein goldenes Haar erkenne ich sofort – er gehört zu Aphrodite.

Er zögert, seine vorgeschobene Unterlippe zittert sogar. Hat er Angst vor mir? Aber es ist wie bei Spinnen, denn ich habe genauso viel Angst vor ihm.

Der goldene Junge hebt eine Hand und aus seiner Handfläche beginnt etwas zu wachsen. Ich lasse die Stufe endlich los, strecke meine Finger durch. Wer ist er? Es fällt mir schwer, Angst vor ihm zu haben, wenn er genauso Pflanzen wachsen lässt wie ich selbst oder Erik.

Es ist keine Pflanze, die er dann in der Hand hält und fest umklammert. Es ist ein Pfeil.

Er stürzt auf mich zu. Noch bevor ich blinzeln kann, erscheint sein lächelndes Gesicht vor meinem. Wärme schießt durch meine Brust. Wie ein Sonnenstrahl, der sich durch Regenwolken wagt.

Der Pfeil steckt tief in meinem Brustkorb fest, dessen Spitze pulsiert warm in meinem Herzen, das diese fremde Wärme hilflos durch meinen Körper pumpt.

Ich fühle mich unglaublich dumm, als mein schockgefrorenes Hirn endlich die Verbindung zwischen diesem Kind und den mopsigen Babys mit Bögen und Köchern auf alten Gemälden macht. *Cupido? Amor? Eros?*

Meine Adern füllen sich mit flüssigem Stickstoff. Das kann nicht sein, darf einfach nicht! Wurde ich gerade mit einem Liebeszauber belegt?

Ich stoße den Liebesgott von mir und die Götter schnappen kollektiv nach Luft, sogar die Wolken unterbrechen ihr Gewaber und stehen für Augenblicke still. Der Junge jault auf, als sein Hintern ein herrlich klatschendes Geräusch macht. Ich umfasse den verdammten Pfeil und ziehe ihn mit einem Ruck heraus. Meine erschrockenen Augen spiegeln sich in der goldenen Oberfläche der Pfeilspitze. Werde ich mich gleich in jemand anderen verlieben? Gegen meinen Willen? Ich horche in mich hinein, warte auf irgendeine Veränderung, bis die Wut die Angst übersteigt.

»Du widerliche kleine Kröte!«

Der Junge reißt die Augen auf, blickt von mir zum Pfeil und dann zurück.

»Was sollte das?«, zische ich. »Was denkst du, wer du bist?« Mein Herz ist kein Spielzeug. *Ich* entscheide, wem es gehört. Wutentbrannt stehe ich über ihm und hätte so Lust, ihn einmal durchzuschütteln. Er mag zwar ein Gott sein, aber dennoch ist er ein Kind, also balle ich bloß die Hände zu Fäusten und der Pfeil in meiner Hand knackst, zerbricht in zwei Teile.

»Es hat nicht funktioniert?«, fragt er mit schriller Stimme.

Mir wird wieder kalt, obwohl die Wärme des Pfeils weiterhin in winzigen Schüben durch meinen Körper schießt. Der verfluchte Liebeszauber.

»Natürlich nicht!« Persephone und ich wären uns vermutlich auf ganzer Linie einig, wie wir mit dem Liebesgott weiter verfahren. Also werfe ich mein Haar zurück und schenke ihm das böseste Lächeln, das ich hinbekomme. Ich halte ihm das Pfeilstück mit der herzförmigen Spitze unter die Nase. »Weißt du, wo ich dir das gleich reinramme?«

Eros schlittert davon wie ein goldenes Silberfischchen, das um zwei Uhr nachts vom Badezimmerlicht überrascht wurde.

Ich lasse den Pfeil auf den Boden fallen und wische mir die Hände an den Shorts ab. Einige Meter weiter erklingt schrilles Kreischen. Aphrodite ist weiß vor Wut, während Eros sich keifend zu ihren Füßen windet, sein perfektes Gesicht zu einer Fratze verzogen. Es fehlt bloß ein Gang voller Süßigkeiten im Hintergrund. *Das* wäre doch ein super Motiv für ein Gemälde. *Kein Lolly für Eros.* Öl auf Leinwand. Unbekannter Künstler, vermutlich 2018.

Ich falle regelrecht zurück auf die Stufen, ziehe meine Beine an. Das Zittern beginnt in meinen Händen und Füßen und breitet sich aus. Mir ist nicht kalt. Ich habe Angst. Der Liebeszauber spukt wie ein tödlicher Virus in meinem Körper. Flackert hier und da auf, hinterlässt pinke Flecken auf meiner Haut.

Wo ist Erik? Ich muss ihn unbedingt sehen, muss wissen, ob der Zauber nicht doch funktioniert hat. Werde ich es merken, wenn ich Erik nicht mehr liebe? Werde ich dann überhaupt noch traurig sein?

12

Eine Hand legt sich warm auf meine Schulter und meine Erinnerungen wirbeln hoch wie die Samen einer Pusteblume. Ich klammere mich an der richtigen fest. Erik! Endlich!

»Florine?«

Nur mit Mühe presse ich den Schluchzer zurück, schlucke ihn schnell hinunter. Seine Stimme durchtrennt mein Herz. *Ich liebe dich. Ich liebe dich!*

»Florine, was ist los?«

Ich schüttele den Kopf, wische mir hastig übers Gesicht. *Es ist alles in Ordnung. Mach schon. Sag es ihm!*

Erik zieht mich vorsichtig auf die Beine, von der verfluchten Treppe weg. Holz splittert unter seinen Schuhen, als er auf die beiden Pfeilstücke tritt. Ich berühre die Stelle, an der Eros mich getroffen hat, streiche über den Wollstoff. Es gibt keine Löcher, kein Blut – keine Beweise.

Erik beugt sich hinunter, hebt den zerbrochenen Pfeil auf. »Florine … Sieh mich an. Bitte.«

Ich presse die Lippen fest zusammen, um nicht zu heulen, und hebe meinen Kopf. Die Tränen rinnen heiß mein Gesicht hinab, dabei habe ich keinen Grund zu weinen.

»Es tut mir leid«, flüstere ich, versuche zu lächeln.

Erik atmet zittrig ein und nickt. Zieht mich in seine Arme. Das kenne ich alles, diesen Gesichtsausdruck, das Gefühl seiner Arme um meine Rippen aus meinem letzten Leben. Eriks Herz bricht – wie bei Erikas Tod. Sein Atem verheddert sich heiß in meinem Haar, die stummen

Gebete erreichen nie meine Ohren. Was flüstert er? Mein Kopf ist ein Käfig voller Ich-liebe-dichs, aber kein einziges davon trägt Eriks Stimme.

Er zieht sich die Kapuze über den Kopf und ich wünsche mir, sie wäre groß genug, um uns für alle Zeiten zu verbergen. Eine winzige schwarze Welt für uns allein, unsere Augen die einzigen Sterne.

Die Beschaffenheit des Bodens unter meinen Füßen ändert sich. Wir stehen in einem Palast aus silbergrauem Gestein, gefüllt mit dem Duft von Blumen. »Wo sind wir?«

Erik lässt mich los, Millimeter um Millimeter, bis er nur noch meine Hand hält. »Mein ... Haus. Mein Platz im Olymp.« Er sieht sich stirnrunzelnd um. Es ist schön hier, jeder Instagramer würde in Tränen ausbrechen, aber es ist nicht die Unterwelt, nicht sein Zuhause.

»Ich will nach Hause«, sage ich. »Ich will zurück.« Zurück zu den Menschen oder in die Unterwelt. Die Erde unter meinen Füßen spüren, den Herzschlag von Bäumen und Gras.

»Wir müssen bleiben, tut mir leid.« Erik reibt mit dem Daumen über mein Handgelenk. »Hat er dir wehgetan?«

»Wer?«

»Eros ...«

Schnell schüttle ich den Kopf. »Es hat sich bloß komisch angefühlt.«

Er lässt meine Hand los. »Und wie fühlst du dich jetzt?«

»Gut«, antworte ich. Eine dicke, fette Lüge natürlich. Mir ist zum Heulen, ich fühle mich jedoch endlich sicher.

»Gut«, wiederholt Erik und blickt zwischen den grauen Säulen zum überwucherten Garten nach draußen. »*Gut.*«

»Ich habe den Pfeil zerbrochen«, flüstere ich voller Angst, dass, wenn ich lauter spreche, er ›*Ich liebe dich immer noch*‹ heraushört.

»Einfach so?«

Seine Frage klingt so ungläubig, dass ich aufsehe. Zaghaft erwidere ich sein Lächeln – sein erstes echtes Lächeln für mich. »Einfach so.«

Sein Blick fällt auf die beiden Pfeilstücke, die er weiterhin umklammert. Ich sehe die winzige Inschrift erst, als er mit seinem Daumen darüber reibt. Die Buchstaben sind fremd, aber sie ähneln der Aufschrift auf Hermes' Kaugummipackung. »Ist das ... ein Name?«

Der Pfeil verglüht augenblicklich zwischen seinen Fingern zu schwarzer Asche. »Ja.«

»Von der Person, in die ich mich verlieben sollte?«

Erik antwortet nicht.

»Wer? Wer sollte es sein?«

Er schnaubt wütend. »Wer wohl? Nur seine Mutter kann Eros kontrollieren.«

In meinem Kopf rattert es gefährlich. »Aphrodite?« Ernsthaft? »Sie hasst mich!« Aber ich bin so erleichtert. »Und ich sie!«

Seine Schultern erzittern kurz vor unterdrücktem Lachen. Er räuspert sich. »Komm …«

Über den grauen Boden folge ich ihm zu einer Tür. Unsere Arme streifen sich zwischendurch, zwei warme Magnete, die durch die ganzen Stoffschichten nicht richtig greifen können. *Was soll's!*, denke ich mir. Ich berühre seine Hand und er hält meine augenblicklich fest, als hätte er darauf gewartet. In meinem Inneren kippt die Angst und Unruhe. Alles fühlt sich endlich richtig an und nach einem tiefen Atemzug traue ich mich, meine Frage zu stellen.

»Warum wollte Aphrodite, dass ich mich … in sie verliebe?« Laut ausgesprochen hört sich diese Vorstellung nicht weniger surreal an. Wie muss man bitte ticken, dass man jemanden, den man hasst, dazu bringt, sich in einen zu verlieben?

»Wegen dem, was du bist«, antwortet er.

Ist es seine Standardantwort auf alles? »Weil ich Persephone bin?«

Mit dem Daumen streicht er einen warmen Kreis in meinen Handrücken. »Ja, weil du Persephone bist.«

Seine Antwort hilft mir nicht weiter, aber in dem Augenblick öffnet er die Tür und ich vergesse meine Fragen.

Welche Wunder ich auch dahinter erwartet habe, das war es nicht. Es ist lediglich ein riesiges Zimmer, eine kleine Halle. Die Möbel sind alt, aus verschiedensten Epochen zusammengemischt: Perserteppiche, durch die der graue Marmor schimmert, Sofas mit zerriebenem flaschengrünem Samt überzogen, ein Schrank aus dunklem Holz, dessen Oberfläche mit verblassten Symbolen übersät ist. Verstaubte Bücher und Efeu, der sich zwischen all die Antiquitäten schlängelt. Jedes Buch fühlt sich so vertraut an, dass mir der Atem stockt – ich muss hier bereits einmal gewesen sein.

Ich lasse sogar Eriks Hand los und bücke mich, um eins der Bücher aufzuheben. Keine Ahnung, welche Sprache das ist. Russisch? Vorsichtig blättere ich hindurch und die vergilbten Blätter rascheln zittrig, zeigen filigrane Zeichnungen – ein Märchenbuch.

Erik räuspert sich über mir, seine Hände öffnen und schließen sich. Meine Lunge ist schockgefroren. Was will er mir diesmal sagen?

»Ich muss zurück zur Erde. Für ein paar Stunden«, fügt er hastig hinzu, als ich erschrocken ausatme. »Es gab einen Anschlag. Zu viele Seelen irren herum und ich muss mich darum kümmern.«

Ich sehe mich um, denke an Eros und Aphrodites Hass. »Bin ich hier sicher?«

»Natürlich.« Erik folgt meinem Blick zu den Säulen an den beiden Seiten, durch die jederzeit irgendjemand hereinkommen könnte. »Es gibt nur wenige, die hier Zutritt haben. Hermes, Ros und andere mir unterstellte Götter.«

»Hypnos und Thanatos.«

»Ja, unter anderem.« Erik lächelt. »Du erinnerst dich?«

»Ja.«

Er öffnet den Mund, um etwas zu sagen, hält dann aber inne. Eine Rauchwolke erscheint neben ihm, verfestigt sich zu einem riesigen Hund, zu Kerberos. »Bleib bitte hier. Ich bin bald zurück.«

So lässig wie möglich kicke ich mir die Schuhe von den Füßen und lasse mich auf eines der Sofas fallen. Mein Lächeln zeigt den Höhepunkt meines schauspielerischen Könnens. »Bis später!«

Mit den Fingerspitzen zeichne ich die bunten Adern im grauen Gestein der Säulen nach – violett, rosa, golden glitzern sie im Sternenlicht auf. Der Garten lässt mich nicht weit blicken, ich bin mir jedoch sicher, dass ich höher über der Erde schwebe als Zeus' Palast, praktisch im Weltraum. Der Himmel über mir ist so dunkel, dass ich hineinzufallen glaube.

Es tut beinahe weh, den Blick abzuwenden. Ich gehe weiter, streiche über das seidige Holz der Möbel, hebe wahllos Bücher auf. Keines davon kann ich lesen, manche sind bloß zusammengerollte Pergamente,

Rollen aus hauchdünnen Holzstäbchen. Mit jedem Schritt taucht eine weitere imaginäre Ameise auf, sie schwärmen inzwischen zu tausenden über meine Haut, krabbeln über meine Knochen und Organe, über meine zuckenden Fußsohlen.

Ich muss hierbleiben. Das war Eriks Bitte. Das war auch mein Plan.

In fünf Schritten passiere ich die Säulen, atme tief ein und die Ameisen lösen sich im Geruch der Pflanzen auf.

Vorsichtig trete ich zwischen die Ranken und gelegentlich auftauchenden Blumen, presse meine Zehen in das kühle Moos. Es ist so schön hier, so fremd und so vertraut. Mein Herz zieht sich zusammen und die Pflanzen tun es mir nach wie ein zweites riesiges grünes Herz.

Wäre es nicht toll, selbst einen solchen Garten zu haben? Einen verwunschenen Garten ganz für sich allein?

Ein Zweig knarzt, zwischen den Bäumen huscht etwas Violettes entlang. Ich springe nach hinten, stolpere fast über die Efeuranken. Die Gestalt zögert, dreht ihren Kopf leicht in meine Richtung und eilt davon.

Ich habe nur einen Bruchteil des Gesichts gesehen, aber diese Haare, diese Haltung würde ich überall erkennen. Was tut Andrea hier?

13

Ich rase durch das Unterholz, folge Andrea. Die Pflanzen rascheln um uns herum und diese Geräusche in der sonst unheimlichen Stille halten mich davon ab, ihren Namen zu rufen. Sicherlich ist es Einbildung, denn warum sollte sie hier sein? Fiel sie so wie ich irgendwo hin? Wurde sie von den Golems entführt?

Die Bäume und Sträucher teilen sich plötzlich vor mir, ich bin am Rand von Eriks schwebender Insel angelangt. Die Frau mit den violetten Haaren zeichnet sich deutlich gegen das Leuchten der Erdatmosphäre ab – es ist tatsächlich Andrea.

Sie springt auf ein vergilbtes Stück Marmor und schwebt hoch. Zum Glück steigen gerade mehrere solcher Felsbrocken herauf, als ich am Rand ankomme. Aber sie wirken alle sehr klein im Vergleich zu dem dunklen Abgrund unter mir. Was soll ich machen? Wenn es wirklich Andrea ist, sollte ich ihr doch helfen. Ein letzter Stein schwebt hoch, mein Herz ruckt schmerzhaft und ich springe darauf, hocke mich schwer atmend hin. Um nicht nach unten zu sehen, halte ich meinen Blick auf Andreas Felsstück gerichtet.

Eine Ewigkeit später erscheint eine neue Ebene über uns. Durchlöchert und vergilbt sieht sie wie eine überdimensionale Käsescheibe aus, die zu lange im Kühlschrank lag.

Andreas Stein gleitet in eines der Käselöcher hinein und bleibt dort knarzend stecken. Für einen kurzen Moment bin ich überzeugt, dass ich gleich zwischen dem ganzen Gestein zerquetscht werde wie eine fette Fliege, aber alle Felsstücke schweben in die dafür vorgesehenen Löcher hinein.

Mit zittrigen Beinen stelle ich mich auf und sehe mich um. Es ist unerwartet warm und hell hier oben und das Licht blendet mich kurz.

»Andrea?«, rufe ich heiser.

Die Ebene ist leer. Ein Palast, ähnlich dem von Erik, erhebt sich auf der anderen Seite, das Gestein bernsteinfarben und bröckelig. Ich kann durch die Säulen hineinsehen – sie ist nicht darin. Vielleicht versteckt sie sich? Keine Ahnung, warum, aber Menschen machen unlogische Dinge, wenn sie Angst haben.

Vorsichtig laufe ich um die Löcher im Boden herum, auch wenn die Steine momentan darin feststecken. Keine einzige Pflanze wächst hier, ich entdecke lediglich Staub und zersetztes Gestein, alles in Weiß, Gelb und Orange. Unmöglich eigentlich, dass ich Andreas Haare vor diesem Hintergrund übersehe.

Hinter dem Palast erstreckt sich entlang des Rands ein steinernes Geländer. Jemand sitzt darauf. Nicht Andrea, sondern ein Gott. Alles an ihm leuchtet, seine Haare, seine goldene Haut, sogar seine Augen, als er mich ansieht. Er lächelt und ich wünschte, ich hätte eine Sonnenbrille.

»Kore!«, ruft er und springt vom Geländer hinunter.

»Florine«, korrigiere ich, beobachte vorsichtig, wie er auf mich zukommt. Im Gegensatz zu Eros oder Aphrodite scheint er weder Angst zu haben noch angeekelt zu sein.

Im Augenblick schlägt er sogar verlegen die Augen nieder, während dunkle Flecken über sein Gesicht huschen. »Natürlich, verzeih mir bitte.«

Er streckt mir seine Hand entgegen. »Helios.«

Es ist eine nette Abwechslung, mal nicht mit einem ›Erinnerst du dich?‹ begrüßt zu werden. Ich ergreife seine herrlich warme Hand und schüttele sie. Helios lächelt und für eine Sekunde schließe ich tatsächlich die Augen, genieße die Wärme, die mich umhüllt. »Florine«, antworte ich benommen.

Helios lacht leise und zieht seinen Arm zurück, hinterlässt einen heißen Abdruck auf meiner Haut. »Ich weiß.«

Mein Gesicht wird aus anderen Gründen warm. Natürlich weiß er das. Und dann erinnere ich mich. »Du bist die Sonne?«, frage ich überrascht.

»Der Gott der Sonne.« Er grinst wieder. »Aber deine Version gefällt mir besser.«

Ich kann nicht anders – ich verdrehe die Augen und lache. An Selbstbewusstsein mangelt es ihm offenbar nicht.

»Es ist schön, dich wiederzusehen.«

»Oh?« Ich zucke mit den Schultern. »Es tut mir leid. Ich erinnere mich nicht ...«

Helios hebt seinen Arm und streicht mit den Fingerspitzen über meine Wange.

Instinktiv hebe ich den Kopf. Eine Erinnerung nach der anderen leuchtet auf, jeder Augenblick, in dem ich mein Gesicht der Sonne entgegengestreckt habe, jeder Sommer, jeder Urlaub ... Jeder Zentimeter meiner Haut erwärmt sich.

»Tust du nicht?«

Das ist hoffentlich eine rhetorische Frage, denn ich denke gerade an den letzten Sommer, als ich mit Freunden nackt baden war – mehr als ein Quietschen brächte ich jetzt nicht heraus. Er wird sich doch nicht an so etwas erinnern?

Helios beugt sich lächelnd vor. »Gewöhnlich hast du natürlich weniger an«, flüstert er. Lacht, während ich vor lauter Peinlichkeit verglühe. »Tut mir leid, aber du machst es mir zu einfach.« Er wird ernst. »Und ich kann nicht alles sehen. Viele Orte sind für mich genauso unerreichbar wie für das Sonnenlicht.«

Wo kommt die Sonne denn nicht hin? Aber dann fallen mir reichlich Orte ein: mein Badezimmer – zum Glück, der Grund von Ozeanen, Höhlen ... »Die Unterwelt?«

»Genau.« Er kickt ein bröseliges Stück Marmor weg. »Ich wüsste immer noch gerne, was er damals in der Unterwelt mit dir angestellt hat.«

Ich höre mein aufgeregtes Lachen, meinen Herzschlag, rieche die kalte Erde und Rosen. Erik hatte nichts mit Persephone angestellt, nicht absichtlich. »Mit ihr«, korrigiere ich automatisch. »Du meinst Persephone.«

Ein dunkler Fleck passiert sein Gesicht. »Wie auch immer ... Du warst ein paar Monate bei ihm, bevor du zum ersten Mal gestorben bist.«

»Zum ersten Mal? Wie oft kann man denn sterben?«

Helios sieht mich unbewegt an.

»Dreimal?«, beginne ich zu raten. Denn ich kenne nur die drei anderen Leben. »Fünf? Zehn?«

»Hundert. Das ist deine hundertste Inkarnation.«

Hundert kann eine harmlose Zahl sein, eine Übertreibung sogar, wenn man behauptet, man hätte hundert Dinge zu erledigen, obwohl es bloß fünf sind.

Ich zeige auf mich, auf die hundertste Wiedergeburt. »Aber wie?«

»Hat er dir nichts erzählt? Jedes Mal, wenn ihr euch trefft, stirbst du.«

»Nein ...« Ich habe nie über die Gründe für Erikas oder Persephones Tod nachgedacht und Minthe war ermordet worden. Ist Erik deswegen so abweisend zu mir? Weil er an die gestorbenen Wiedergeburten denkt?

Helios sieht sich um und berührt meinen Arm, führt mich zurück zur anderen Seite des Palasts. »Es ist schon spät. Du musst zurück.«

»Aber ich will noch mehr wissen ... Außerdem ...« Andrea fällt mir wieder ein.

»Nein«, unterbricht er mich. »Frag ihn selbst. Ich will keinen Ärger mit Hades.«

Ich schnaube. Die Vorstellung, jemand hätte Angst vor Erik, erst recht ein anderer Gott, ist zu amüsant.

»Kein Grund zum Lachen. Er ist Zeus' Bruder und herrscht über Leben und Tod. Niemand kommt ihm gerne in die Quere.«

»Das tut er nicht wirklich. Er ist kein Todesgott.«

Helios stellt mich auf einen der schwebenden Steine, der unter meinem Gewicht erzittert. »Natürlich ist er das nicht. Aber er wacht über die Seelen. Er entscheidet, wer zurückdarf und wer bleibt.«

Der Stein knarzt, senkt sich hinab und Helios tritt zurück. »Besuch mich wieder, ja?« Er blendet mich mit seinem Lächeln.

»Ja«, antworte ich hilflos.

Beim Abstieg denke ich an seine seltsame Traurigkeit und die Bemerkung über Erik. Werde ich ebenfalls in der Unterwelt landen, wenn ich sterbe? Dann kann ich doch bei ihm bleiben. Als bloße Seele zwar, aber ... Nein, ich möchte nicht tot sein. Ich will leben und lieben, die ganze Welt sehen. Panik durchschießt mich. Zum ersten Mal spüre ich, wie mir die Zeit davonläuft, genau all diese Dinge zu tun. Dabei habe ich noch Jahrzehnte vor mir.

Warum lässt Erik Persephones Seele nicht einfach gehen, wenn sie dadurch wieder am Leben wäre? Er hat schon hunderte Male ihren Tod erlebt. Wie kann er das ertragen? Wartet er auf etwas? Auf jemanden? In den Erinnerungen von Minthe und Erika hat er die beiden geliebt. Er platzte förmlich vor Glück, als er Minthe fand – wie ein Kind, das den ersehnten Traum erfüllt bekommt. Sein Griff um Erika war verzweifelt und roh. Und ich? Bin ich bloß eine schlechte Idee, wie er gesagt hat? Inkarnation hin oder her, anscheinend liebt er einige mehr als andere. Ich klammere mich an den warmen Stein. Das ist es, nicht wahr? Am Ende wartet er auf die Frau, die er am meisten liebt – auf Persephone.

Erst im Garten, auf dem Weg zurück zum Palast, erinnere ich mich wieder an Andrea, daran, dass ich Helios nicht nach ihr gefragt habe. Habe ich sie mir nur eingebildet? Erik hat selbst gesagt, dass kaum jemand Zutritt zu seinem Reich hat.

Mit einem letzten Blick zum Garten steige ich zwischen den Säulen in den Palast. Erik ist noch nicht zurück. Ich setze mich auf eines der Sofas; der Samt ist genauso weich und kühl wie Moos unter meinen nackten Füßen. Mir ist kalt; ich ziehe meine Knie an, stecke sie unter meinen Pullover. Wie lange bin ich bereits in der Götterwelt? Ein paar Stunden? Tage? Mein menschliches Leben scheint Lichtjahre entfernt zu sein.

14

Mit einem Ruck wache ich in der Dunkelheit meines Zimmers auf, mein Inneres von Krämpfen geschüttelt. Gerade eben war ich doch noch in der Götterwelt. Hat Erik mich zurückgebracht? Mein Magen zieht sich auf vertraute Weise zusammen, verlangt Nahrung. Der Durst ist überwältigend. Zitternd strampele ich die Bettdecke weg und stolpere zur Küche, halte mein Gesicht direkt unter den Wasserhahn. Der erste Schluck tut weh, doch ich zwinge mich, weiterzutrinken. Das Wasser blubbert und gurgelt in meinem leeren Bauch. Zum Glück liegt Eriks Definition von Frühstück immer noch auf der Arbeitsplatte. *Langsam*, sage ich mir. *Iss langsam*. Mein Körper hört kein Wort davon und ich schlinge zwei Pfirsiche fast im Ganzen hinunter, verschlucke mich bei dem ersten beinahe am Kern. Mein Hals fühlt sich an, als hätte ich ein Stück Glas darin stecken. Ich sinke hustend auf den Boden und warte, bis der Schmerz nachlässt.

Danach kaue ich langsam an einem Schokoladenbrötchen, blicke durch das halboffene Küchenfenster auf die Straße. Auf die Glascontainer unter der Laterne, die Papiercontainer sind wie üblich überfüllt. Alte Zeitungen flattern über den Boden. Dahinter ist die Rückwand einer Trinkhalle, voll mit schlechten Graffitis, Plakatresten und Flecken. Die Laterne ist eigentlich überflüssig – mit etwas Schwarzlicht würde bestimmt das halbe Gebäude leuchten. Ich lege das angebissene Brötchen auf die Fensterbank und wische mir den Mund ab.

Es liegt bestimmt an meinem suboptimalen Zustand, dass ich die Aussicht diesmal besonders hässlich finde. Bei Tag ist es noch unausstehlicher. Wenn ich Eriks Fähigkeiten hätte, würde ich die halbe Welt mit Rosen ertränken und die andere Hälfte in den Boden stampfen. Natürlich würde es nichts bringen. Die Menschheit findet immer einen Weg. Und ist ja nicht so, als könnte ich selbst auf die Bequemlichkeiten der Zivilisation verzichten, oder?

Ich gehe zurück zu meinem Bett, meiner Lieblingsbequemlichkeit. Mein Fuß erwischt dabei nicht einfach nur eine herumliegende Jeans, sondern genau die Knöpfe. So ein verdammter Kleister! Ich halte mich am Kopfteil des Betts fest und ziehe schnell die Hand zurück, der pochende Schmerz vergessen. Zentimeter um Zentimeter taste ich ab, zähle die Stängel, Blüten und Ranken, die aus dem Holz gewachsen sind. Wieder eine Reihe von zwergenhaften Mohnblumen und Efeu. Die Beweise dafür, dass ich *sie* bin – dass ich Persephones Kräfte habe. Dass ich sterben werde. Am liebsten würde ich jeden Einzelnen von ihnen herausreißen. Sie zittern unter meiner Faust. Ihr Kaninchenherzschlag ist unüberhörbar und ich fühle mich furchtbar.

»Keine Angst«, flüstere ich. Halte den Atem an.

Und sie hören mich tatsächlich, antworten wie fröhliche Welpen. Ich lächele. Mein Leben lang habe ich mir gewünscht, dass die Pflanzen mir antworten, wenn ich mit ihnen rede. Um zu wissen, ob sie genauso kauzig sind, wie ich sie mir vorstellte. Vor allem eine ganz bestimmte von ihnen.

»Lord Stachelig?«, rufe ich zur Fensterbank.

Zärtlich streiche ich über den flaumigen Kaktus. Er plustert sich merklich auf und ich tue so, als hätte ich mich an den nicht vorhandenen Stacheln verletzt. »Aua!«

So viel Stolz in einer so winzigen Pflanze gefangen. Ich gluckse innerlich. Dann blicke ich erneut nach draußen zu der trostlosen Wand mit den Containern davor und den paar Löwenzahnpflanzen, die sich tapfer durch den Beton gefressen haben. Als Kind habe ich sie immer ›Sonnenblumen‹ genannt. Denn sie sehen nun mal wie winzige weiche Sonnen aus.

›Sonnenblumen sind viel größer‹, hatte mein Vater erklärt.

›Größer als du?‹

›Größer als ich!‹

Oh, der Horror und die Begeisterung! Wenn meine ›Sonnenblumen‹ bloß auch so groß wären!

Kaum dass ich das zu Ende denke, schießt der Löwenzahn hoch. Die Köpfe sind so groß wie Fußbälle und reichen bis an die Öffnungen der Container. Ach, du Sch…

Ich springe hinter den Vorhang und blicke schnell in beide Richtungen. Hat irgendjemand das gesehen? Hat jemand *mich* gesehen? Die Straße ist leer. Mit kalten Händen klammere ich mich an dem Vorhang fest. Der Löwenzahn sieht grandios aus und doch nagt eine Art schlechten Gewissens an mir – außerdem die Angst, entdeckt zu werden. Aber wer könnte erahnen, dass ich das war? Ich atme tief durch, schaue die Container an. Eine pelzige Schicht überzieht zuerst den einen, dann die anderen, bis sechs weich wirkende Würfel dastehen. Danach ist die grauenhafte Wand dran. Der Efeu kriecht in filigranen Mustern hoch wie schwarzgrüne Regentropfen, die eine Scheibe hinaufrinnen statt hinunter.

Ich wünschte, es wäre Tag und ich könnte das Grün sehen, den riesigen Löwenzahn. Ich wünschte, er wäre bereits zu Pusteblumen vertrocknet und ich könnte die Gesichter der Kinder sehen, wenn sie die Blumen entdecken; die Wünsche hören, die sie beim Pusten in die Welt hinausschicken.

Scheinwerferlichter durchschneiden die Dunkelheit. In zwei Sekunden bin ich in meinem Bett, die Decke über den Kopf gezogen. Das Auto kriecht im Schneckentempo vorbei und mein Herz schlägt schneller und schneller. Ich will einschlafen. So tun, als wäre es nur ein Traum. Dennoch schlage ich die Bettdecke zurück.

»Hypnos?«

Auf mein heiseres Flüstern hin entfaltet sich der Gott wie eine weiße Blume neben meinem Bett. Ein weiterer Beweis. Aber ich mag jetzt nicht darüber nachdenken, was das – die Pflanzen und Hypnos' Erscheinen – bedeutet.

»Ich will schlafen!«

Er beugt sich über mich, greift nach mir, um mich zu umarmen. Angst durchzuckt mich. Und wenn es sein Bruder gewesen wäre? Wenn ich den anderen Namen ausgesprochen hätte? Auf einmal verstehe ich Demeters Angst, begreife die Macht, die ein Name haben kann – ein bloßes Wort. Doch wenn *Thanatos* töten kann, was kann dann *Persephone*? Wofür ruft man sie? Hypnos' Haut ist k…

Ein Knurren weckt mich, erst danach höre ich das Kreischen einer Laubsäge. Ich blinzele gegen das helle Licht, sehe den monströsen Schatten vor meinem Fenster. Der Schatten sieht sich zu mir um und wedelt mit dem Schwanz.

»Ros ...«

Er schnauft kurz zur Antwort und wendet sich wieder dem Fenster zu. Vor dem Haus schreien Menschen.

Ich stelle mich zu Ros ans Fenster, der sich mit den Vorderbeinen auf der Fensterbank abgestützt hat und sich die Schnauze an der Scheibe plattdrückt. Ich klopfe ihm kurz auf den Rücken, damit er mit dem Geknurre aufhört. Unten vor dem Haus ist die Hölle los.

15

Zwei Polizisten versuchen, die Menschenmassen von der Straße zu zwingen, damit die Autos und die Straßenbahn durchfahren können. Unzählige Arme zeigen wie Antennen aus der Masse nach oben, in jeder Hand ein Handy. Fotos werden geschossen, Videos aufgenommen. Ich sehe sogar zwei handgemalte Plakate gegen Atomkraft. Unablässig brummt die Laubsäge, während Männer in grünen Latzhosen die Efeuranken von der Wand schneiden und reißen. Die Container wurden kaum von dem Moos befreit. Sie sehen traurig in der Nachmittagssonne aus. Vermutlich sollte ich dankbar dafür sein, dass die Pflanzen so lange überlebt haben. Auf wackeligen Beinen marschiere ich zum Badezimmer. Ros folgt mir, presst seine Schnauze gegen meine Hüfte.

Ich dusche und putze mir die Zähne.

Der Efeu liegt komplett auf dem Boden.

Ich mache mir einen Tee, zwinge mich zu essen.

Die Container sind moosfrei. Die Menschenmenge schrumpft. Autos fahren durch.

Ich schwenke den kalten Rest vom Tee in meiner Tasse.

Eine Mutter redet auf ihr Kind ein. Das Mädchen streckt ihre pummeligen Hände immer wieder nach einer der gefällten Löwenzahnblumen aus. Die Polizisten sind not amused. Die Mutter nimmt das weinende Kind hoch und trägt es mit schnellen Schritten davon.

Ein kleiner Lastwagen parkt neben den Containern. Schaufel um Schaufel landet das Moos auf der Ladefläche. Der zertretene Löwenzahn. Sie könnten genauso gut mein Herz dazu werfen. Ros jault leise auf. Kurz darauf erklingen Schritte in der Küche, das Rascheln von Stoff – alles vertraute Geräusche.

»Es tut mir leid«, sagt Erik neben mir, stützt sich mit den Händen auf der Fensterbank ab.

Ich zucke mit den Schultern. Der Inhalt meiner Tasse ist plötzlich so faszinierend. Ich habe nicht einmal genug Kraft, ihn für sein unangekündigtes Erscheinen zurechtzuweisen. Wenigstens habe ich jetzt einen weiteren Zeugen. Jemanden, der versteht, was dieser Anblick mit mir anrichtet.

»Du könntest es noch mal tun. Du könntest die ganze Stadt mit Pflanzen überziehen, bis sie irgendwann aufgeben.«

»Würden sie das? Irgendwann aufgeben?«

Der Lastwagen fährt davon. Der Polizeiwagen. Zurück bleiben die überfüllten Container, die hässliche Wand und verstreute Efeublätter – eingetrocknete grüne Blutflecken auf dem Bürgersteig.

Ich bringe die leere Tasse in die Küche.

»Du könntest sie bestrafen«, sagt er hinter mir. »Sie jedes Mal töten, wenn sie es erneut versuchen.«

Sein Gesicht verrät nichts. Fast glaube ich, mir seine Worte eingebildet zu haben. Etwas, das ich selbst gedacht habe. Denn das könnte ich tatsächlich tun. Wenn Hypnos auf meinen Ruf hin erscheint, tut es sicherlich auch sein Bruder. Nur ein Wort, ein Fingerzeig, und derjenige wäre tot.

»Hasst du die Menschen?«, frage ich ihn.

Überraschung sickert durch Eriks Maske. Er schüttelt den Kopf. »Nein. Im Gegenteil ...« Sein Blick findet meine geballten Fäuste. »Hasst *du* sie?«

»Manchmal«, gebe ich zu. »Dabei bin ich selbst einer.«

»Bist du nicht«, antwortet er sofort. »Nicht wirklich. Deine Mutter ist bestimmt stolz ...«

»Meine Mutter?«, frage ich ungläubig zurück. »Sie ist tot.«

»Demeter.« Er lächelt freudlos und krault abwesend Ros' Kopf. »Sie hält sie für Parasiten.«

Das sind Menschen in der Tat, nicht wahr? Das bin ich auch. »Was hält sie dann von ...?« Ich zeige an mir hinunter. »Von den ganzen hundert Wiedergeburten?«

»Das kann dir nur Demeter sagen«, antwortet er. Da ist etwas in seiner Stimme, diese Gewissheit, dass die Antwort keineswegs positiv ausfallen würde. »Hundert?«, fragt er dann nach. »Du erinnerst dich also?«

Wieder diese Frage. Aus irgendeinem Grund mag ich nicht erzählen, woher ich von dieser Zahl weiß.

Erik sieht mich durchdringend an, ungeduldig. »Und …?« Er hebt kurz die Arme. »Also weißt du alles.«

»Alles?«

»Der Fluch. Deine Mutter. Die ganzen Leben?«

»Nein.« Oh, sein Gesicht … Wie ich diesen Ausdruck hasse. Warum muss er ausgerechnet mich so ansehen? »Ich erinnere mich nur an ein paar. Welcher Fluch?«

Sein Arm ist sofort an der Kapuze. Ich rechne fest damit, dass er sich auflöst und mich allein lässt. Erik atmet tief, tief durch, als würde seine Lunge bis zum Erdkern reichen, und nimmt stattdessen meine Hand, zieht mich zum Bett. Er studiert zum wiederholten Mal mein Gesicht, lässt mich los.

»Jedes Mal«, beginnt er. Die Worte gleiten wie Gletscher dahin. »Jedes Mal, wenn ich dich finde, bleiben uns – bleiben dir vier Monate Zeit. In dieser Zeit erlangst du manchmal all deine Kräfte. Alle Erinnerungen. Manchmal nicht. Am Ende dieser Zeit …« Seine Stimme stolpert. Minuten vergehen, bevor er weiterspricht. »Egal, was wir tun und versuchen – am Ende stirbst du immer.«

Das Bett unter mir scheint wegzubrechen. Der Boden. Das ganze Haus. Verzweifelt greife ich in die Decke, bis meine Finger schmerzen. Das hat Helios also mit sterben gemeint? Vier Monate? Die Wochen seit meinem ersten Arbeitstag sammeln sich in meinem Kopf, rieseln durch die Sanduhr. Die Zahl, die übrig bleibt, ist viel zu klein. »Drei Wochen? Ich habe nur noch *drei* Wochen?«

Erik steht an der Fensterbank, berührt jede einzelne Pflanze.

»Aber das kann nicht sein«, sage ich seinem Rücken. »Ich werde wirklich sterben? Erik?«

Der Boden zittert, als die Straßenbahn vorbeifährt, ein Eiswagen hält vor unserem Haus. Wohnungstüren knallen im ganzen Haus, Kinder laufen jauchzend hinaus. Die Sonne brennt auf meinem Gesicht.

Erik ist weg.

16

Kennst du das, wenn du innerlich so stark zitterst, dass du in Atome zu zerfallen glaubst? So fühle ich mich gerade. Ich kann das Zittern nicht aufhalten, wie oft ich mir auch sage, dass es nicht echt war. Dass mein Leben seit Tagen nicht mehr real scheint.

Selbst meine Schritte sind zittrig, während ich durch die Wohnung wandere. Die Pflanzen berühre, ihre Blätter mal kühl, mal warm vom Licht der untergehenden Sonne. Klein wie meine Fingerspitze, größer als meine Handfläche. Ich wasche mir den Staub von den Fingern. Spüle ab, räume auf … Halte mich daran fest, um wenigstens etwas Stabiles zu spüren.

Das Handy liegt warm und feucht in meiner Hand, während ich abermals die Kontaktliste durchgehe. Die Telefonnummer meines Vaters leuchtet mir entgegen. Das Display wird schwarz. Ich schalte es erneut ein und scrolle hoch zu Andreas Nummer. Lasse es klingeln, bis die Ansage der Mailbox kommt.

Ich schiebe es zurück in den Rucksack. Hole es wieder heraus. Kassenbons und alte Einkaufszettel rascheln wie Herbstlaub unter meinen Fingern. Dann finde ich das Glas mit meinem vergessenen Mittagessen von vor zwei Tagen. Oder drei? Ich traue mich nicht, den Deckel aufzumachen. Am Boden ertaste ich endlich die winzige Packung – Hermes' Geschenk. Die rosarote Aufschrift ist mir immer noch ein Rätsel. Wenn ich ganz down sein soll, hatte er gesagt, nicht wahr? Mein Lachen klingt wie kurz vor der atomaren Spaltung. Was soll's. Bier habe ich eh keins mehr da. Wenn die Kaugummis so funktionieren wie Ambrosia, habe ich natürlich ein Problem. Ich möchte meine Panik nicht in HD spüren.

Entschlossen greife ich nach dem roten Folienzipfel – nur wer wagt, gewinnt oder so ein Scheiß – und eine Hand schließt sich um meine, hält sie gefangen.

»Na, na, na! Wer wird denn jetzt schon verzweifeln?«

Mein Schrei kommt lediglich als Röcheln heraus. Ich will meine Hand losreißen, aber der Griff ist unerbittlich.

Hermes grinst mich mit seinem Hutmachergrinsen an und nimmt mir das Päckchen aus den Händen. »Glaub mir, alles kann noch viel schlimmer werden. Willst du dann mit leeren Händen dastehen?«

Er reicht mir die Packung, der Riss in der Folie verschwunden. Und ich nehme sie zurück. Meine Hände zittern.

Hermes sieht das natürlich. Er schnalzt mit der Zunge. Sein Grinsen zerfällt wie ein Kartenhaus und faltet sich zu etwas Neuem zusammen. Für einen Augenblick steht der traurige, ernste Mann vor mir, der so behutsam die Tür zu Eriks Büro geschlossen hat. Er greift erneut nach meiner Hand und zieht mich hinunter auf mein Bett. Und da sitzen wir, zwei Freunde auf einer traurigen Pyjama-Party.

»Wie viel Zeit bleibt dir?«, fragt er. »Vier Wochen? Drei?«

»Drei ...« Mein Herz stolpert. »Wissen jetzt alle davon?«

Hermes sieht mich an und ich hasse sofort das Mitleid in seinem Gesicht.

»Muss ich wirklich sterben? Kann man nichts dagegen tun?«

»Er hat dir nicht alles erzählt ...«

Ich zupfe an einem losen Faden meiner Jeans. »Doch, er hat mir gesagt, wer ich sein soll und betont, was er davon hält. Und er hat gesagt, dass ich sterben werde.« Mann, klinge ich jämmerlich. Dad hätte jetzt gelacht und mich umarmt, bis es mir besser ginge ... Gott, ich vermisse ihn und sein Weihnachtsmannlachen so sehr. Ich sollte ihn gleich anrufen.

»Wir machen einen Deal, okay?«, sagt Hermes so eindringlich, dass ich aufsehe. Er hebt einen Finger, seine Augen glitzern silbern und kalt. »Ich erzähle dir alles. Alles, was er dir hätte sagen sollen. Aber du wirst es ihm niemals vorhalten. Er hat sehr viel durchgemacht und das Schlimmste steht ihm bevor. Und dir gewissermaßen auch ...« Er seufzt, die Kälte in seinem Blick erloschen.

»Ist ja nicht so, als hätte ich mich nicht bereits eingemischt«, murmelt er und fährt sich mit den Fingern durch die Haare. Sie stehen wild ab. Mein Lächeln flackert kurz auf und erstirbt sofort, sobald er zu erzählen beginnt. »Fangen wir doch am Anfang an und am Anfang wurde ein Kind geboren – eine Göttin. Tochter der Erde und ...« Er zuckt mit den Schultern. »Erdgöttinnen lieben anders, musst du wissen. Vielleicht noch zerstörerischer als Menschen. Und Demeter versteckte die neue Göttin vor der ganzen Welt. Nur die Gestirne wussten, wo sie sich befand: Helios, Asteria und –«

»Warum wurde sie versteckt?«, unterbreche ich ihn. Es klingt genauso wie mein Traum – meine Erinnerung von Demeters Märchen, das offenbar doch keines ist. »Wegen Zeus?«

»Ja. Unter anderem.«

»In einem Tal«, flüstere ich.

»Du erinnerst dich?«

Ich nicke. Hermes murmelt etwas über Zeit. Der Traum spielt sich immer wieder in meinem Kopf ab, die streichelnden Hände von Demeter, das Pulsieren der Sterne ...

Die Beweise sprechen alle für sich: Ich bin Persephone. Aber möchte ich sie wirklich sein?

»Eines Tages sah Helios, wie du in der Unterwelt bei Hades verschwandst – einfach so. Bis heute weiß niemand, was dort passiert ist. Demeter war natürlich außer sich, weil du ausgerechnet bei ihm gelandet bist. Entführung, Vergewaltigung, Machtwechsel und solcher Unsinn ... Die Götterwelt drehte durch und ich wurde zu Hades geschickt. Du warst tatsächlich bei ihm und ...« Er verwebt seine Finger miteinander. »Und ihr wart verheiratet.«

»War ich glücklich?« Schnell fuchtele ich mit der Hand, um von meinem brennenden Gesicht abzulenken. »Ich meine: War sie glücklich?«

»Ihr wart es beide.« Hermes seufzt erneut.

Ich höre die Zeit in ihm, die Jahrtausende.

»Du wolltest nicht zurückkehren. Und da ihr vermählt wart, konnte nicht einmal Zeus dich dazu zwingen. Demeter hat es trotzdem versucht. Kurz darauf verschwand sie und Persephone starb zum ersten Mal.«

Ich warte darauf, dass er fortfährt. »Das ist es? Das Ende? Ich werde sterben und niemand weiß, warum?«

»Demeter weiß bestimmt etwas.«

»Warum gehen wir dann nicht einfach zu ihr? Am besten jetzt sofort!« Ich springe auf. »Wenn ich Persephone, ihre Tochter, bin, wird sie mir doch bestimmt helfen!« Wieder bin ich am Raten, denn ich habe keine Ahnung, wie mütterliche Liebe funktioniert.

»Gute Idee«, antwortet Hermes. »Aber niemand weiß, wo sie ist. Sie ist seit Jahrtausenden verschwunden.«

»Wie kann eine Göttin einfach so verschwinden?« Enttäuscht sinke ich zurück auf das Bett. »Was ist mit … Zeus? Oder den Gestirnen? Du hast gesagt, sie konnten sogar mich sehen. Wie kann dann niemand wissen, wo sich eine von ihnen aufhält?«

»Götter verschwinden.« Hermes sieht mich an. »Götter sterben sogar.« Als er den Horror auf meinem Gesicht bemerkt, hebt er beschwichtigend die Hände. »Oh, sie ist am Leben, keine Angst. Die Erde lebt ja auch.«

Er meint wohl die Menschenwelt, den Planeten, aber jeder Blinde kann sehen, dass die Erde im Sterben liegt. »Noch«, sage ich bitter. »Sie lebt *noch*.«

»Ja, deinetwegen. Du bist zum Glück auch eine Erdgöttin.«

»Was ist mit Erik? Kann er nichts tun?« Die Antwort kenne ich bereits, spüre seinen verzweifelten Griff um die sterbende Erika, sehe sein blutüberströmtes Gesicht.

»Er hat bereits alles versucht.«

Ich starre auf meine Hände in meinem Schoß, die sich jetzt leer und kalt anfühlen. Spüre fast das Gewicht des Mantels auf meinen Schultern, die eisigen Regentropfen. Aber ich bin nicht Erika. Und wenn ich jetzt Eriks Namen rufen würde, würde niemand kommen.

17

»Aber nicht doch!« Hermes rutscht zu mir und schlingt einen Arm um meine Schultern, als wäre ich sein liebster Saufkumpan. »Na komm. Drei Wochen sind eine Ewigkeit! Und jetzt sind wir beide am Leben. Wollen wir ein bisschen feiern?«

Ich schüttele den Kopf, während Hermes mich auf die Beine zieht.

»O doch! Ein bisschen Party ist die beste Medizin. Wie die alten Griechen schon sagten: YOLO!«

Ungewollt lache ich auf und wische mir die Tränen weg. »Das haben die ganz bestimmt nicht gesagt.«

»Oh ... sicher nicht? Was ist mit dem Typen in dem Fass?«

»Auch nicht.«

»Ist ja auch egal. Du siehst aus, als würdest du viel zu selten tanzen.«

»Aber Hermes ...«

Er wirft mir ein Lächeln über die Schulter zu, meine Sicht ruckt wie bei einem Fall und wir fallen wirklich. Blind greife ich nach seinem Arm, sein Gelächter ist wild und ganz nah bei mir. Mein Inneres kippt wie bei einer Achterbahnfahrt.

Nur Augenblicke später spüre ich festen Boden unter meinen Füßen. Er räuspert sich. »Mach die Augen auf.«

Wir stehen auf einem riesigen, überfüllten Parkplatz und ich drehe mich einmal um mich selbst, um dessen schiere Größe zu erfassen. Dabei sehe ich einen nicht minder großen und breiten Mann mit einer Sicherheitsweste und weit offenem Mund. Offenbar hat er unser Erscheinen bemerkt.

»Hermes!«, zische ich und folge seinen tänzelnden Schritten zu einem riesigen Gebäude, das ein Stadion sein könnte. »Hermes, warte! Der Mann da hinten hat uns gesehen.«

Er hebt eine Augenbraue. »Das hoffe ich doch für ihn. Wir sind nicht unsichtbar.«

»Du weißt, was ich meine!«

Er grinst. »Du machst dir zu viele Sorgen. Dann geht er eben in Therapie, nimmt Medikamente. Niemand wird ihm glauben. Frag mal Kassandra, die kann ein Lied davon singen.«

Ich komme nicht dazu, nach dieser Kassandra zu fragen, denn wir betreten das Gebäude, die Sicherheitsleute lächeln und nicken Hermes zu. Und dann erscheint eine Frau mit einem Tablet in der Hand und wir rennen dem Klackern ihrer Absätze hinterher. Hinter der Wand höre ich ein Summen wie in einem Bienenstock. Hermes reicht mir eine Dose Red Bull. »Magst du auch? Ist besser als Ambrosia.« Ich verziehe den Mund. Er nimmt einen großen Schluck und seine Augen leuchten quecksilbern auf.

Die Frau öffnet eine Tür, Licht und die Begeisterung tausender Menschen schwappt in den Gang hinein.

Hermes sieht offenbar meinen Schock – ich würde am liebsten in die entgegengesetzte Richtung rennen – greift nach meiner Hand und zieht mich lachend mit.

Ich halte die Luft an, als würden wir gleich von einer Klippe in einen tosenden Ozean springen. Wir springen nicht. Die Menschenmasse wogt gefühlte Kilometer weit, die Strahlen der Laser ziehen über ihr Wellen wie das Licht unzähliger Leuchttürme. Und dann sehe ich, wohin Hermes mich führt und … nein. Ganz bestimmt nicht! Er schiebt mich nicht auf die Bühne, aber direkt davor. Dort stehen bereits Frauen, jede makelloser als die andere, ihre Bewegungen unirdisch perfekt. Die Gänsehaut prickelt meine Schultern und Arme entlang, das Gefühl von Fremdheit inzwischen vertraut. Diese Frauen sind keine Menschen.

Hermes schubst mich in deren Mitte. Sie schließen den Kreis um mich. Gleich werde ich sicherlich geopfert. In Stücke gerissen, damit sie von meinem Blut trinken können, um noch schöner zu werden.

»Persephone«, flüstert eine. Ihr grünes Kleid ist so leicht, dass es bei jedem ihrer Atemzüge aufflattert. Ich schrumpfe unter ihren Blicken zusammen. Sie sind Göttinnen, weiß ich plötzlich. Es steht ihnen förmlich auf der Stirn geschrieben. Ich fühle jeden meiner Knochen, jede Zelle wie einen Klumpen Blei – mein Körper ist die urzeitliche Tonfigur einer Fruchtbarkeitsgöttin.

»Persephone!«, flüstert eine andere und ihre Augen schimmern feucht in dem herumschießenden Licht. Sie greift nach meiner Hand, sie tun es alle und ziehen mich mit, bis direkt vor die Bühne.

»Es ist gleich so weit!«, erklären sie mir.

»Was?«, frage ich und versuche meine Arme zu befreien. Die beiden Frauen lassen mich lächelnd los, augenblicklich greifen andere nach mir, streifen voller Ehrfurcht und Wärme meine Handgelenke.

»Orpheus«, sagen sie im Gleichklang.

Die Musik schwillt an. Seit wann spielt sie überhaupt? Hinter uns rauscht der Ozean aus Menschen und ein Mann betritt mit erhobenen Armen die Bühne. Er ist jung und eigentlich unscheinbar, aber er leuchtet, seine Augen genauso unwirklich wie Hermes' oder Eriks ... Orpheus lässt seine Arme fallen und wir alle verstummen. Etwas blubbert in mir auf wie ein Mentos in einer Colaflasche. Er stellt sich an das DJ-Pult, sein grinsendes Gesicht auf den Bildschirmen in seinem Rücken multipliziert. Alles konzentriert sich, sogar das Licht hält den Atem an – und bricht dann los.

Das Lächeln verzieht fast schmerzhaft mein Gesicht und ich rufe mit, schreie meine Begeisterung wie ein Wolf in den Sternenhimmel. Die Musik durchtränkt meine Zellen, programmiert sie um und ich bewege mich. Tanze wie die Göttinnen um mich herum, wie die Menschen hinter uns – mit jeder einzelnen von ihnen und doch allein zwischen den Sternen. Ich tanze mit Orpheus, mit Erik ... Schlussendlich tanze ich um mein Leben, bis mein Herzschlag in jedem meiner Knochen widerhallt, mein Brustkorb der größte Bass der Welt. Worte steigen in der Musik auf – Orpheus singt. Die Menschen hinter uns scheinen es nicht zu hören oder zu verstehen. Es ist ein trauriges Lied über den Tod einer Frau, die er geliebt hat, über seine Reise zur Unterwelt. Über Hades ... Benommen bleibe ich stehen, höre der Geschichte zu, dem unglücklichen Finale. Hades lässt die verstorbene Seele gehen. Aber nur, wenn Orpheus vorgeht und sich nicht nach seiner Geliebten umsieht, bis sie die Menschenwelt erreicht haben. Noch bevor ich die letzten Zeilen höre, zieht sich mein Inneres schmerzhaft zusammen, denn natürlich dreht sich Orpheus um ... Weitere zwei Liebende durch Tod getrennt. Mit Tränen in den Augen falle ich hin. Die Nymphen und Dryaden berühren meine Arme, ohne mich festzuhalten, und ich lande in meinem Bett, werde mit dem süßlich grünen Duft meiner Pflanzen zugedeckt. Auch sie vibrieren, grüne Schlieren ziehen durch ihre Blattadern, getrieben von einem unsichtbaren grünen Herzen. Von mir. Sie leben! Und ich lebe ...

Ich will weiterleben.

Ich bedecke mein Gesicht mit den Händen, schmiere es mit Tränen voll.

Bitte ...

»Ich will ewig leben.«

18

Es ist spät, als ich aufwache. Meine Beine und Arme tun mir weh, selbst im Bauch habe ich einen Muskelkater. Ros blickt mich hechelnd an. Inzwischen bin ich nicht überrascht, ihn oder Pflanzen entlang meines Betts zu sehen. Ros legt seinen Kopf auf meine Brust und – wirklich? Wie kann ich sogar dort einen Muskelkater haben? Ich kraule seinen Nacken. Zwischen den Geräuschen der Nachbarn und des Verkehrs draußen auf der Straße höre ich immer noch Orpheus' Musik und Hermes' Lachen. Meine Wohnung fühlt sich in dem Augenblick wie eine Parallelwelt an, eine fremde Dimension.

Ich werde sterben.

Ros winselt kurz, als könnte er das Stolpern meines Herzschlags hören. Sanft schiebe ich ihn zur Seite und gehe zum Badezimmer, fülle die Gießkanne mit Wasser. Der Hund verfolgt mich mit den Augen, während ich von einer Pflanze zur anderen gehe und jeder einen sehr späten guten Morgen wünsche. Danach sitzen Ros und ich auf dem Teppich vor meinem Bett, teilen uns die Reste vom trockenen Gebäck und dem Obst, das überlebt hat. Ich werfe ihm einzelne Heidelbeeren zu und er fängt sie begeistert aus der Luft, bis der Boden einem Pollock-Gemälde aus Heidelbeersaft und Hundespucke gleicht. Ich lache.

Ich werde sterben.

»Wo ist dein Herrchen?«, frage ich Ros. Seine Ohren zucken kurz in meine Richtung, dann jagt er mit seiner Schnauze weiter einer Beere hinterher, die unters Bett gerollt ist.

Ob Erik genauso erscheint wie Hypnos, wenn ich ihn rufe? Immerhin habe ich einen Wunsch, eine Bitte.

»Hades«, flüstere ich. Zum ersten Mal spreche ich diesen anderen Namen aus.

»Persephone«, antwortet er seufzend neben mir.

Obwohl er auf meinen Ruf hin erschienen ist, klopft mein Herz doch schneller. Ich sehe zu ihm hoch, zu seinem resignierten Gesicht. »Ich werde sterben«, sage ich und weiß nicht einmal, warum ich ihm das sage. Er weiß das genauso gut wie ich. »Ich will nicht sterben.«

Eine nach der anderen berührt Erik die Pflanzen, die aus dem Bett gewachsen sind. »Ich will auch nicht, dass du stirbst«, sagt er, ohne mich anzusehen.

»Bring mich zum Olymp.«

Er erstarrt kurz, seine Hände schweben über einer Mohnblüte. Er lächelt ein kleines, messerscharfes Lächeln. »Alles, was du willst.«

Der Geruch meiner Wohnung verschwindet wie weggeschnitten und ich rieche die Blumen um den grauen Palast herum. Ich sitze vor einem der Sofas, Erik immer noch neben mir. Ros schnauft unzufrieden, denn offenbar hat die Heidelbeere den Sprung in die Götterwelt nicht mitgemacht.

»Ich schicke jemanden, der auf dich aufpasst. Bei deinem … Vorhaben.« Erik lächelt wieder seltsam, als wüsste er ganz genau, was ich plane. Vielleicht tut er es ja wirklich.

Kaum dass er verschwunden ist, stehe ich auf und klettere nach draußen. Laufe zum Rand der Insel. Ich muss zu Helios und ihn fragen, wo Demeter ist. Es knackst und raschelt zwischen den Pflanzen. Diesmal höre ich eindeutig Schritte, bevor das Grün sich teilt und Andrea heraustritt.

Sie bleibt einige Meter weit entfernt stehen und lächelt kurz. Tritt von einem Bein auf das andere. »Hi«, murmelt sie.

Jetzt, da sie endlich vor mir steht, sind mir die Worte ausgegangen. Also wiederhole ich ihr »Hi« und wir schauen uns schweigend an. Sorge und Erleichterung wechseln sich ab. Es geht ihr also gut. Aber was tut sie hier?

Mein Gesicht ist immer noch ein Bilderbuch für sie. Sie seufzt. »Tut mir leid, dass ich letztens weggelaufen bin.« Sie nickt zum Inneren des

Palasts hinter mir. »Du hast genug Merkwürdigkeiten erlebt, ich wollte dir keine weitere aufhalsen.«

Mein Gehirn fährt im Schneckentempo hoch. »Du bist ... auch?« Ich wedle mit der Hand herum – die internationale Geste für ›Du weißt schon‹.

»Eine Göttin?« Andrea zuckt mit den Schultern. »Keine, die man kennt, aber ja.«

»Warum hast du nie etwas gesagt?« Wir kennen uns doch so lange!

»Wie hätte ich es dir sagen sollen? Überraschung! Ich bin eine Göttin ohne nennenswerte Macht und lebe deshalb in der Menschenwelt?« Sie tritt endlich näher und ich kann richtig durchatmen. Denn es ist tatsächlich Andrea und sie ist so menschlich und vertraut, dass ich mich nicht mehr allein fühle. Ich greife nach ihrer Hand und nach kurzem Zögern drückt sie kurz zu und zieht dann ihre Finger zurück.

Die Fragen in meinem Kopf überschlagen sich. »Weiß Erik, dass du ...?«

»Was glaubst du denn, was ich hier tue?« Sie verneigt sich gespielt. »Als Dienerin der Unterwelt soll ich auf dich aufpassen.«

»Warum hat er mir nichts davon gesagt?« Ich habe bereits Hermes und Hypnos getroffen, da wäre es gut zu wissen, dass ausgerechnet meine beste Freundin auch eine Göttin ist.

Andrea lacht freudlos auf. »Wir haben da unsere Streitigkeiten darüber, was er dir sagen soll und was nicht.«

Sofort denke ich an ihren Streit, an meine alberne Eifersucht. Dann sinkt die Bedeutung ihrer Worte richtig ein. »Heißt das, du wusstest die ganze Zeit, dass ich ... Wer ich bin?«

Ihr Blick wird trotzig. »Nicht die ganze Zeit. Erst an deinem ersten Arbeitstag. So wie er dich angesehen hat, wusste ich es.«

»Warum hast du dann nicht ...?«

»Wegen ihm!«, unterbricht sie mich wütend. »Ich musste es ihm versprechen.«

Hat er als Hades tatsächlich so viel Macht über sie? Immerhin reden wir hier von *Andrea*. Und bin ich nicht ihre beste Freundin? Aber weil wir uns tatsächlich lange kennen, kann ich sie auch ein bisschen lesen. Sie will genauso wenig darüber reden wie über ihre Mutter. Außerdem bin ich mir nicht sicher, ob ich die Antworten hören möchte.

»Ein komischer Zufall, nicht wahr?«, versuche ich die Stimmung aufzuheitern. »Dass wir beide Göttinnen sind und uns kennengelernt haben?«

»Und ich dich zu Hades geführt habe ...«

»Genau!«

Meine Worte erreichen das Gegenteil und Andrea blickt noch finsterer vor sich hin als vorher. »Es gibt keine Zufälle. Nur Schicksal«, murmelt sie und sieht sich suchend um. »Und? Wie bekommt dir der Olymp?«

»Nicht sonderlich.« Ich spiele beim Themenwechsel mit und folge ihrem Blick, bevor ich die Stimme senke. Vielleicht bekomme ich noch etwas mehr aus ihr heraus? »Ehrlich gesagt, ist es grauenhaft. Die sehen mich an, als wäre ich eine sprechende Kakerlake.«

Andrea lacht. »Du bist ein Mensch. Oder zumindest an einen menschlichen Körper gebunden. Sie können sich nichts Schlimmeres vorstellen.«

Ich mir schon. Demnächst zu sterben zum Beispiel. Aber ich habe einen Plan, nicht wahr? Und jetzt, mit Andrea an meiner Seite, könnte ich den vielleicht einfacher umsetzen als mit Erik. Sofern ich sie dazu bekomme, mir zu helfen. Denn sie ist nicht unbedingt ein Mensch, der bei Plänen anderer mitmacht. Deshalb ist es auch so schwer zu glauben, dass sie mir nur auf Eriks Befehl die Wahrheit verschwiegen hat. Schlussendlich ist eine vorenthaltene Wahrheit auch eine Art von Lüge. Aber mit meinem drohenden Tod vor Augen fehlt mir die Zeit, um verletzt zu sein und unsere Freundschaft zu flicken. Also gehe ich tief in mich hinein und dort finde ich immer noch das gleiche Vertrauen, denselben Glauben an sie.

»Weißt du, wo Demeter ist?«, rutscht es mir heraus.

Ihr Blick ist überrascht, beinahe schockiert. Ich schaue bestimmt ebenfalls blöd aus der Wäsche, denn ich wollte nicht so ... direkt sein. Wir prusten los.

Sie nickt zu einem bemoosten Pfad zwischen den Bäumen und Pflanzen und ich folge ihr. »Du warst schon immer wie ein Panzer. Immer mit dem Kopf durch die Tür. Oder die Wand.« Sie schüttelt lächelnd den Kopf.

»Wir kannten uns also früher?«

Sie führt mich zum Rand von Hades' schwebender Insel und setzt sich hin, ihre Beine baumeln hinunter. Instinktiv will ich zurücktreten, mich am sicheren Boden festhalten. Vor dem schwarzen Hintergrund des Weltraums leuchtet die Erdoberfläche unter uns. Wenn ich jetzt hinunterfalle ...

Andrea ergreift meine Hand und zieht mich mit einem Ruck nach unten, auf den Boden neben sich. Mit einem Aufschrei lande ich weich auf dem Moos, klammere mich an der bröseligen Kante fest.

Nachdem der erste Schreck verflogen ist, genieße ich fast den Anblick des Planeten unter uns. »Es ist wunderschön«, flüstere ich. *Ich sehe auf die Erde hinab!*

Andrea reißt ein Stück Moos ab und wirft es hinunter. Es blinkt wie ein winziger Stern auf, als es in der Atmosphäre verglüht. »War klar, dass du das sagst. Als Erdgöttin.«

»Findest du es nicht atemberaubend?«

Drei weitere Moosstücke verglühen unter uns. »Es ist besser als die Unterwelt. Dieses ganze Seelengeplapper ist unerträglich.«

»Wer bist du?«, frage ich sie. »Wie heißt du wirklich?«

Ihr Lächeln ist merkwürdig, erinnert mich fast an Eriks Zombie-Lächeln. »Mein Name wird dir nichts sagen. Die Menschheit hat ihn längst vergessen. Aber du kennst bestimmt meine Brüder.« Diesmal wirft sie einen besonders großen Erdklumpen hinunter, der beim Verglühen eine goldene Spur hinterlässt. »Hypnos und Thanatos.« Sie verzieht ihr Gesicht.

Ich nicke, höre Flüstern und geheimes Lachen, das Rascheln der Mohnblüten. Mein Gesicht brennt.

»Wir gehören zu Hades«, spricht sie leise weiter. »Wir befolgen seine Befehle. Beschützen ihn ... Gleichermaßen an die Welt der Götter und der Menschen gebunden. Wären wir es nicht, wären wir längst tot. Gibt es etwas Grausameres, als still zu verklingen? Namenlos. Machtlos. Vergessen.«

Ganz genau so werde ich sterben, nicht wahr? Machtlos meinem Schicksal gegenüber. Wer wird sich in ein paar Wochen an meinen Namen erinnern? Wird Erik mich, Florine, vergessen? Wird irgendjemand diesen Namen kennen oder betrauern sie dann bloß Persephones Schicksal?

Andrea liest in meinem Gesicht. »Dich vergessen sie bereits.« Sie zeigt mit dem Fuß auf die Planetenoberfläche aus Blau, Braun und zu wenig Grün. »Sieh dir an, was sie damit angestellt haben. Weißt du noch, wie es früher war?«

»Nein«, lüge ich und denke an die Laubsäge und Eriks gemurmelte Worte. Ich mag mir gar nicht ausmalen, wie die Erde ausgesehen hat. Wie sie aussehen könnte. »Ist ja nicht so, als könnte ich etwas dagegen tun.« Versucht habe ich es ja.

»Natürlich könntest du das. Wenn du stark genug wärst, könntest du alles aufleben lassen. Stell dir nur eine grüne Erde vor.«

Vorsichtig beuge ich mich ein Stück vor. Schön wär's, wenn ich mit Persephones Kräften die ganze Zerstörung rückgängig machen könnte. In meinen Gedanken male ich jede bräunliche Oberfläche grün an. Stelle mir meterhohe Bäume und Farne vor, unendlich viel Nahrung – den ganzen Planeten als meinen persönlichen verwunschenen Garten. Mein Herzschlag dröhnt mir in den Ohren.

Der Erdrand unter meinen Fingern löst sich in einer Schicht aus Krümeln. Ich kippe nach vorn, für Augenblicke eingefroren, als hätte jemand auf Pause gedrückt. Die letzten Sekunden meines Lebens laufen trotzdem weiter, ich sehe mich fallen, höre meine eigenen Schreie. Mein Körper verglüht – eine bloße Sternschnuppe.

Arme schließen sich um meine Brust und ich falle. Falle nach hinten, höre Andreas erschrockenes Keuchen neben meinem Ohr, spüre ihr Herz gegen meinen Rücken hämmern. »Alles okay?«, fragt sie atemlos.

Ich schlucke und nicke.

Andrea sinkt in sich zusammen, schiebt mich von sich hinunter. Gemeinsam starren wir schwer atmend nach oben in den glitzernden Abgrund des Weltalls und ich glaube, abermals zu fallen. Ich finde ihre eisigen Finger im Gras neben mir und halte mich fest. Und zum ersten Mal zieht sie ihre Hand nicht zurück, umklammert genauso verzweifelt meine Finger.

»Lass uns zurückgehen«, sagt sie irgendwann und lässt meine Hand los. »Ich sollte eigentlich auf dich aufpassen. Nicht dich versehentlich abmurksen …«

Wir stehen auf und klopfen die Erde und das Moos von unserer Kleidung. »Ist das deine Aufgabe? Auf mich aufzupassen?«

Sie streicht sich fahrig die violetten Haare aus dem Gesicht. »So ungefähr …«

Suchend blicke ich zwischen den grauen Säulen in das Innere des Palasts.

»Er ist noch nicht zurück«, sagt Andrea und setzt sich vor den Säulen hin, beginnt, Grashalme aus dem Boden zu rupfen. Ihr Blick weicht nicht von mir, während ich meine Enttäuschung zu verbergen versuche. Sie wickelt einen Grashalm wie einen Ring um ihren Zeigefinger. »Dir ist klar, dass es praktisch Inzest ist?«

Ich verschlucke mich an meiner eigenen Spucke, huste mir fast die Seele aus dem Leib. »Bitte was?«

»Hades und Demeter sind Geschwister – er ist dein Onkel.«

Ich öffne den Mund. Schließe ihn wieder. »Es ist nicht *mein* Onkel«, stottere ich. Meine Gedanken rasen, denn Andrea hat nicht unrecht, aber … aber ich weiß nicht, was dieses ›Aber‹ sein soll. Warum reden wir überhaupt davon?

Andrea schnaubt. »War ja klar, dass du es dir irgendwie schönredest.«

Sie wirft den zerdrückten Grashalm weg und wischt sich die Hand an ihrer Hose ab. »Du willst das alles also wirklich durchziehen?«

»Was meinst du?«

»Die ganze Liebestragödie, das Sterben und so weiter.«

»Du sagst es so, als ob ich eine Wahl hätte.«

»Klar. Hat man nicht immer eine Wahl? Ich könnte dir helfen. Dir etwas geben …« Sie zeigt auf die anderen schwebenden Inseln über uns. »… damit du das alles vergisst. *Ihn* vergisst. Für immer.«

»Würde ich das?«, höre ich mich selbst fragen und denke: *niemals*. Aber ein Teil von mir, das winzig kleine Ding, das die Frage gestellt hat, ist erleichtert. Will all diese schmerzhaften Erfahrungen vergessen, all diese Frauen, die er geliebt hat, diese Angst vor dem Tod. Denn irgendwann, bevor ich in die Unterwelt fiel, bevor ich den Laden betrat, war mein Leben normal gewesen. Gewöhnlich. Menschlich.

»Alles«, verspricht sie. »Wer du früher warst, all die Leben, sogar deinen Namen!«

»Auch meine Eltern? Und dich?«

Andrea seufzt. »Auch deine Eltern. Und mich. Sieh es doch positiv: Du wirst nie wieder traurig sein, dass deine Mutter tot ist.«

»Falls du mich trösten wolltest …«

»Es funktioniert nicht?«

»Kein bisschen.«

»Dann viel Spaß beim Sterben!« Sie steht auf und klopft sich wütend die Grashalme und Blütenstaub von der Hose.

»Andrea ...«

»Es wird nicht besser, weißt du?«, entgegnet sie. »Du erinnerst dich bereits und bald ... Kurz vor dem Ende wirst du dich an alles erinnern. An hundert Leben und hundert Tode! Hundert! An die Dinge, die du getan hast. Die *er* getan hat! Und –« Sie beißt sich auf die Unterlippe und verschwindet in einer Wolke ihrer wild peitschenden Haare.

Schön praktisch, nicht wahr, wenn man sich aus allen unangenehmen Gesprächen so herausklinken kann? Fast wünsche ich, ich *wäre* Persephone, um mich auch mal in Luft aufzulösen. Natürlich möchte ich dann trotzdem in der Nähe bleiben, um Eriks oder Andreas blöden Gesichtsausdruck zu sehen.

Als Mensch kann ich lediglich in den Palast gehen und mich wütend auf eines der Sofas werfen. Was für Dinge werde ich schon getan haben? Ich bin nicht für die Taten der früheren Wiedergeburten verantwortlich. Ich bin ich und sie waren sie. Erik dagegen ... Ich springe auf, laufe Kreise durch den Raum, berühre die Möbel. Es ist Erik, sage ich mir. Was kann er Schlimmes getan haben?

Dann hebe ich das einzige Buch hoch, mit dem ich etwas anfangen kann, weil es nun mal Bilder enthält, und warte auf Erik, blättere von Seite zu Seite. Zeichne mit meinem Finger die Umrisse eines Märchenprinzen nach.

Schritte erklingen in dem Vorraum nebenan, aufgeregte Stimmen ... Es ist der letzte Maitag, der letzte Ball und meine Mutter läuft wie eine geschäftige Henne herum, die Dienstmädchen kopflose Hühner in ihrem Bugwasser. *Der Diplomat, der Diplomat,* gackern alle gemeinsam und niemand merkt, wie ich das Buch unter meiner Jacke verstecke.

Die Frauen tragen alle Flieder in ihren Haaren, das Kerzenlicht zerbricht zu violetten Prismen. Der Diplomat sieht wie ein Europäer aus und junge Frauen raten hinter ihren Fächern, ob Franzose, Deutscher oder Engländer.

Schwede, unverheiratet, rief meine Mutter Anastasia vorhin zu und die befahl ihrem Mädchen, das Korsett enger zu schnüren.

Er stellt sich meinen Eltern vor, obwohl jeder Schuhputzer in St. Petersburg seinen Namen kennt. So wie er ›Jurij‹ ausspricht, die erste Silbe zu lang, die zweite zu kurz, sagt mir, dass es nicht sein echter Name ist. Er sieht weder wie ein Schwede noch wie ein Russe aus – nicht einmal wie ein Mensch. Irgendwann fiel er bestimmt aus einem uralten Märchen. Er scheint zu eisig, um ein Held oder ein Prinz zu sein – die Märchen haben mich belogen.

Natürlich sieht er mich nicht, das tut selten jemand, als er Anastasias eleganten weißen Arm ergreift. Meine Mutter lächelt hinter ihrem Fächer. Jurij führt meine Schwester auf die Tanzfläche und sie wirbeln mit anderen Paaren in perfekter Symmetrie davon. Kreise aus Weiß und Musik und Flieder. Zum ersten Mal in meinem Leben will ich meiner Schwester wehtun. Zum ersten Mal will ich tanzen. Zum allererstenMal *will* ich etwas, das ich nicht haben kann. Nicht haben darf.

Sie ziehen abermals an uns vorbei und diesmal bemerkt er mich, sieht mich an. Sein Lächeln zerschlägt auf dem Parkett. Einer dieser Splitter trifft mich, durchdringt meine Rippen, meine Lunge, mein Herz. Schlägt darin Wurzeln.

Drei Monate später hat dieser Schmerz meinen ganzen Körper bis in den letzten Winkel und die letzte Kerbe ausgefüllt. Er fließt inzwischen aus mir heraus. Anastasia wirft alle meine Bücher in den Gartenteich und meine Mutter sieht durch mich hindurch – ich bin bloß ein Geist.

Mein Vater befiehlt mir, mich zusammenzureißen, bevor ich den Familiennamen in den Schmutz ziehe. Er redet von Offiziersschule, davon, mich zu meinem Onkel nach Deutschland zu schicken. »Du bist mein Sohn, Aleksej, mein Erbe. Ich will keinen Sünder als Sohn haben.«

Beim Abendessen blicke ich in Jurijs graue Augen und ertränke das Esszimmer mit meinem Schmerz, mit all den Sünden, die nur in meinem Kopf existieren.

Der Fluchtweg zu Büchern und Träumen ist abgeschnitten. Keine Geschichte tut so weh wie die Realität. Keine ist so schön. Und Nacht für Nacht träume ich davon, eine Frau zu sein, und jede einzelne von ihnen wird von Jurij geliebt.

Aber ich bin keine Frau …

Nach dem Essen flüchte ich nach draußen, verstecke mich zwischen den Beerensträuchern unter dem Schlafzimmerfenster meiner Eltern. Es ist offen und ihre Worte überdeutlich zu hören.

»Wir müssen doch etwas tun können! Ihn wegschicken?«

Mein Vater läuft hin und her, trommelt seine Wut in das Parkett. »Wie stellst du dir das vor? Wir haben ihn eingeladen – du wolltest unbedingt, dass ich ihn einlade!«

Meine Mutter weint und ich bin wieder fünf Jahre alt, mit einem Kloß im Hals.

»Ich wollte doch bloß … Ich dachte an Anastasia. Warum hat er die Einladung angenommen, wenn ihm nichts an ihr liegt?«

Glas klirrt, ich rieche beinahe den Lieblingscognac meines Vaters. »Du weißt, warum.«

Vorsichtig richte ich mich auf, um besser hören zu können, denn ich muss einfach wissen, warum Jurij bei uns bleibt und Anastasia gegenüber weniger Zuneigung zeigt als seinen Jagdhunden. Was weiß mein Vater? Was wissen sie alle, das ich nicht weiß?

Es raschelt zwischen den Johannisbeersträuchern und ich lächle instinktiv, noch bevor Jurijs Hund seine hechelnde Schnauze dazwischenschiebt.

»Ros«, rufe ich ihn leise zu mir. Er wirft schwanzwedelnd seinen Kopf hin und her, kann sich nicht entscheiden, ob er gekrault werden oder meine Finger ablecken will.

Die Zweige rascheln erneut. Jurij steht im grünen Zwielicht, sein Lächeln ist beinahe zärtlich, als er Ros ansieht – und mich. »Gefunden«, flüstert er.

Vielleicht liegt es am Licht, an all dem dunklen Grün oder bloß an meiner lächerlichen Verliebtheit, aber ich muss an einen Waldgott denken, an etwas so Uraltes wie die Erde selbst. Der Boden schwankt unter meinen Füßen und ich wünsche mir mit meinem ganzen verdorbenen Herzen, die Erde möge sich auftun, damit wir in eine andere Welt fallen, in ein glückliches Märchen.

Wir gehen spazieren. Der Duft von Johannisbeerblättern zieht wie Umhänge hinter uns her. Es ist dunkel und so stolpern wir regelmäßig, stoßen aneinander. Sein Arm gegen meinen, die Luft zwischen uns warm, mit unserem Lachen und Ros' aufgeregtem Bellen gefüllt.

An dem Baum neben dem Feld setzen wir uns hin, Schulter an Schulter. Sehen zu, wie die blutige Sonne die Schatten der Heuhaufen immer länger zeichnet, sie zu uns schiebt. Ros rennt dazwischen, gräbt im liegengebliebenen Heu herum.

Jurij zündet sich eine Zigarette an, reicht mir auch eine. Ich frage nicht nach Streichhölzern, er beugt sich bereits hinunter und ich halte ihm mein Gesicht wie zu einem Kuss entgegen, warte, bis meine Zigarette brennt.

Die Schatten frieren danach ein, die Vögel, der Wind. Die Zeit selbst. Wir halten die Zigaretten in unseren Händen, lassen sie niederbrennen. Die Rauchwolke schwebt zwischen unseren Gesichtern. Er atmet aus. Ich atme ein.

Er wendet sein Gesicht ab. »Es ist schön hier.«

Lächelnd drücke ich die Zigarette an meinem Stiefel aus. »Mein liebster Ort auf der ganzen Welt.«

»Bist du so viel gereist?«

»Natürlich nicht.« Ich rechne damit, dass er meine vorherige Erklärung ins Lächerliche zieht, als Naivität abtut.

»Würdest du gerne?«, fragt er stattdessen. »Würdest du gerne die ganze Welt sehen?«

Sofort blicke ich zurück, zu den Bäumen, zu den golden erleuchteten Fenstern, hinter denen meine Eltern und Anastasia den Rest des Abends verbringen. Ich würde gerne ›ja‹ sagen, aber ich kann nicht. Mein Herz zerreißt.

»Ich könnte sie niemals verlassen«, flüstere ich.

Er drückt seine Schulter fester gegen meine. Ros trottet erschöpft und schwanzwedelnd zu uns und legt sich zwischen uns. Ich streichele sein krauses Fell, zupfe trockene Grashalme und Kletten daraus. Jurij reibt Ros über den Kopf, streichelt ihn ebenfalls. Unsere Hände treffen sich, gleiten übereinander. Es ist dunkel, so sieht er mein Gesicht nicht, auf dem all die Dinge aus meinem Herzen geschrieben stehen. Seine Hand streift meine erneut. Ist das ein Versehen? Oder ist das der Grund, warum er immer noch bei uns ist? Bin ich das?

Am nächsten Morgen, als ich zum Frühstück komme, ist Jurijs Platz leer. Meine Eltern und Anastasia atmen auf, erwachen wie die

Schlossbewohner in dem Märchen mit der schlafenden Prinzessin. Die Hexe ist tot.

Ich falle in einen eisigen Albtraum hinein. Ohne die Aussicht auf einen Prinzen und einen rettenden Kuss.

Anastasia kauft jedes einzelne Buch, das sie zerstört hat, neu – ihre in Seidenpapier eingewickelte Entschuldigungen. Sie legt nasse Tücher auf meine Augen, wenn sie so geschwollen sind, dass ich sie kaum öffnen kann. Zwingt mich, Löffel um Löffel zu essen. Suppe, Tee, Johannisbeermarmelade ...

»Aljoscha?«, fragt sie eines Morgens. Mein Zimmer ist grau und kalt. Sie beugt sich hinab, flüstert in mein Ohr. »Brüderchen? Liebst du ihn?«

»Ja«, krächze ich hervor. Zwei Buchstaben als Geständnis meiner Sünde.

Sie schiebt ihre Hand unter meine Decke und drückt etwas zwischen meine Finger. Das Papier raschelt, das Wachssiegel kühl von der Morgenluft. »Beeil dich«, flüstert sie. »Ljuba bringt gleich Wasser und Frühstück. Die Eltern schlafen noch.«

Die Worte kleben an meinem Ohr, wollen nicht ganz hineinpassen. Ich hole den Brief hervor, das Siegel ist gebrochen.

Anastasia zuckt mit den Schultern. »Ich werde mich nicht entschuldigen.«

Mein Herz krampft schmerzhaft, als ich die Schrift erkenne, die wenigen Worte immer und immer wieder lese. Er ist zurück. Er will mich sehen.

»Hör auf!«, zischt Anastasia und reibt mir die frischen Tränen aus dem Gesicht. »Beeil dich, beeil dich!«

Sie umarmt mich zum Abschied und ich schwanke unter ihrem Gewicht. »Ich liebe dich.«

Erst als ich am Ende des Gartens angekommen bin und vor dem Gewächshaus stehe, ist der Kloß in meinem Hals endlich weit genug geschrumpft, um Worte durchzulassen. »Ich dich auch ...«

Der erste Frost hat Eisblumen auf das Glas gemalt, die sich im Licht der aufgehenden Sonne auflösen. Ich schließe die Tür hinter mir und das Geräusch hallt zwischen den schlafenden Pflanzen wider. Mein Atem kommt in glitzernden Wölkchen, während ich Jurij entgegenlaufe. Er steht genauso zwischen den Bäumchen wie damals, an unserem letzten Abend – unwirklich. Mit angehaltenem Atem trete ich näher, berühre seinen Arm, spüre seine Wärme. Er ist real.

»Du bist zurück«, flüstere ich, presse meine Füße in den Boden, um ihm nicht um den Hals zu fallen.

Er ergreift meine Hände, reibt mit seinen Daumen Wärme hinein. Beugt sich hinunter, presst seine Stirn an meine und ich hebe ihm mein Gesicht entgegen. Ich bin eine Blume und er meine Sonne. Seine Augen schimmern fast farblos im Morgenlicht.

»Es tut mir leid«, flüstert er.

Mit einem Lächeln schüttele ich den Kopf, reibe meine Stirn an seiner. Wofür entschuldigt er sich? Die Abreise? Verziehen! Für etwas, was er gleich tun wird? Ich lecke über meine Lippen. Verziehen!

Bleib einfach nur bei mir.

Die Luft zwischen uns ist weiß, unser Atem vermischt sich. Ich atme aus. Er atmet ein.

Ich explodiere. Mein Körper flackert auf, weitet sich in einer weiß-grünen Wolke aus. Jurijs Gesicht ist immer noch an meinem, aber ich spüre es nicht. Seine Lippen bewegen sich in immer gleichen Silben. Was sagt er? Ein geflügelter Schatten fällt auf uns.

Ich bin tot.

Ich springe so plötzlich vom Sofa, dass es ein Stück nach hinten rutscht, ohrenbetäubend über den Steinboden kratzt.

Die Gestalt an den Säulen wirbelt herum.

Tränen rinnen mein Gesicht hinab. Ich stürze mich auf ihn und schlage zu, höre mit Befriedigung, wie etwas unter meiner Faust nachgibt. »**Как ты мог**?«

Er berührt seinen Kiefer, seine Augen schockgeweitet. »Aleksej?«

»Warum? Warum hast du mir nicht einmal eine Chance gegeben? Weil ich ein Mann war?«

»Natürlich nicht!«

»Warum dann? Warum bist du dann nicht einfach weggegangen? Du hättest sofort nach dem Ball verschwinden können, statt mit meiner Schwester zu flirten! O mein Gott, Anastasia …!«

»Aleksej –«

»Florine!«

»Florine. Natürlich. Es tut mir …«

»Bring mich zu ihm«, unterbreche ich ihn. »Sofort!«

Augenblicklich falle ich, lande hart auf meinen Knien. Erik beugt sich hinunter, um mir aufzuhelfen. Ich schlage seine Hand weg. Wir sind in einem Garten, einem riesigen Park. Präzise geschnittene Hecken umgeben uns, der Kies unter mir drückt schmerzhaft gegen meine Kniescheiben.

Aleksejs Rosenstrauch ist genauso riesig wie Erikas, schwer von Blüten und summenden Insekten. Ein Pärchen kommt um die Ecke; sie sehen mein tränenüberströmtes Gesicht und wenden peinlich berührt den Blick ab.

Erik kniet sich neben mir hin, streicht über einen der dornigen Zweige und sieht sich dann seine blutige Hand an. »Bevor ich nach St. Petersburg kam, war ich in Japan«, beginnt er zu erzählen. »Yuri starb nur Wochen nach unserem Kennenlernen. Bei einem Überfall ermordet. Siebzehn Jahre mögen dir wie eine Ewigkeit vorkommen, für mich sind es bloß Augenblicke. Die schmerzhaftesten Augenblicke meiner Existenz. Ich habe nicht erwartet, dich so bald wiederzufinden. Ich habe nicht einmal gesucht …«

Wir blicken gemeinsam auf seine Handfläche, beobachten, wie seine Haut sich im Zeitraffer schließt.

»Du warst … Aleksej war erst sechzehn. Er liebte seine Familie. Ich wollte nur …« Er legt seine Finger um einen weiteren Zweig und presst sie fest darum, bis Blut von seinem Handgelenk tropft. »Ich wollte ihm die Schmerzen und die Hoffnung ersparen. Damit er unwissend stirbt. Unschuldig.«

»Ist es das, was du auch bei mir tun wolltest? Wäre ich nicht in der Unterwelt gelandet, hättest du mir jemals etwas erzählt?«

Erik erhebt sich, blickt schweigend weg.

»Warum?« Meine Stimme bricht und ich presse mein Gesicht gegen meinen Ärmel, lasse den Stoff meine Tränen aufsaugen.

»Ich bin müde. Kannst du das verstehen? Weißt du, wie oft du in meinen Armen gestorben bist? Was wir alles versucht haben? All die Versprechen, die ich dir gab? Kam das in deinen Träumen vor?«

»Du hast also aufgegeben? Ich soll einfach sterben?«

Er antwortet nicht. Als ich aufblicke, knie ich vor einem Sofa in dem grauen Palast. Allein.

19

Aleksejs Erinnerungen kommen und gehen wie Musik, die man leiser und lauter stellt. Ich wünschte, ich könnte es ganz abstellen. Es vergessen ... Ein neuer Schluchzer durchtränkt den grünen Samt. Ich rieche Anastasias importiertes Parfüm, den Tee mit darin aufgelöster Marmelade gegen Halsschmerzen ... Nein, ich will es nicht vergessen. Auf keinen Fall darf ich eines dieser Leben vergessen, die ich gelebt habe, die Menschen, die mich liebten – die ich so sehr geliebt habe.

Minthes Leben war das schlimmste, aber ausgerechnet Aleksejs Leben nimmt mich am meisten mit. Quetscht ununterbrochen Tränen aus mir heraus. Ja, er war ein Mann und er hatte keine Chance – so wie ich. Wie viele andere Leben hat Erik wie eine Zwischenhaltestelle passiert? Wie viele Frauen aus der Ferne beobachtet und geschwiegen? Für ihn bin ich nichts weiter als eine Vase für Persephones Seele. Eine, die nicht einmal zur Deko taugt.

Es fühlt sich wie Jahrtausende an, bevor meine Tränen versiegen. Ich ziehe meinen feuchten Pullover aus und sehe mich schniefend um. Natürlich ist Erik nicht zurückgekehrt. Bestimmt lässt er mich so lange allein, bis ich mich ausgeheult habe und sein Pflichtbewusstsein ihn zurücktreibt.

Ich schlüpfe zwischen den Säulen nach draußen und verliere mich in dem Grün, laufe meinen Gedanken davon.

Nachdem ich unzählige Kreise um den Palast gedreht habe, sehe ich Andrea. Sie sitzt auf den Stufen zum Palast und lächelt bei meinem Anblick. »Alles okay?«, fragt sie, sobald ich näher komme. »Du siehst furchtbar aus.«

»Hat Erik dich geschickt?«

»Ja. Ich bin mal wieder dein Babysitter.« Sie erhebt sich und streicht ihr schwarzes Kleid glatt. »Er hatte es ganz dringend, wegzukommen. Er ist bei den Seelen.«

»Bestimmt, um mir aus dem Weg zu gehen.« Ich laufe die Stufen hoch. Andrea folgt mir seufzend. »Das hast du jetzt gesagt.«

Eigentlich will ich zurück nach draußen, um all diesen Erinnerungsstücken zu entkommen, die Erik gesammelt hat, und die andere vielleicht noch schlimmere Erinnerungen in sich tragen. Ich bremse ungewollt ab. Über einem Sofa liegt Stoff drapiert. Er ist dunkelgrün, mit goldenen und schwarzen Fäden durchwirkt. So leicht und durchsichtig, wie er ist, erinnert er mich an die Kleider der Nymphen und Dryaden.

»Was ist das?«, frage ich Andrea.

Sie gleitet zum Sofa und hebt es hoch. »Ein Kleid natürlich. Du wirst bei Zeus erwartet.«

Diesmal braucht mein Gehirn Ewigkeiten, um das Durcheinander in meinem Kopf durchzusieben, damit eine Frage meinen Mund erreicht. »Was?«

Andrea runzelt die Stirn wegen so viel Geistreichtum. »Zeus erwartet dich«, sagt sie sehr langsam. »Das ist das Kleid, das du tragen sollst.«

»Aber warum?« Warum auf einmal? Die Sache hatte sich doch erledigt, nachdem er bloß Erik sehen wollte.

»Wenn Zeus dich ruft, fragst du nicht ›warum‹. Du gehst zu ihm, bevor er auf die Idee kommt, selbst nach dir zu suchen.«

»Was ist mit Erik? Ich kann doch nicht allein hin.«

»Warum nicht?«

»Ich ...« Weiß auch nicht. Ich *will* nicht allein hin. Demeters Warnungen hallen in meinem Kopf nach, bilden eine Endlosschleife. Ich habe Angst.

»Nein, ernsthaft, warum nicht? Du bist Persephone, eine Göttin wie der Rest von uns.« Sie hält mir das Kleid an den Körper, all die atemberaubenden Schichten aus unirdischem Stoff. Ich streiche darüber, spüre die anderen Fäden im Gewebe wie die Rillen eines Fingerabdrucks. »Und wenn ich nicht will?«

Andrea lacht freudlos auf. »Du hast nicht wirklich eine Wahl, oder? Er ist der Gottvater, der mächtigste der Götter.« Sie tritt näher, der

Stoff der beiden Kleider raschelt aneinander. »Außerdem ist er einer der wenigen Götter, die die Macht haben, dir zu helfen. Der Einzige, der vielleicht weiß, wo Demeter ist.«

Und wenn er mir etwas antut? Diesen sterblichen Körper zerstört und ich nichts weiter als eine Erinnerung der nächsten Wiedergeburt bin? Aber sie hat recht – wenn ich mein Leben retten möchte, habe ich nicht wirklich eine Wahl. Also schlucke ich all diese Ängste hinunter, lasse sie wie ausgehungerte Piranhas durch meinen Bauch wandern. »Okay …«

Andrea atmet erleichtert aus und lächelt. »Dann zieh es schnell an. Niemand lässt Zeus warten.«

»Kommst du mit?«, frage ich mit einem Blick auf ihr eigenes Kleid, das sich wie schwarzer Rauch um ihren Körper windet.

»Oh, ganz bestimmt nicht.« Sie hebt meinen Pullover hoch, reibt mit den Daumen über die Wolle und lässt ihn wieder fallen. »Niedere Götter werden nie zum Essen eingeladen. Nur in sein Bett.«

»Hast du etwa …?«

Sie lacht über mein entsetztes Gesicht. »Nein, habe ich nicht. Ich bezweifle, dass er überhaupt von meiner Existenz weiß. Außerdem werde ich bald heiraten. Schon vergessen?«

»Dürfen Götter Menschen heiraten?«

Andrea antwortet nicht, sondern stülpt mir das Kleid über. Ich kämpfe mich durch die Stoffschichten, bis sie riesigen grünen Blättern gleich entlang meiner Beine zum Liegen kommen. Es ist das schönste Ding, das ich je in meinem Leben getragen habe.

Andrea zupft stirnrunzelnd an meinem Träger. »Das muss weg. Und der Rest.«

Als ich nach unten blicke, sehe ich den Stoff meines Rocks und des Oberteils durchschimmern – sogar die Haut an meinen Beinen. Offenbar ist das Kleid nicht dazu gedacht, in der Öffentlichkeit getragen zu werden.

An den goldenen Stufen zu Zeus' Palast wartet niemand auf mich. Die ganze Ebene ist wie ausgestorben. Sogar die Wolken liegen knisternd herum wie riesige elektrisch geladene Schafe. Ich steige Stufe um Stufe hoch und denke an den Muskelkater, den ich am nächsten Tag haben werde. An Demeter und Erik. Daran, dass es ein Fehler war, ganz allein zum mächtigsten der Götter zu gehen.

Schnaufend erreiche ich endlich den Palast selbst und setze mich kurz hin. Meine Feststellung ist nicht wirklich überraschend: Zeus ist ein Sadist.

Schritte erklingen hinter mir und ich springe auf. Erik steht im Schatten der Säulen am Eingang. Gott sei Dank! Hades sei Dank? Ich laufe ihm entgegen, unser Streit und seine Worte von meiner Erleichterung verdrängt.

Sobald ich vor ihm bin, greift er nach mir, zieht mich an meinen Hüften hinter eine Säule und beugt sich zu mir herunter. Ich rechne nicht mit einem Kuss. Nach seinem Schweigen zu meinem Schicksal will ich auch keinen, also drehe ich mein Gesicht weg. Er küsst meine Wange, presst seine Lippen ewig dagegen.

»Du trägst das Kleid nicht«, flüstert er gegen meinen Hals.

Ich weigere mich, irgendwie darauf zu reagieren. »Ich dachte, es wäre von Zeus.« Also war das durchsichtige Ding so etwas wie eine Entschuldigung? Dann hätte er gleich eine Tüte voll Reizwäsche da lassen können.

Leise lacht er gegen meinen Hals und das Geräusch jagt eine Welle der Gänsehaut meinen Rücken hinab. »Es ist ein wunderschönes Kleid. Für Göttinnen gemacht. Spielt es da wirklich eine Rolle, von wem es kommt?«

»Natürlich!« Wütend stoße ich ihn ein Stück von mir und mein Herz implodiert. In den rauchschwarzen Augen vor meinen glitzert es golden und violett auf. Es ist nicht Erik. *Zeus!*

Ich versuche, mich aus seiner Umarmung zu winden, schlage auf seine Arme ein. Er umklammert eisern meine Hüften, drückt sein Becken an meins. Sein Lachen treibt meine Panik nach oben, Minthes Erinnerung. Männerhände, hungriges Lachen, Blut, das meine Beine hinunterrinnt. Der dumpfe Aufschlag einer Münze im Staub ist der Paukenschlag, der das Ende ankündigt.

»Nein«, flüstere ich.

»So widerspenstig …« Zeus schleift mich tiefer in den Palast hinein und drückt mich gegen eine Wand.

Nein! Nein, nein, nein! Das kann jetzt unmöglich passieren. »Lass mich los!«

»Aber vorhin bist du doch freiwillig in meine Arme gekommen. Du kannst einem Mann doch nicht solche Hoffnungen machen und ihn dann fallenlassen?«

»Ich dachte, du wärst Erik! Hades!«

»Viel scheinst du ja nicht für ihn zu empfinden, wenn du uns so leicht verwechselst.«

»Doch. Ich liebe ihn.«

Endlich lässt er mich los und ich rutsche fast die Wand hinunter. Rechts von mir ist der rettende Ausgang, aber ich traue mich nicht, den Blick von Zeus abzuwenden.

»Wie faszinierend«, murmelt er. Sein Blick kriecht über mich, als hätte er gerade ein fremdartiges Insekt entdeckt. »Du bist die erste Frau, die meinen Bruder mir vorzieht. Nein, du bist die erste, die ihn überhaupt will. Warum?«

»Ernsthaft?« Ich stoße ihn noch ein Stück von mir weg, streiche mit zittrigen Händen meinen Pullover glatt, um seine Berührungen von meinem Körper zu wischen. »Ich kenne dich nicht einmal. Und er ist schon mal nicht mein eigener Vater!« Dass Zeus ein Vergewaltiger und ein Arschloch ist, verkneife ich mir.

Er lacht auf. »Dein Vater? Oh, Kore! Wie kommst du denn auf solchen Unsinn? Ich bin ganz bestimmt nicht dein Vater.«

In meinem Inneren bricht alles zusammen. »Nicht? Wer ist es dann?«

Zeus zuckt mit den Schultern und greift nach meinem Handgelenk. »Komm, das Essen wartet!«

Statt aus Gold ist der Raum, den wir betreten, aus weißem Sandstein gefertigt. In der Mitte brennt ein Feuer, von gleichen Steinen umsäumt. Der Anblick ist unerwartet häuslich. Gemütlich. Ich trete zum Feuer, aber Zeus zieht mich weiter zu einem riesigen Tisch – aus Gold natürlich. Er biegt sich fast unter dem Gewicht all der Speisen. Demonstrativ setze ich mich an das andere Ende, um die ganze Tischlänge zwischen uns zu haben – seine Blicke erreichen mich mühelos, kriechen sogar über meine Beine. Sobald eine Hand meinen Oberschenkel streift, greife ich nach unten, aber natürlich ist da nichts.

»Obst?«, fragt Zeus grinsend und hält mir einen offenen Granatapfel hin. Die roten Kerne schimmern bedrohlich im Licht des Feuers.

»Nein, danke.«

Der Tisch schrumpft mit atemberaubender Geschwindigkeit und bevor ich den Mund aufmachen kann, sitzt Zeus direkt vor mir, lediglich ein halber Meter Gold zwischen uns.

»Ehrlich gesagt, habe ich nicht die Geduld für die ganze Werberei, Rosenkronen und den restlichen Mist. Wollen wir also zum Geschäftlichen kommen?«

Aber gerne doch! »Wo ist Demeter?«

Er rückt vom Tisch ab und der Hunger in seinen Augen verwandelt sich für einen Augenblick in Überraschung. »Das wüsste ich selbst gerne. Da es jetzt dich gibt, spielt es jedoch keine Rolle, nicht wahr? Erdgöttin ist Erdgöttin ist Erdgöttin – ganz gleich, wie die neuste heißt. Dein eigentliches Problem besteht darin, am Leben zu bleiben.«

Auch wenn ich innerlich am Schreien bin, zucke ich nichtssagend mit den Schultern und diesmal ist die Hand, die meinen Oberschenkel hochwandert, ganz echt. Ich will sie wegschieben, aber ich könnte genauso gut versuchen, mir das ganze Bein abzureißen. Zeus' Augen knistern inzwischen in allen Farben. Widerwillig lasse ich ihn los und er schnaubt enttäuscht, reibt mit einem Finger am Saum meines Rocks.

»Wusstest du, dass mein Bruder seine Unsterblichkeit opfern wollte?« Er legt seinen Kopf schief, als könnte er das schmerzhafte Pochen in meiner Brust hören.

»Das ist nicht wahr.« Es kann nicht wahr sein. Wie kann man als Gott so etwas aufgeben? Nicht einmal als Mensch ist man sich bewusst, wie zerbrechlich und sterblich man ist, wie kurz und unbedeutend das eigene Leben. Ich möchte zwar um jeden Preis leben, aber dieser ist einfach zu hoch.

»Doch, doch. Hat mich auf Knien angefleht, der verliebte Trottel. Dabei warst du als Mensch meist sehr gewöhnlich.« Er leckt sich über die Lippen, schiebt seine Finger unter den Rock. »Nicht in jeder deiner Formen, versteht sich. Einige von ihnen haben mich fast gereizt, mitzuspielen.« Der Tisch zwischen uns verpufft und ich sitze plötzlich auf seinem Schoß. Seine Arme liegen Eisenstangen gleich um meinen Oberkörper.

Ich schlage ihm ins Gesicht und er greift knurrend in mein Haar, windet es um seine Faust und zieht hart daran. Mein Kopf ruckt nach hinten, ich sehe die goldene Decke über mir. Durch den Pullover hindurch beißt er in meine Brust und seufzt zufrieden. Der Schmerz ist nichts im Vergleich zu der Suppe aus Erniedrigung und Hilflosigkeit, die in meiner Brust rumort.

»Und jetzt zu den Fakten, meine Liebe. Dir bleibt nicht mehr viel Zeit und trotz all eurer vergangenen Bemühungen, wirst du auch diesmal sterben. Mein werter Bruder ist mittlerweile nicht mehr in der emotionalen Verfassung, um dir eine große Hilfe zu sein. Ich dagegen kann dich ewig leben lassen. Dafür möchte ich ein bisschen Spaß – eine Nacht, vielleicht zwei. Das Kind aus dieser Verbindung werde ich leider beseitigen müssen. Kinder der Erdgöttinnen bekommen der Götterwelt nicht. Danach kannst du zurück zu meinem Bruder gehen, um einander bis ans Ende der Zeit anzusäuseln. Ein großzügiges Angebot, findest du nicht?«

Meine Tränen tropfen hörbar zu Boden. Es ist kein Angebot, sondern Erpressung. Und wie sehr ein Teil von mir auch schreit, alles zu tun und zu ertragen, nur um zu überleben ... Ich schließe die Augen. »Nein ...«

Zeus hält inne, lässt meine Brust los, an der er geknetet hat. Die Luft um uns herum beginnt zu knistern. »Wie bitte?«

Ein Schluchzer entschlüpft meinen Lippen. Nur mit Mühe atme ich ein und beiße kurz die Zähne zusammen. »Nein!«, wiederhole ich. »Ich sterbe lieber, als mich von dir anfassen zu lassen!«

Ich schlage auf dem Boden auf. Ein Blitzschlag zerschneidet ohrenbetäubend die Finsternis draußen. Zeus' Gesicht ist genauso schwarz. »Das kannst du gerne haben! Ich grille dich wie –«

»Idaios!«

Sein Kopf schnappt zur Seite und ich folge seinem Blick zu einer dunkelhaarigen Frau, deren Kleid in dem Blitzlicht, das draußen tobt, kupfern aufleuchtet.

»Das reicht!«, befiehlt sie eisern.

Das Gewicht auf meinem Körper verschwindet genauso schnell wie das Gewitter.

Die Frau studiert mein tränennasses Gesicht, den Riss in meinem Pullover und ihr Gesicht friert zu einer eisigen Maske fest. Sie tritt näher und ich rutsche von ihr weg, drücke mich gegen die Wand.

Ihr Gesichtsausdruck wird daraufhin weich, beinahe mütterlich, aber ich falle ganz bestimmt nicht darauf rein! Aphrodite konnte diese Tricks auch.

»Kore«, sagt sie sanft, als wäre ich ein unvernünftiges Kind. Oder ein Tier.

In diesem Moment hat sie so viel Ähnlichkeit mit Demeter, Persephones Gefühle ertränken mich.

»Florine!« Gott, ich bin es langsam so leid, sie alle korrigieren zu müssen. Es sind nur drei Silben, nicht schwer zu merken. Und ich sehe ihr nicht einmal ähnlich. Warum sehen sie alle Persephone? Sehen sie jemals *mich*?

»Ein schöner Name.« Die Göttin lächelt. Ihr Kleid raschelt und knistert, als sie sich zu mir auf den Boden setzt. Sie streckt vorsichtig eine Hand aus, ihr Blick fragend.

Misstrauisch sehe ich zu, wie sie über die Abschürfungen an meinen Beinen streicht. Wie das Blut dunkel wird und die Wunden sich prickelnd schließen. »Wer bist du?«

»Hera.« Ihr Lächeln ist eine Grimasse. »Zeus' Frau.«

Ekel und Unverständnis und sogar Mitleid brodeln in mir hoch. »Wie konntest du *so* jemanden heiraten?«

Hera streicht über den Stoff ihres Kleides, das bereits in perfekten Falten um sie drapiert liegt. »Nicht alle haben das Glück, eine Wahl treffen zu dürfen.«

Andreas Worte fallen mir ein und ich wiederhole sie laut. »Man hat immer eine Wahl.«

»Natürlich.« Sie sieht mich an. »Aber oft genug ist eine Alternative nur unwesentlich besser als die andere. Und meine Wahl bestand darin, ihn selbst zu heiraten oder ihm eine meiner Schwestern zu überlassen.«

Sie blickt zu dem Feuer hinter sich. In dessen Mitte steht eine Frau – eine sehr junge Frau. Ihr Kleid genauso schlicht wie ihr Gesicht. Wüsste ich nicht, dass sie eine Göttin sein muss, hätte ich gedacht, sie sei ein Mensch.

»Es hätte sie beide zerstört. Hestia war ein Kind …« Das Mädchen im Feuer lächelt. Sie ist immer noch bloß ein Kind. »Und deine Mutter …« Hera seufzt. »Sie liebte bereits jemanden.«

Und deswegen hat Hera dieses Oberarschloch geheiratet? Das ist nicht fair. Und es ist zu wirklich und zu nah am realen Leben. Eine Erinnerung, dass wir nicht alle ein Happy End bekommen.

Sie lacht, sobald sie meinen Gesichtsausdruck bemerkt. »Bemitleide mich nicht, mein Kind. Jeder von uns hat eine Aufgabe, einen Platz, den wir einnehmen müssen. Ob wir es wollen oder nicht. Mein Platz ist an seiner Seite, wo ich ihn am besten im Auge behalten und anderen helfen kann.«

Wo ist dann mein Platz? Meine Aufgabe? Die Zeit zerrinnt mir zwischen den Fingern. In zwei Wochen werde ich sterben. Ohne etwas erlebt zu haben. Ohne zu wissen, wie mein Leben aussehen könnte.

Das Feuermädchen, Hestia, hat sich zu Hera gesetzt und flüstert ihr etwas zu. Sie sehen glücklich aus. Zufrieden. Aber würde ich mit ihnen tauschen wollen? Mit Hera?

Sie streicht Hestias Haar zurück und reine Liebe fließt aus ihren Augen, von nichts überschattet. Ihr Blick und etwas dieser Liebe trifft mich. »Und wie kann ich *dir* helfen?«

»Ich suche meine … Ich suche Demeter. Weißt du, wo sie ist?«

Hera sieht nicht überrascht aus. Hestia presst ihr Gesicht gegen ihren Oberarm.

»Demeter ist überall und nirgendwo«, antwortet Hera langsam. »Wenn du sie wirklich finden möchtest …« Und es klingt, als würde sie mich davor warnen, genau das zu tun. »Wenn du erfahren möchtest, warum all diese Dinge dir passieren, dann geh zu Asteria.« Das letzte Wort flüstert sie. Ich fürchte fast, es nicht richtig verstanden zu haben.

»Per-se-pho-ne«, singt Hestia.

»Florine«, korrigiere ich sie sanft. Ich kann ihr nicht böse sein, möchte sie sogar genauso beschützen, wie Hera es tut.

»Persephoneflorine«, antwortet sie grinsend.

Dem habe ich nichts entgegenzusetzen. Eigentlich bin ich sogar Persephoneminthealexejerikaflorine. Fünf Leben zum Preis von einem. Und der Preis ist der Tod.

20

Erik sitzt auf den grauen Marmorstufen zu seinem Palast. Ein riesiger Bluterguss ziert seine linke Gesichtshälfte. Das geschenkte Kleid liegt zerknüllt und rissig auf seinem Schoß. Seine Finger spannen sich um den Stoff. Er sieht nicht auf. »Zeus will dich sehen?«, fragt er ausdruckslos.

Hinter ihm kann ich in das Innere des Palastes schauen, bis zu dem Raum mit den antiken Möbeln und Büchern. Der grüne Samt der Sofas ist zerfetzt, weiße Flocken schweben wie Schnee durch den Raum.

»Ich war schon bei ihm.«

Er sieht auf und sein Blick bleibt an dem Riss in meinem Pullover hängen. Sofort reiße ich ihn mir hinunter und werfe ihn auf den Boden.

»Du hast abgelehnt«, flüstert er. Das Kleid entgleitet seinen Fingern und bleibt raschelnd auf seinen Füßen liegen. »Warum?«

Ich zucke vor dem Wort zurück. Ist das sein Ernst? »Ich bin keine ...« Das Wort kommt mir nicht über die Lippen. Denn so haben die Männer Minthe genannt. Und gelegentlich auch mich. Nein, ich werde die Letzte sein, die sie dafür verurteilt, dass sie überleben wollte. »Willst du, dass ich mit ihm schlafe? Er hat von einem Kind gesprochen, das er dann töten will!«

Er reibt sich wütend über die Haare und tritt das Kleid von sich weg. »Ich will gar nichts, okay? Ich –«

»Bin ich dir wirklich so egal?«, unterbreche ich ihn.

»Nein! Nein ... Aber wenn du seinen *Preis* zu zahlen bereit wärst, so würde ich das verstehen. Akzeptieren. Ich würde alles dafür geben, dass du lebst. Alles!« Er schluckt hart und zeigt auf die Luft zwischen uns. »Sogar das ... uns.«

»Und ich würde lieber sterben!«

Erik steht auf, zieht mich vorsichtig an sich – so anders als Zeus. »Sag das nicht«, sagt er gegen mein Haar. »Sag das bitte nicht.«

Ich kralle mich in seinem Sweatshirt fest, drücke mein Gesicht in den schwarzen Stoff. Bevor sich der erste Schluchzer aus meiner Brust kämpft, rückt er von mir ab und ich verschlucke mich fast an meinen Tränen.

»Ich habe etwas für dich.« Er hält mir ein blutrotes Stück Kristall hin – Persephones Messer. Noch schärfer und schöner als in meinen Träumen. Augenblicklich erkenne ich dessen Gewicht, weiß, wo ich es halten muss, um mich nicht selbst zu schneiden. »Warum?«, flüstere ich. »Warum gibst du mir das?« Denn es ist nicht meins, auch wenn es sich so anfühlt, als hätte ich es mein Leben lang getragen.

»Ich wünschte …« Sein Blick flackert über mein Gesicht; er berührt mein Kinn, reibt mit dem Daumen eine Träne weg. »Ich wünschte, ich könnte dir versprechen, dass alles gut wird. Aber ich habe dir bereits zu viele Versprechen gegeben, die ich nicht halten kann.« Er presst seine Lippen gegen mein Haar. »Diesmal versprichst du mir etwas.«

Ich umklammere das Messer, bis es wehtut. Die unerklärliche Angst wächst immer weiter. Eine Vorahnung, eine Erinnerung … »Nein!«

»Florine …«

»Nein!«, wiederhole ich. »Ich werde Demeter finden und erfahren, warum das mit mir passiert. Ich werde nicht sterben!«

»Ist *das* ein Versprechen? Versprichst du mir, dass du nicht stirbst? Dass du alles tun wirst, um zu überleben?«

Ein solches Versprechen kann ich ihm unmöglich geben. Das muss er doch wissen. »Ja«, sage ich dennoch schwach. *Ich liebe dich.* »Ich verspreche, dass ich alles tun werde.«

»Alles«, wiederholt er, legt seine Finger um meine Hand, in der ich das Messer halte.

»Ja.«

Es ist eine Lüge.

Er greift nach seiner Kapuze.

»Warte! Ich muss zu Asteria.«

»Asteria?«

»Ja. Sie weiß, wo Demeter ist.«

Erik öffnet überrascht den Mund und verzieht das Gesicht. Ich berühre den Bluterguss an seinem Kiefer. »Was ist pa...?« Die Frage löst sich bitter auf meiner Zunge auf. Aleksejs Erinnerungen und der folgende Faustschlag fallen mir wieder ein. Das ist passiert. Die Scham brennt mich von innen aus. Es gibt nichts, was ich tun oder sagen kann, um das ungeschehen zu machen. »Es tut mir so leid ...«

Kopfschüttelnd berührt er die Verletzung, drückt seine Finger hinein. »Es ist gut zu wissen, dass deine Kräfte zurückkehren.«

»Meine Kräfte?«

Erik zuckt mit den Schultern und tritt zurück. »Ker!«, ruft er und diese eine Silbe vibriert durch die Pflanzen hindurch, durch meinen Körper, jagt Eis durch meine Nervenzellen.

Mit leuchtend roten Augen erscheint Andrea vor uns, ihr buntes Haar wallt um ihren Kopf wie ein Nest voller Schlangen. Ihr Gesicht wandelt sich, sobald sie mich sieht. Sie blickt zögernd zu Erik, bevor sie mich anlächelt. »Ihr brecht auf?«

»Ja.«

Wir sehen beide Erik an, der mit einem Seufzen zum Palast geht. Er tritt auf das Kleid, zerdrückt den Stoff auf den knochenweißen Kieseln.

»Komm.« Andrea führt mich zurück zum Rand der schwebenden Insel. Diesmal bleibe ich im sicheren Abstand zum Abgrund stehen. Sie kickt ein Stück Moos nach unten. »Und was macht ihr jetzt? Oder bist du und Zeus ...?«

»Nein!« Ich verschränke die Arme vor der Brust. »Ganz bestimmt nicht.«

Sie zuckt mit den Schultern. »Es ist dein Leben ... Wie lange bleibt dir noch? Zwei Wochen?« Sie macht ein nachdenkliches Geräusch und schürzt die Lippen.

»Du denkst also auch, dass ich mit ihm hätte schlafen sollen?«, frage ich enttäuscht.

»Besser als zu sterben, oder?« Sie reißt eine Handvoll Blumen aus der Erde und wirft sie mit Schwung hinunter. »Oder ist dein Stolz mehr wert als dein Leben?«

Ich trete doch näher und stoße meine Schulter leicht gegen ihre. »Ich liebe dich ebenso.«

Andrea schnaubt und schaut weg. Eine weitere Lüge entschlüpft mir: »Es wird alles gut werden.« Ich stupse sie wieder an. »Wir haben eine Spur!«

»Wirklich?« Sie sieht mich überrascht an. »Was denn für eine?«

»Jemand sagte mir, ich soll Asteria suchen.«

»Jemand«, wiederholt Andrea. Ihr Lächeln ist voller Mitleid. »Und was weißt du von Asteria?«

»Sie ist eine Göttin?«

Mit hochgezogener Augenbraue wartet sie darauf, dass ich weitersprecge. Natürlich kommt nichts mehr. »Asteria ist die Göttin der Sterne.«

»Wow«, sage ich pflichtbewusst.

»Was denkst du denn, wo die Göttin der Sterne lebt?«

Ich folge ihrem Blick nach oben zum dunklen Weltraum, zu den fernen Sonnen, die mich kalt anblinken.

»Ich will dir das jetzt nicht madig machen, aber Asteria ist unerreichbar. Niemand hat sie je gesehen oder mit ihr gesprochen.«

»Aber sie sagte doch ...«

»Wer?« Andrea schubst mich nicht gerade sanft und ich reiße mich vom Anblick pulsierender Himmelskörper los. »*Wer* hat dir *was* gesagt?«

»Hera. Hera sagte, Asteria wüsste, wo Demeter ist«, flüstere ich genauso wie Hera, als könnte uns jemand belauschen.

»Die Welt muss ja echt rosa durch deine Augen aussehen. Ihr Mann wollte eine Nummer mit dir schieben und du glaubst echt, dass sie das so toll findet, dass sie dir hilft?«

Mit einem Satz springt Andrea auf einen hochschwebenden Stein und reißt mich mit. Ich stolpere auf der unebenen Oberfläche, setze mich schnell hin. Auch wenn Andrea anderer Meinung ist, glaube ich trotzdem, dass Hera mir helfen wollte. Oder bin ich wirklich zu naiv? Die meisten Götter waren bisher nicht wirklich nett zu mir. ›Geh zu Asteria‹ ist vielleicht das göttliche Äquivalent von ›Geh dahin, wo der Pfeffer wächst‹.

»Hast du Hades davon erzählt?« Nach meinem Nicken setzt sie sich neben mich. »Und er hat nichts dazu gesagt?«

»Nein.« Er wollte etwas sagen, erinnere ich mich. War es das? Wollte er sagen, dass wir Asteria unmöglich finden werden?

»Ich habe sie gesehen, weißt du? Persephone. Ich habe sie beide zusammen gesehen. Und jede Wiedergeburt. Mir ist klar, dass du ihn liebst – warum auch immer. Aber du weißt, dass er *sie* liebt, oder?«

Abwesend berühre ich das Kristallmesser, das so selbstverständlich im Bund meines Rocks steckt wie in Persephones Gürtel. »Ich habe es versprochen«, sage ich kaum hörbar. Warum sollte Erik wollen, dass ich lebe, wenn er nichts für mich empfindet?

Unerwartet sanft zieht mich Andrea auf die Beine und streicht meine Haare glatt. »Du solltest dein Leben nicht einfach so wegwerfen. Es gibt noch andere Götter, die dir helfen können …«

Wir blicken gemeinsam nach vorn zum bernsteinfarbenen Palast und zu der Gestalt, die auf uns zukommt.

Der Boden erzittert kurz, als der Stein hinter mir und mit ihm Andrea wieder herabzusinken beginnt. Sie winkt mir zu. »Viel Glück!«

21

Helios läuft das letzte Stück zu mir. Er lächelt und ich lächele zurück, weil ich nicht anders kann.

»Ich habe nicht erwartet, dich wiederzusehen, ehrlich gesagt.« Er sieht mich von der Seite an. »Nur wenige schaffen es, Zeus zu widerstehen. Die wenigsten überleben es.« Er greift nach meiner Hand, hilft mir über ein abgebrochenes Stück Säule. »Natürlich bist du nicht wie die meisten Frauen.«

Meint er das tatsächlich als Kompliment? Was stimmt mit den ›meisten Frauen‹ nicht? Ich ziehe meine Hand aus seiner.

Er beobachtet mich von der Seite.

»Was ist?«

»Nichts.« Er berührt meinen nackten Oberarm. »Ich habe dich bloß so oft gesehen. Alle deine Leben. Es ist, als würden wir uns ewig kennen.«

Diese Aussage kann ich schlecht erwidern. Vor einer Woche wusste ich nicht einmal, dass es ihn gibt. »Wirklich alle Wiedergeburten?«, frage ich nach. Nie im Leben wird er sich an jede einzelne erinnern können. »Was ist mit Minthe?«

»Deine erste Inkarnation«, antwortet er augenblicklich. »Ein hartes Schicksal, aber selbst als Mensch warst du wunderschön.«

»Nicht ich«, korrigiere ich müde. »Sondern sie.«

Er sieht mich genauso verträumt wie Erik an, als er Minthe fand. Zum Glück kenne ich etwas, um diesen Ausdruck ganz schnell aus seinem Gesicht zu wischen. »Was ist mit Aleksej?«

Helios beißt kurz auf seine Unterlippe und grinst mich an. »Immer noch wunderschön.«

Ich drehe mich schnaubend weg. Typisch griechischer Gott – findet alles toll, was bei drei nicht auf dem Baum ist. Aber wenn ich ehrlich bin, hätte Aleksej sonst was darum gegeben, so von Erik angesehen zu werden. Und wenn ich ganz ehrlich bin: ich auch.

»Du erinnerst dich also?«

Ohne richtig zu wissen, warum, werde ich rot. »Nur an die beiden«, lüge ich.

Helios greift in mein Haar und zieht andächtig eine Strähne zwischen zwei Fingern entlang. »Wunderschön«, flüstert er.

Ich wünschte, ich wäre immun gegen seine Worte. Gegen seine Wärme. Mein Gesicht brennt und Helios lacht, übergießt mich mit Sonnenschein. In seiner Nähe fällt es mir so leicht zu vergessen, dass ich bald sterben werde.

»Ich wollte mich verabschieden«, sage ich. »Wir verlassen Olymp.«

Helios setzt sich auf das Steingeländer und vergräbt seine nackten Füße in den Gesteinsbröseln. »Ihr wisst immer noch nicht, wo Demeter ist. Warum also?«

Diesmal lehne ich mich nur leicht gegen das Geländer und blicke vorsichtig über den Rand auf die Erde hinab. »Wir kriegen das schon irgendwie hin.«

»Klingt nicht sehr vielversprechend.« Helios streicht das Geländer entlang, lässt seine Hand neben mir liegen. »Ich könnte dir helfen. Dich unsterblich machen.«

»Wirklich?« Deswegen hatte Andrea mich also zu ihm gebracht.

Helios schweigt lange. Sein Gesicht ist erwartungsvoll und kalt.

Mein Lächeln schmilzt mir vom Gesicht. Ich wünschte, ich hätte den Pullover nicht ausgezogen. »Du willst etwas dafür.«

Er lächelt.

»Und was?«

Etwas berührt mein Bein und wir sehen zusammen zu, wie er mit einem Finger Kreise auf meinem Oberschenkel malt, meinen Rock dabei immer höher schiebt.

Wütend mache ich einen großen Schritt zur Seite. »Und wie ist das bitte anders als Zeus' ›Angebot‹?«

Helios rollt mit den Augen. »Ich spreche nicht von deinem Körper. Nicht nur. Ich will *dich*. Als meine Frau.«

Mein erster Instinkt ist es, auf Erik zu verweisen. Zu sagen, dass man vergeben ist, hat bisher fast immer funktioniert. Blöd, dass ich und Erik nicht zusammen sind.

»Warum?«, frage ich stattdessen. »Warum ich? Ich bin ein Mensch.«

Helios rutscht zu mir, ergreift meine Hand, bevor ich ihm erneut ausweichen kann. Mit der anderen Hand zeigt er auf den Palast hinter mir. »Sieh dich doch um. Ich bin allein. Es ist Jahrhunderte her, dass ich mich mit jemandem unterhalten konnte. Seit deiner Geburt damals beobachte ich dich, ich liebe dich seit deiner Geburt ... Egal in welcher Form.«

Er blickt über meine Schulter, greift meine Handgelenke und zieht mich an sich. Ich drehe mich um, folge seinem Blick. Erik steht neben dem Bernsteinpalast und sieht uns zu.

Helios beugt sich herab, flüstert warm gegen mein Ohr. »Er kennt dich nicht. Nicht so wie ich. Ihr seid jedes Mal bloß für vier Monate zusammen. Ich dagegen sehe dich immer – von der Geburt bis zum Tod bin ich bei dir. Sehe jede deiner Tränen, jedes Lächeln. Ist das nicht etwas wert?«

Was antwortest du darauf, wenn du selbst jemanden liebst, der deine Gefühle nicht erwidert?

Seine Stirn berührt meine und meine Atemzüge beschleunigen sich. Ich stehe in einem Gewächshaus vor hundert Jahren, kurz vor einem Kuss, der niemals passiert ist. Helios' Griff um meine Handgelenke wird heißer und heißer. Das Knirschen der Steine, als Erik auf uns zurennt, reißt mich aus der Erinnerung. Ich stoße Helios von mir. Meine Handgelenke pochen und brennen.

Andächtig berührt er seine Lippen, als hätte er mich tatsächlich geküsst. »Zwei Wochen«, sagt er. »Ich warte auf dich.«

22

Helios und sein Lächeln lösen sich in der Dunkelheit auf. Ich spüre seine Stirn an meiner, Eriks an Alexejs. War es bloß ein Zufall gewesen? Oder hatte Helios die beiden damals gesehen, so wie er alles sieht und nicht vergisst?

Ich warte auf dich.

Die Sicherheit in diesen vier Worten lässt mir keine Ruhe. Er denkt tatsächlich, dass wir scheitern werden. Dass ich schlussendlich zu Helios gehen werde, weil er meine einzige Rettung ist. Ich umklammere das Kristallmesser, begrüße den Schmerz. Oh, wie gerne möchte ich ihm das Gegenteil beweisen, ihm unter die Nase reiben, wie wenig ich seine Hilfe oder das ›Angebot‹ brauche.

Mit viel mehr Schwung als sonst stolpere ich in das grün-graue Licht von Eriks Palast hinein. Erik reißt seinen Arm zurück. Hinter mir splittert Holz. Seine Kiefer zucken, als würde er mit den Zähnen Steine zermalmen. »Helios?«, fragt er. »Helios?!«

Ich habe keine Ahnung, was er wissen will. »Er wollte nicht …«

»Und wie er wollte! Ich habe jedes Wort mitgehört!«, unterbricht er mich. »Warum verteidigst du ihn?«

Ja, warum eigentlich? »Weil ich weiß, wie es ist, wenn man unglücklich verliebt ist.«

Erik schließt den Mund, welche Erwiderung er auch parat hatte, offenbar vergessen. Er tritt einen Schritt zurück, lehnt sich gegen eine der grauen Säulen. Mein Triumph ist von kurzer Dauer. Warum dachte ich, dass es guttun würde, es ihm endlich zu sagen? Mein Herz zuckt zu seinen Füßen – ein Fisch zwischen Glasscherben, auf der Suche nach Wasser. Ich kann ihn nicht mehr aufheben und zurück in sein Glas stecken. Bis ich das Glas zusammengeklebt habe, ist der Fisch tot.

»Du liebst ihn also nicht?«, fragt Erik.

Das hat er aus meinem Geständnis gehört? Sein Blick ist flehend. Oh. Wir tun also so, als gäbe es keine Liebeserklärungen, keine toten Fische und Herzen? »Spielt es eine Rolle, wen ich liebe?«

Ohne zu antworten, blickt Erik weg. Mit einem Seufzer rutscht er an einer Säule hinab zu Boden. Beim Anblick seiner gebeugten Schultern fühle ich meine eigene Erschöpfung und setze mich auf die Kante eines zerstörten Sofas. Sekunden ticken vorbei, ich spüre jede einzelne in meinen Knochen. Ich habe keine Lust, Erik irgendwelche Geständnisse aus der Nase zu ziehen – die Zeit läuft mir wortwörtlich davon.

»Und was jetzt?«, frage ich ihn.

Er lehnt den Kopf zurück, schaut über die Schulter zum Weltraum hinauf. »Wir gehen zu Phoibe.«

»Phoibe?«

»Asterias Mutter.«

»Dann gibt es sie wirklich?« Man kann meine Erleichterung bestimmt ohne Teleskop von der Erde aus sehen. »Wir können mit Asteria reden?«

Wieder lächelt er sein Lächeln, das weder tot noch lebendig ist. Das Zombie-Lächeln, das er offenbar extra für mich erfunden hat. »Ich weiß es nicht. Ich habe Asteria nie getroffen.« Müde reibt er über seinen Kopf, seine Haare rascheln unter seinen Fingern. »Im Augenblick ist mir jede Hilfe recht, ganz gleich wie aussichtslos. Und zumindest ist der Hinweis mit Asteria ganz neu.«

»Und wo ist Phoibe genau?«

Erik streckt seinen Arm aus, zeigt nach oben.

Ich trete an die Säulen und schaue hinauf. Statt einer weiteren schwebenden Insel sehe ich nur die glitzernde Finsternis, in deren Mitte ein fast voller Mond hängt.

»Sie ist der Mond.«

Noch vor ein paar Wochen wäre mir die Kinnlade auf den Boden geknallt, inzwischen bin ich nicht einmal überrascht. »Und wie kommen wir da hoch? Brauchen wir Raumanzüge?« Vor meinem inneren Auge sehe ich mich bereits in einer Rakete festgeschnallt, weil einer der Götter Kontakte zur NASA hat.

Erik lacht und ich blicke starr auf den Mond, ohne ihn wirklich zu sehen, speichere den Klang seines Lachens, um diese Erinnerung irgendwann später hervorzuholen, wie ich es mit den Fotos meiner Mutter tue. Er erhebt sich und stellt sich neben mich, Schulter an Schulter. »Auf die gleiche Weise, wie wir überallhin kommen.« Er legt einen Arm um mich, zieht mich wie für einen Tanz heran. Ich weiß gar nicht, warum ich daran denken muss – ans Tanzen und meine Eltern. An das wackelige Video ihrer Hochzeit. Meine Mutter und mein Vater treten händchenhaltend in die Mitte einer improvisierten Tanzfläche. Sinatra beginnt zu singen und die Lippen meiner Mutter bewegen sich mit, während beide sehr schlecht und sehr glücklich tanzen.

»Wir sind da«, flüstert Erik.

Ehrlich gesagt, habe ich Farben erwartet. Zumindest irgendeinen Palast aus Silber oder Gold oder Mondstein. Als ich die Augen öffne, sehe ich bloß eine surreale graue Wüste. Houston, wir haben das wahre *Fifty Shades of Grey* gefunden! Das Weltall ist so nah, dass ich nur die Hand auszustrecken brauche, um die Sterne zu pflücken. Der graue Staub zu meinen Füßen erzittert lautlos und schwebt in Zeitlupe nach oben. Ich trete zurück, in Eriks Arme. Licht entsteigt der staubigen Oberfläche, zuerst einer Kuppel gleich, dann einer Kugel – und schließlich erscheint ein Gesicht. Die Lichtgestalt entfaltet sich träge. Eine nackte leuchtende Riesin blickt auf uns herab, kneift die Augen zusammen und beugt sich nach unten, um uns besser sehen zu können.

Hades. Persephone. Ohne dass sie die Lippen bewegt, erklingen die Worte in gesungenen Silben über uns.

Meine Haut zieht sich schmerzhaft zu Gänsehaut zusammen. Ihre Stimme klingt fast wie Walgesang und ich korrigiere diese Göttin nicht. Mein Mund will mir einfach nicht gehorchen.

Was wünscht ihr?

Zum Glück scheint Erik sprechen zu können, obwohl er hart schluckt, bevor er antwortet. »Wir suchen deine Tochter Asteria.«

Phoibe legt den Kopf schief. *Meine Tochter*, wiederholt sie. *Asteria?*

Sie studiert mich und ich weiß jetzt aus persönlicher Erfahrung, wie sich die Amöbe damals unter meinem Mikroskop im Biounterricht gefühlt haben muss.

Erik räuspert sich. »Asteria war schon lange nicht mehr bei uns.«

Phoibe schaut nach oben und streckt den Arm aus, ganz genau so, wie ich es mir vorgestellt habe. Sie streicht mit ihren leuchtenden Fingern durch die Finsternis und das Sternenlicht bricht in Regenbögen daran. *Sie trauert*, antwortet Phoibe sanft. *Heilt ihr gebrochenes Herz.*

»Warum?«

Bevor ich begriffen habe, was ich getan habe, spannt Erik seine Arme um mich und meine restliche Körperwärme verpufft in dem finsteren Vakuum. Warum habe ich das laut gesagt?

Die Mondgöttin lässt den Arm sinken und kniet sich hin, beugt sich über uns, als wären wir zwei Ameisen. Wie die Oberfläche des Mondes ist ihr perfektes leuchtendes Gesicht mit Kratern und Gräben überzogen, mit Ewigkeit. Auf einmal kommen mir die anderen Götter, Zeus, Helios und selbst Erik, bloß wie Kinder vor, die Zaubertricks vorführen.

Jemand, den sie liebt, ist gestorben. Der Blick der Göttin ist durchdringend, als säße ich auf der Anklagebank – als wäre ich der Mörder.

»Das tut mir leid«, flüstere ich.

Endlich sieht Phoibe von mir weg und richtet ihren Blick auf Erik. *Was hast du mit Asteria zu schaffen?*

»Wir brauchen ihre Hilfe. Flo…« Er presst mich fester an sich. »Persephone stirbt.«

Phoibe schließt die Augen und sinkt ein Stück tiefer in die Mondoberfläche ein. *Geh zu Zeus. Er erfüllt Wünsche.* Sie sinkt weiter hinein, rollt sich wie ein kleines Kind zum Schlafen ein. Die Audienz ist offenbar beendet. Sie will uns nicht helfen.

Ich reiße mich aus Eriks Armen los und greife nach der Lichtgestalt, um sie aufzuhalten. Meine Hände gleiten hindurch wie bei dem toten Kind mit dem Plüschschwein. Phoibe friert in der Bewegung ein, sieht mich an – ihre riesigen leuchtenden Augen nur eine Handbreit von mir entfernt.

»Ich war bei Zeus!«, spucke ich bitter aus. »Und ich will den Preis nicht zahlen, den er für mein Überleben verlangt.«

Phoibes Augen weiten sich kurz und für einen Augenblick spiegle ich mich in ihnen – meine Verzweiflung und Erik hinter mir. *Kore*, murmelt die Mondgöttin. *Hast du keine Angst, dass der Preis für meine Hilfe noch höher ist?*

Und die Angst, derselbe Eisklumpen, der seit Tagen in meinem Bauch wächst, streckt augenblicklich seine Fühler und Ranken aus, verstopft meine Adern.

Du bist bloß ein Mensch. Phoibe seufzt. *Du kannst nichts für mich tun. Dein Gatte dagegen …*

»Was willst du, Phoibe?«

Die Mondgöttin lacht, der Boden unter meinen Füßen erzittert und setzt Staubschichten wie Schneewehen in Bewegung. *Ein so kleines Herz und so viel Liebe. Was glaubst du, was ich will? Gib mir meinen Mann zurück!*

Erik schweigt so lange, dass ich mich umdrehe. Sein Gesicht ist so ausdruckslos, es könnte einem Golem gehören.

»Wo ist er?«, frage ich Phoibe. »Wo ist Ihr Mann?«

Sie schnaubt. *Hades und seine Brüder haben gegen ihre eigenen Eltern und Großeltern Krieg geführt. Haben uns verbannt und eingesperrt. Koios ist in der Unterwelt, im Tartaros!* Sie spricht das letzte Wort mit so viel Verachtung aus.

»Ich kann nicht …« Erik räuspert sich. »Ich kann das nicht tun. Selbst wenn ich mich gegen Zeus wende – Koios ist verrückt geworden! Ich darf ihn nicht auf die Welt und die Menschheit loslassen. Er wird alles vernichten!«

Was interessieren mich die Menschen? Ist es meine Schuld, dass ihr ohne sie nicht existieren könnt? Mit einem Ruck richtet sie sich auf, scheint noch gigantischer als zuvor. *Lass ihn doch alle töten! So viele Seelen für dich und eine gesunde Erde für sie.*

In Eriks Gesicht lese ich den Schock, der mein eigenes Entsetzen widerspiegelt. Die ganze Menschheit auslöschen? Und am Ende sehe ich etwas anderes – Erik zögert. Er kann es doch unmöglich in Erwägung ziehen, die ganze Menschheit für mich zu opfern!

Phoibe reißt ihren Kopf herum, Mondstaub rieselt auf uns herab. Sie schaut hoch zu den Sternen, bevor sie sich uns erneut zuwendet. Ihr Blick ist müde, ihr Seufzen abgekämpft.

Suche nicht nach Demeter, mein Kind.

Es ist nicht Phoibes Stimme, die in meinem Kopf erklingt. »Aber ...« Verwirrt blicke ich mich um. Die Sterne blinzeln mich an. Billionen Augen, die mich aus der Vergangenheit anschauen. Keine Gestalt wird sichtbar. Kein Gesicht.

Suche nicht nach ihr, flüstern die Sterne.

»Soll ich einfach sterben?«, frage ich sie. Sind wir umsonst zum Mond geflogen? Ist das meine einzige Antwort? Ich blicke zu Erik. Dabei hatte ich es ihm doch versprochen ...

Du hast Angst, stellt die Stimme überrascht fest.

»Natürlich habe ich Angst«, fauche ich zurück. Wer an meiner Stelle hätte keine Angst?

Die Sterne scheinen zu schwanken, wiegen sich hin und her. *Angst ist für die Unwissenden und Ungläubigen.*

Ganz toller Spruch, Yoda. Der hilft mir jedoch nicht weiter.

Ich habe die Zukunft bereits gesehen. So wie du meine Vergangenheit siehst. Hab keine Angst vor dem, was geschehen wird.

»Wenn ich wüsste, was geschehen wird, hätte ich bestimmt auch keine Angst. Aber ich kann nicht in die Zukunft sehen.«

Geh zu Kassandra. Nimm dein Schicksal mit beiden Händen an.

»Welches Schicksal bitte? Dass ich sterben werde?«, schreie ich den Sternen entgegen. Erik umarmt mich und ich verstecke meine Tränen dankbar an seiner Schulter. In diesem Moment hasse ich sie alle: Helios und Asteria, Phoibe und Demeter. Hera und Zeus. Alle lediglich mit ihren eigenen Plänen und Intrigen beschäftigt. Dabei will ich nur eine klitzekleine Sache: nicht sterben. Wozu gibt es die Götter, wenn sie keine Wünsche erfüllen?

»Mit wem hast du gesprochen?«, murmelt Erik.

»Mit den Sternen. Mit Asteria ...«

»Ich habe nichts gehört.«

»Nicht?« Aber die Stimme erklang genauso in meinem Kopf, wie Phoibes es getan hatte.

Erik drückt mein Gesicht gegen seine Schulter. »Schließ bitte die Augen.«

Diesmal schwebe ich unendlich lange in der Dunkelheit und meiner Angst, bevor ich festen Boden unter meinen Füßen spüre. Wir sind zurück auf dem Olymp, stehen zwischen zerstörten Möbeln und Efeuranken. Ros springt von seinem Posten neben der Tür hoch und läuft auf uns zu. Es ist, als ob wir erst vor Augenblicken hier gewesen sind, aber mein Körper glaubt, es ist Tage her.

Ein Becher erscheint in Eriks Hand, das Porzellan so dünn, dass die Flüssigkeit darin rosa durchschimmert. Der Geruch ist unverkennbar. Ambrosia. »Wozu?«, frage ich ihn, nehme das Getränk mit zitternden Fingern entgegen.

»Wir kehren in die Menschenwelt zurück.«

Ich will eine Augenbraue heben, aber die Muskeln um mein Auge gehorchen mir nicht.

»Du warst zu lange in der Götterwelt ohne Nahrung. Ohne Wasser. Wenn wir unvorbereitet zurückkehren, könntest du sterben.«

Natürlich erinnere ich mich an den überwältigenden Durst und den Hunger nach meiner letzten Rückkehr. »Wie lange waren wir hier?« Die andere Frage spreche ich nicht laut aus: Wie lange bleibt mir noch?

»Trink«, sagt Erik. Er seufzt, als ich mich nicht rühre. »Drei Tage«, sagt er schließlich. »Wir waren drei Tage auf dem Mond.«

»Das kann nicht sein!« Meine Hände zittern stärker und die Ambrosia schwappt über, ergießt sich auf mein Handgelenk. Es brennt und ich schüttele die Hand, wische sie an meinem Rock ab. Eine rotbraune, glänzende Kruste überzieht wie ein Armreif mein Handgelenk, wo Helios mich verbrannt hat. Gebrandmarkt.

Erik umschließt meine zitternden Finger um den Becher. »Auch Götter unterliegen den Gesetzen der Natur. Nicht so sehr wie die Menschen, aber der Mond ist trotzdem sehr weit weg. Und weder Phoibe noch Asteria gehorchen gerne der Zeit.« Er führt mich zu einem Sofa, drückt mich nieder. »Und jetzt trink, bitte.« Ros setzt sich vor meine Füße, lehnt sich schwer gegen meine Beine und beschnüffelt mein Handgelenk.

Mein Körper antwortet auf jeden Schluck mit Krämpfen und Hitzeschüben. Unendlich schlimmer als beim letzten Mal.

»Es tut mir leid.« Erik streicht mir das schweißnasse Haar aus dem Gesicht. »Ich habe nicht ... Ich habe vergessen, dass du ein Mensch bist.«

Vorsichtig stelle ich den leeren Becher auf dem Boden ab. Ros leckt erneut meine Hände ab. »Vergisst du manchmal auch, wer ich bin?«

»Ich weiß, wer du bist.«

Ich schaue ihn an, warte auf seine Antwort, auf Persephones Namen.

Er schüttelt den Kopf und zeigt auf den Hund. »Fragst du dich nicht, wen er in dir sieht? Für ihn wirst du immer Persephone sein. Warum darf ich nicht dasselbe tun?«

»Du bist kein Hund.«

»Offensichtlich. Ich müsste mich dann nicht dauernd rechtfertigen und wie auf Eierschalen laufen.«

Ich blicke in Ros' verschiedenfarbige Augen, kraule seinen Hals. Wie soll ich Erik erklären, dass Ros verzaubert wurde, mit Granatapfelkernen hörig gemacht? Dass er keine andere Wahl hat, als sie zu lieben. Dass er als Hund praktisch jeden liebt. Erik dagegen hatte immer die Wahl. Und manchmal hat er bewusst gewählt, nichts zu tun. Vielleicht auch nicht zu lieben. Wenn die Wiedergeburt Persephone nicht ähnlich genug war. Wütend blinzele ich die Tränen weg, beuge mich hinunter, um meine Nase an Ros' Kopf zu reiben.

»Wer bin ich denn?« Wer bin ich für dich?

Erik funkelt mich an. »Du bist ...« Er kaut auf einem Wort herum. Bestimmt nicht auf meinem Namen. »Du machst mich wahnsinnig!«, knurrt er. »Du hast die Erinnerungen, die Kräfte und wir diskutieren immer noch darüber, wer du bist?«

»Wenn es so klar ist, wer ich bin, dann sprich es doch einfach aus!«

»Du bist Demeters Tochter, die Göttin der Erde und des Frühlings, der Zerstörer ... Die Königin der Unterwelt!« Seine Augen flackern wild mit Triumph. Die letzten Worte kommen ihm nur mit Mühe über die Lippen und seine Ohrenspitzen leuchten rot.

»Ich bin die Tochter meiner menschlichen Mutter und meines menschlichen Vaters! Ich bin ...« Meine Gedanken und Worte stolpern, klammern sich an Erinnerungen fest. An den anderen Müttern, an Vätern, an Anastasia, meiner einzigen Schwester. »Ich bin Florine«, beende ich schwach. Dabei bin ich so viel mehr.

»Wo ist der Unterschied?«

Die Luft um uns herum erzittert, als er nach seiner Kapuze greift. Einen Augenblick später bin ich zurück in meiner Wohnung, klammere mich an Ros' Fell fest, während mein Körper sich auf dem Boden windet und von innen nach außen zu drehen versucht. Eriks Wörter kommen in Fetzen, seine Entschuldigungen.

Das ist es – ich sterbe. So muss sich der Tod anfühlen – gefüllt mit Schmerzen und Eriks Entschuldigungen. Ich sehe mich um, während ich auf dem Rücken liege, kämpfe gegen den schwarzen Nebel an, der meine Sicht überzieht. Kein geflügelter Schatten wartet auf mich, Thanatos' schwarze Gestalt nirgendwo zu sehen. Mein Herz gibt endlich auf, legt eine Vollbremsung hin.

23

Ich wache in Eriks Armen auf, mit Ros' Kopf auf meinem Bauch. Sie schlafen beide. Eriks Körper unmöglich unter mir auf dem harten Boden verbogen und Ros' Schnarchen könnte die ganzen Tropen abholzen. Vorsichtig kraule ich seinen Kopf und er schmatzt verschlafen, rollt sich zur Seite auf meine und Eriks Beine. Eriks Griff um mich spannt sich augenblicklich an. Sie beide halten mich fest, als sei ich ein Heißluftballon, der wegzufliegen droht. Unmöglich, mich da herauszuwinden. Also lehne ich meinen Kopf zurück an Eriks Brust, höre seinen gleichmäßigen Atemzügen und Herzschlägen zu. Man könnte meinen, er sei bloß ein Mensch, nicht der Gott der Unterwelt, der mit dem Höllenhund auf meinem Teppich schläft.

»Du bist wach«, flüstert er heiser.

Ich zucke zusammen, denn sein Herz schlägt gleichmäßig und langsam wie zuvor. Schlägt es jemals schneller?

Sofort versuche ich, meine Beine unter Ros' Körper herauszuziehen, aber er wiegt so viel wie ein Kleinwagen.

»Sch«, macht Erik und zieht meinen Kopf zurück zu sich. »Noch eine Minute …«

Ich drücke mein lächelndes Gesicht gegen seine Schulter und schließe die Augen. Viel besser. So muss ich nicht heulen und kann so tun, als sei es ein ganz normaler Morgen mit dem Mann, den ich liebe und der mich auch liebt und nicht die Erinnerungen an andere Frauen. Ein Sonntag vielleicht. Bevor wir irgendwann aufstehen, um mit unserem Hund spazieren zu gehen, und dann Pizza bestellen, um uns gegenseitig über unsere Vorstellungen von angemessenem Frühstück aufzuziehen. Während Ros heimlich die Salamischeiben von der Pizza stibitzt ...

Ich starre auf das Smartphone in meiner Hand und das Ladekabel in der anderen. Schon merkwürdig, etwas aufzuladen, wenn man nur noch Tage zu leben hat. Ich möchte sie fast nicht zählen, damit der Tod eine Überraschung ist. Damit ich nicht bereits jetzt so viel Angst davor habe. Mein Kopf rechnet natürlich trotzdem mit und verfüttert die Minuten an meine Panik.

Notdürftig flechte ich meine nassen Haare zusammen – eine weitere unsinnige Gewohnheit –, während mein Telefon von den Toten aufersteht. Das wär's, oder? Wenn ich meinen Lebensakku auch wieder aufladen könnte? Aber bitte ohne Updates oder neue Nummer.

Das Handy vibriert, zeigt mir eine hereinkommende Nachricht an, vibriert und vibriert ... Die Zahlen an verpassten Anrufen und Nachrichten wachsen mit. Eine andere Art von Angst nimmt mir die Luft. So viele Menschen kenne ich gar nicht. Dad? Ist ihm etwas passiert?

Die gute Nachricht: Alle Anrufe und Nachrichten sind von meinem Vater.

Die schlechte Nachricht: Alle dreiundachtzig verpassten Anrufe und Nachrichten sind von meinem Vater.

Ich bin so was von tot!

Ich fange an zu lachen.

»Was ist so witzig?«, fragt Erik hinter mir. Er stellt die Pizzakartons auf dem Tisch ab und zieht sein Sweatshirt aus. Er lächelt schwach – sein Mund zuckt zombiehaft.

»Nichts«, antworte ich und schalte das Handy aus. »Kann nur sein, dass mein Vater mich umbringt, bevor Thanatos es tut.«

Erik schnaubt und sein Lächeln ist diesmal unwesentlich größer, aber dafür sehr echt. Er nickt zu den Pizzakartons. »Und jetzt?«

»Jetzt essen wir!«

»Wie ... unerwartet.«

»Sehr witzig.«

Minuten später blickt Erik mit schockgeweiteten Augen zwischen mir und Ros hin und her. »Hey, mach mal langsamer!«

Er greift nach Ros' Pizzakarton, aus dem bereits Stücke fehlen, und Ros knurrt ihn wütend an, seine mit Tomatensoße verschmierten Lefzen hochgezogen. Geschickt ergreift er mit den Zähnen den Deckel und zieht den Karton einen Meter weiter. Schnauft in Eriks Richtung und macht sich daran, den Rest seiner Pizza zu verschlingen.

»Hast du das …?« Eriks Augen weiten sich stärker, als ich ein weiteres Stück Pizza in Tabasco ertränke.

»Auch was?«

Er starrt auf die Flasche in meiner Hand. »Nein, danke.«

Ich zucke mit den Schultern.

Seine Pizza liegt unangerührt vor ihm. Hoffentlich erzählt er mir jetzt nicht, dass Pizza wie Erde schmeckt. »Wie kannst du noch am Leben sein?«, flüstert er.

»Wie soll ich die Frage jetzt bitte verstehen?«, entgegne ich gespielt beleidigt.

»Es sind schon Menschen daran gestorben.« Er nimmt die Flasche doch und liest sich die Zutatenliste durch. »Sie wandern zu Tausenden in der Unterwelt herum.«

»Schwächlinge!«

»Wie soll *ich* das jetzt bitte verstehen?« Sein Lächeln versteckt er hinter einem Pizzastück.

Die vorgespielte Beziehungsidylle kann nicht andauern. Nicht einmal zehn Minuten später verpufft Ros in einer schwarzen Rauchwolke. Erik springt auf und verschwindet ohne ein Wort. Bestimmt gibt es wichtige Angelegenheiten in der Unterwelt. Ein Aufstand der Seelen oder so.

Mit flauem Gefühl im Magen sammele ich die Pizzakartons ein und nähere mich vorsichtig meinem Handy. Es sind inzwischen vierundachtzig Nachrichten von meinem Vater. Je länger ich warte, desto schlimmer wird es. Ich höre die letzte Nachricht ab. Käme sie nicht von meinem Vater, würde ich glauben in einem Thriller gelandet zu sein. *Wenn ich in den nächsten vierundzwanzig Stunden nichts von dir höre, komme ich zu dir. Und Felicia und Faith auch.*

Okay, kein Thriller, sondern ein Horrorfilm. Meinem Vater kann ich noch gegenübertreten, aber nicht dem Duo Infernale meiner Tanten.

Die Nummer ist schnell gewählt. Während ich darauf warte, dass mein Vater abnimmt, bereite ich mich auf seine Wut und Sorge vor. Es klickt und die Ansage der Mailbox erklingt. »Hi, Dad ...« Panisch überlege ich, was ich noch sagen soll und wo er überhaupt steckt. Hoffentlich an der Uni bei einer Prüfung und nicht auf der Autobahn auf dem Weg zu mir. »Tut mir wirklich, wirklich leid, dass ich mich nicht gemeldet habe. Du weißt, wie das ist – die ganzen Prüfungen und ich habe vergessen, mein Handy aufzuladen.« Mein Lachen klingt viel zu nervös. Wenn er an meiner Uni nachfragt, bin ich geliefert. Oder wenn ihm einfällt, dass ich alle Klausuren am Ende der Vorlesungszeit geschrieben habe. »Ich habe jetzt nicht alle dreiundachtzig Nachrichten durchgelesen. Wolltest du etwas Bestimmtes?« Das Lächeln tut inzwischen weh. Ich will fragen, ob etwas passiert ist. Dabei ist mir selbst jede Menge passiert. Und wird es noch. Das kann ich ihm unmöglich erzählen. Ich weiß nicht einmal, ob ich ihn überhaupt wiedersehen werde. Schnell blättere ich durch meinen Kalender, lande in der Woche mit dem fetten schwarzen Kreuz. Endlich ergibt es Sinn, warum mein Arbeitsvertrag so komisch formuliert ist und mitten in der Woche endet – einen Tag vor meinem Todestag. Ich zähle mit den Fingerspitzen die Linien ab. Sechs Tage. Nur noch sechs Tage!

Es piept an meinem Ohr, die Stimme kündigt das Ende der gespeicherten Nachricht an. Regentropfen klatschen gegen die Fensterscheibe. Dad wird sich bestimmt fragen, warum ich so viel geschwiegen habe und sich erst recht Sorgen machen. Ich sollte erneut anrufen und ... was? Eine weitere Lüge erzählen? Wenn ich auch nur ein weiteres Wort sagen muss, heule ich bestimmt.

Ein Windstoß fährt durch das offene Fenster, peitscht die Vorhänge hoch und schlägt mir kalte Regentropfen ins Gesicht. Ich schließe es schnell, gehe zum Schrank und ziehe meine Reisetasche unter einem Stapel Winterkleidung hervor. In Minuten habe ich gepackt. Bevor ich sterbe, will ich meinen Vater wiedersehen, meine Familie.

Es klingelt an der Tür. Bestimmt ein Päckchen für einen Nachbarn, der gerade nicht da ist. Dann klingeln sie das ganze Haus durch. Es klingelt erneut. Wenn das jetzt mein Vater ist …

Schnell schließe ich auf und blicke in ein gleichmäßiges, bekanntes Gesicht und leere Augen. Drei Gesichter, genau genommen. Ausdruckslos und identisch.

24

Ich schlage die Tür zu. Eine Sekunde zu spät. Ein Arm schießt durch den Türspalt. Es knarzt, wo ich ihn zwischen Tür und Rahmen eingeklemmt habe, grauer Staub rieselt zu Boden und bewegt sich hin und her wie ein Schwarm Ameisen.

Schreiend werfe ich mich mit meinem ganzen Gewicht gegen die Tür. Mein Herz rast, springt mir beinahe aus der Brust. Was soll ich tun? Wo soll ich mich verstecken? Die Küche hat keine Tür. Und wenn ich mich im Badezimmer einschließe, sitze ich in der Falle.

Die Golems treten und hämmern gegen die Tür. Holz splittert. Tränen brennen in meinen Augen. Der Arm in der Tür dreht sich mit einem platzenden Geräusch um sich herum, die Finger schnappen wie Zähne nach mir.

Sie haben bestimmt wieder ein Messer dabei! Die Stelle an meinen Rippen pocht in Erinnerung an die reißende Klinge. Moment! Ich greife an meinen Gürtel und heule vor Dankbarkeit auf. Die Klinge ist tatsächlich dort, ohne dass ich mich daran erinnern kann, sie eingesteckt zu haben. Ich ramme sie in den Arm. Sie gleitet rein, als wäre es die sprichwörtliche Butter. Der Ton glänzt rot, als wäre es tatsächlich Fleisch. Ein Schnitt. Ein zweiter. Der Arm fällt zuckend auf den Boden und ich knalle die Tür zu. Meine schweißnassen Finger rutschen vom Schlüssel ab. Voller Panik drehe ich ihn herum, zwinge das Metall in den verzogenen Rahmen.

Über meinem Kopf kracht ohrenbetäubend laut das Holz. Einer der Golems hat die Faust durch das Holz geschlagen. Die Finger zucken wie Fühler herum, als könnten sie mich sehen, und greifen nach unten, erwischen mein Haar.

»Erik!«, rufe ich erstickt, während ich rückwärts taumle. »Erik! Erik!«

Der Riss in der Tür wird größer. Meine Knie geben nach und ich krieche auf allen vieren zum Badezimmer. Durch den Lärm an der Tür höre ich, wie im Haus Türen knallen und jemand etwas ruft. Hoffentlich die Polizei. Hoffentlich kommt jemand vorbei und verscheucht die Golems wie im Park.

Ich verschließe die Badezimmertür hinter mir, falle im Dunkeln fast in die Badewanne hinein. »Hades!«, schreie ich in die Dunkelheit. »Hades, bitte!«

Arme schließen sich um mich. »Alles gut«, flüstert Erik an meinem Ohr. »Ich bin hier.«

Die Badezimmertür zersplittert in der Mitte. Ich sehe noch eines der Golemgesichter, bevor alles grün und grau wird und wir in Eriks Palast stehen.

Mein Körper rutscht aus Eriks Griff auf den kalten Steinboden. Das Kristallmesser halte ich immer noch in der Hand. Meine Handfläche brennt, die Klinge ist mit meinem Blut verschmiert, meine Finger zu einer Klaue erstarrt. Ich kann das Messer nicht loslassen. Meine Tränen klatschen in fetten Tropfen daneben. Erik sagt etwas, doch ich verstehe nichts. Das Rauschen in meinen Ohren ist zu laut. Er zieht die Hand mit dem Messer zu sich, biegt jeden einzelnen Finger auf, bis die Klinge auf den Boden fällt.

»Warum?«, frage ich ihn erstickt. »Was wollen sie von mir?«

»Es tut mir leid. Das hätte nicht passieren dürfen.« Wir blicken zusammen auf meine zerschnittene Handfläche, aber im Gegensatz zu Eriks schließen sich meine Wunden nicht.

»Was sind sie?«

»Golems. Das habe ich dir bereits gesagt.«

»Nein, ich meine ...« Ich reibe mir eine neue Flut Tränen aus dem Gesicht. »Was ist ihre Aufgabe?«

»Dich anzugreifen. Dich zu töten.«

Ein Erste-Hilfe-Kasten erscheint neben Eriks Knien. Er sprüht ein Desinfektionsmittel auf die Wunde und ich schnappe zischend nach Luft. Für einen Gott der Toten sind seine Bewegungen sehr präzise, als er den Verband um meine Hand wickelt. Routiniert. Wie viele andere Wiedergeburten wird er genauso gepflegt und verbunden haben? Warum heilt er die Verletzung nicht, so wie Hera es getan hatte?

»Du könntest ... Kannst du es nicht einfach heilen lassen?«

Wenn meine Frage ihn überrascht, so zeigt er es nicht. »Könnte ich«, antwortet er. »Willst du, dass ich es tue? Dass nichts bleibt, um dich daran zu erinnern?«

Nein, weiß ich augenblicklich. Ich will Erinnerungen und Narben – Beweise, dass ich am Leben bin. »Nein«, antworte ich und mein Körper krampft sich bei der Erinnerung an die Golems zusammen. »Warum wollen sie mich töten?«

»Wegen dem, was du bist.« Der Kasten verschwindet. Erik hebt meine Hand an seine Lippen und küsst den Verband wie einen weißen Handschuh.

Die gleiche Antwort hat er mir schon einmal gegeben. Damals dachte ich, er meint meine Menschlichkeit. Doch jetzt ... »Weil ich Persephone bin.«

Erik blickt auf den Boden zwischen uns.

»Sie haben Minthe umgebracht«, flüstere ich.

»Ich weiß. Auch Yuri, Blum, Levani, Nyree, Vashti, Hua ...«

»Aber warum?«

»Erinnerst du dich an dein Versprechen? Ich habe dir ebenfalls sehr viele Dinge versprochen und geschworen. Inzwischen weiß ich nicht, was ich dir sagen darf und was nicht.«

»Wie wäre es mit der Wahrheit?«

Erik lacht. Das Geräusch hallt kalt und zittrig von den Wänden wider. »In dieser Hinsicht warst du immer der gleichen Meinung. Sobald du die Wahrheit gehört hast, musste ich dir versprechen, das nächste Mal nichts zu sagen.«

»Und wenn ich es trotzdem wissen möchte?« Will ich das wirklich? Wenn seine Versprechen genauso grauenhaft waren wie das, das ich ihm gab?

»Die Golems wurden nach einem ... Zwischenfall erschaffen, um mich zu beschützen. Das ist deren alleiniger Lebenszweck.« Er schaut mich abwartend an. »Und sie greifen nur dich an.«

»Hör auf!« Ich halte mir die Ohren zu, was mich jedoch nicht vor meinen eigenen Gedanken schützt. Die Golems beschützen Erik vor Persephone. Vor mir. Aber warum?

Er legt seine Hände auf meine, zieht meinen Kopf zu sich und küsst meine Wange, bevor er meine Hände von meinen Ohren wegzieht. »Willst du immer noch die Wahrheit wissen?«

Weinend schüttele ich den Kopf. »Ja.«

Er zieht mich in seine Arme, hält mich fest. Zu fest. Seine Arme zerdrücken meine Rippen und er flüstert ein Wort. Einen Namen. »Nestis.«

Die Klinge schabt über meinen Kopf, kratzt die Stoppeln weg. Mutter senkt die Axt, die Klinge leuchtet im Schein des Feuers auf. Sie reibt mit einer Hand über meinen rasierten Schädel und schlägt mir leicht gegen den Hinterkopf. »Du bist bereit«, murmelt sie.

Mein Herz schwillt an vor Stolz. Vor Liebe. Ich habe mein Leben lang geblutet und gekämpft, um endlich diese Worte zu hören. Endlich, endlich ... Meine Aufgabe erwartet mich. Mein Schicksal.

Mutter schlägt die Axt in den Holzpflock neben dem Feuer. Das Geräusch vibriert durch die Lichtung und alles wird still. Alle Augen richten sich auf mich, Dutzende schwarzer Monde, in denen sich das Feuer spiegelt. Mädchen, Frauen, Mütter. Sie grinsen mich an, entblößen ihre Zähne wie ein Rudel Wölfe.

»Morgen!«, ruft Mutter in die Stille hinein.

Zuerst passiert nichts. Ich lächele trotzdem, als dann die ersten Rufe und Pfiffe erklingen, das Trommeln nackter Füße auf der Erde – ein Gewitter, das immer näher kommt und dann ohrenbetäubend zuschlägt und die Welt in Stücke spaltet.

Danach kommen sie zu mir, küssen mich, heben die Kleinsten hoch, damit sie meinen rasierten Kopf berühren. »Möge die große Mutter deine Hand und deine Klinge führen«, flüstern sie mir zu.

»Auf dass ich nicht sein Herz verfehle«, antworte ich. Beim ersten Mal zittert meine Stimme noch. Nachdem die letzte Frau mir gratuliert hat, ist sie so fest wie die Klinge meines Dolchs. Die Segensworte stehen kurz davor, Wirklichkeit zu werden. Denn morgen ist es so weit. Ich werde meinen ersten Mann umbringen. Einen ganz bestimmten.

Rhoa klettert auf meinen Schoß, legt mir ihre erdumrandeten Finger auf die Schultern und sieht mich ernst an, wie kleine Mädchen es gewöhnlich tun – als hätten sie bereits Jahrhunderte gelebt. »Freust du dich schon?«, fragt sie mich feierlich.

»Auf morgen?«, frage ich lächelnd nach. Ich spüre die Aufregung der kommenden Jagd und auch eine gewisse Sorge. Die Mütter sagen alle, dass es nicht leicht wird. Manchmal wehrt sich die Beute, manchmal stellt sich einem das eigene Mitleid in den Weg. Aber Freude ist nicht dabei.

»Nein.« Rhoa umfasst ihre eigenen schwarzen Zöpfe. »Freust du dich darauf, wieder Haare zu haben?«

Mein Lachen schreckt ein Tier im Gebüsch auf.

Rhoa schiebt ihre Unterlippe vor, ihr Mund zittert.

»Verzeih, Kitz.« Zärtlich drücke ich sie an mich. »Ich lache nicht über dich.«

»Ich bin kein Kitz mehr!«

»Stimmt. Bist du nicht.« Wehmütig streiche ich über ihr geflochtenes Haar, zeichne mit den Fingern die Muster nach, bis sie nicht mehr schnieft.

»Es sind bloß Haare«, flüstere ich gegen ihre Schläfe.

»Aber ich will sie behalten!«, flüstert sie trotzig zurück. »Ich will kein Blut und keine Glatze. Ich will keine Mutter sein. Ich will niemanden töten.«

Hastig sehe ich mich um. Die anderen Frauen sitzen am Feuer und feiern. Niemand hat sie gehört. Außer mir. Aber ich bin noch keine Mutter, sage ich mir. Ich muss Rhoa für diesen Frevel nicht bestrafen.

»Es ist eine Ehre«, versuche ich sie zu trösten. »Ein heiliges Geschenk. Männer bluten nicht, weil sie schwach sind. Willst du schwach sein?«

Rhoa antwortet nicht, vergräbt ihr Gesicht in meiner Weste und weint.

Mit meinen schwieligen Fingerspitzen reibe ich über meinen glatten, eingeölten Hinterkopf. Sehe zu den Müttern am Feuer hinüber, die lange, kunstvoll geflochtene Zöpfe tragen – Beweise ihrer Stärke und Macht. Werde ich bald ebenfalls so aussehen? Mein Bauch voll wie der Mond? Werde ich meine eigene Rhoa haben? Will ich das? Oder ist die Angst begründet, die mich mein Leben lang begleitet hat? Bin ich schwach?

Sobald alle sich zum Schlafen in die Erdhäuser zurückgezogen haben, kommt Mutter zu mir. Die Sterne lösen sich bereits auf der Himmelsdecke auf und ich möchte mich an ihnen festhalten. Noch nicht. Ich will noch nicht. Mutter hat also tatsächlich den Morgen gemeint, nicht die folgende Nacht?

»Du hast drei Stunden, bevor die Sonne dich sieht.«

Ich weiß. Es ist eigentlich Zeit zum Schlafen. So aufgeregt, wie ich bin, hätte ich ohnehin kein Auge zutun können.

Mutter führt mich zwischen den Bäumen zum felsigen Eingang einer Höhle, die in die Erde führt.

»Bist du bereit?«, fragt sie.

Nein. »Ja.«

Sie küsst meine Stirn, murmelt die Worte an meine Augenbrauen. »Möge die große Mutter deine Hand und deine Klinge führen.«

»Auf dass ich nicht sein Herz verfehle«, flüstere ich zurück.

Dann trete ich hinein, taste mit meinen Fingern die Decke und die Wände ab, spüre die einzelnen Steine und Wurzeln. Hier soll ich einen Mann finden?

Ich drehe mich zu Mutter um. Sie nickt mir zu. Ihr Lächeln ist brutal und scharf wie die Äxte, die sie an ihrem Gürtel trägt.

Schnell blicke ich weg, konzentriere mich auf die kalte Dunkelheit. Der Geruch von Erde ist vertraut, genauso wie das Rascheln der Insekten, das Pulsieren der knöchernen Wurzeln. Es unterscheidet sich kaum von meinem eigenen irdenen Heim. Vielleicht leben manche Männer wie wir. Vielleicht hören sie ebenfalls gern dem Herzschlag der Erde zu. Ich greife nach dem Dolch an meinem Gürtel. Aber macht sie das nicht besser? Nicht so verkommen wie den Rest von ihnen?

Konzentrier dich. Manche Mädchen kommen von ihrer ersten Jagd nie zurück. Bestimmt, weil sie zu unvorsichtig waren. Zu schwach. Zu langsam. Zu mitleidig.

Ich werde nichts davon sein. Ich werde die Mütter stolz machen. Und danach erzähle ich Rhoa, wie einfach es war. Wie wenig Angst ich hatte.

In der Dunkelheit schnauft ein Tier. Dem Klang der Atemzüge nach ein riesiges Tier. Es springt mich weder an noch schleicht es. Die gedämpften Schritte kommen gemächlich näher. Wenn ich es nicht besser wüsste, würde ich glauben, dass es mich nicht bemerkt hat. Es schnauft und atmet seltsam. Dann bellt es, aber nicht wie ein Hund. Ein Wolf? Was macht ein Wolf hier unter der Erde?

Heiße Atemstöße treffen meine Haut, meine Hand auf dem Dolch. Ist das ein Teil der Prüfung? Wusste Mutter, dass es hier lauert? Oder sollte ich es ebenfalls töten? Das Wesen leckt über meine Finger und ich lasse beinahe die Waffe fallen.

Es stößt seine Schnauze gegen meine Beine und Hände, winselt fragend. Ich stecke die Waffe weg, um das Tier nicht zu verletzen, umfasse den riesigen Kopf. Eindeutig ein Wolf.

»Ich suche jemanden«, sage ich ihm. Warum rede ich mit einem Tier? Instinktiv blicke ich mich um, erwarte Mutter und ihren missbilligenden Blick zu sehen. Alles ist dunkel. Finster wie die Erde. Wie eine Neumondnacht.

Der Wolf legt seine Zähne vorsichtig um meine Finger und zieht leicht daran, tiefer in die Höhle hinein. Vielleicht ist es doch etwas anderes ... Offenbar hat es meine Worte verstanden. Ist es ein Geist, eine Gottheit? Will dieses Wesen mir helfen oder mich ins Verderben führen?

Ich greife in das raue Nackenfell des Tiers und folge ihm durch die Finsternis. *Große Mutter, führe meine Füße, halte deine schützende Hand über mich.*

Sekunden oder Stunden später laufe ich fast gegen die Wand vor mir, deren Oberfläche scharfkantig und eisig. Davon werde ich den Müttern erzählen, damit sie neue Waffen schmieden können. Ich taste mich herum, stolpere fast über meine eigenen Füße. Eine riesige Halle öffnet sich vor mir wie der Schlund eines Raubtiers. Ein Fluss verläuft in dessen Mitte. Er leuchtet, als flösse darin kein Wasser, sondern Licht. Kaum dass ich einen Schritt darauf zu mache, knurrt der Wolf warnend, zieht mich davon weg. Seine Augen sind verschiedenfarbig und sein Fell weist alle drei Färbungen auf – ein Glücksbringer. Ein Schutzgeist. Ehrfürchtig streichele ich seine Stirn, das schwarze Mal zwischen seinen Ohren. Die Große Mutter meint es gut mir mir.

»Bring mich zu ihm«, bitte ich den Geist.

Er wedelt mit dem Schwanz und dreht sich um, führt mich. Dabei bräuchte ich seine Hilfe nicht. Eine Spur aus roten Blumen markiert den Weg. Mutter benutzt deren Früchte, um mit der Großen Mutter zu sprechen. Und manchmal, wenn eine Geburt zu schmerzhaft ist oder zu lange dauert, darf eine Mutter auch die Mohnmilch kosten, damit sie in ihren schwersten Stunden den Halt der Großen Mutter spürt.

Die Blumen und der Wolf führen mich zu einer weiteren Höhle, zu einem unterirdischen Wald. Vor der dichten Hecke aus Sträuchern und Pflanzen bleibe ich stehen, berühre eine Ranke. Sie bewegt sich zittrig, windet sich um meinen Zeigefinger. Ganz genauso wie Säuglinge nach deinen Fingern greifen. Und ganz genauso wie bei Säuglingen lächele ich.

Die Wand aus Grün scheint undurchdringlich, aber sobald ich einen weiteren Schritt nach vorn mache, kriechen und biegen sich die Pflanzen zur Seite, verhaken sich zu einer weiteren Höhle. Die Große Mutter muss mich gesegnet haben. Ich folge dem dargebotenen Weg bis zum Ausgang.

Der Fluss teilt sich dort zu zwei verschiedenfarbigen Armen: Einer weiterhin leuchtend, der andere glänzt ölig schwarz. Neben der Flussgabelung stehen zwei riesige Sträucher, die ich nie zuvor gesehen habe. Die handgroßen verschlungenen Blüten duften so fremd, so gut, dass ich mich bestimmt an sie erinnert hätte. Nachher sollte ich einen Setzling mitnehmen. Die anderen sollten an dieser Schönheit teilhaben.

Ich mache einen halben Schritt nach vorn und bleibe stehen. Zwischen den beiden wunderschönen Pflanzen ragt ein Stein aus der Erde. Ein schwarzer Felsbrocken mit geraden Kanten – fast wie ein Altar. *Er liegt darauf. Natürlich tut er das.*

Ich hole meine Waffe heraus. Ich bin bereit.

Der Mann schläft offenbar, weiß nicht, dass er Beute ist – meine Beute. Wie unvorsichtig. Mit angehaltenem Atem schleiche ich mich an. Noch acht Schritte, fünf, drei ... Ich lasse den Dolch sinken. Das Rauschen in meinen Ohren wird leiser und leiser.

Hat Mutter einen Fehler gemacht?

Ich sehe mich um. Ist das Teil der Prüfung? Oder wusste Mutter von meiner Schwäche? Von meiner Angst? Wollte sie es mir einfach machen?

Außer mir und dem Wolf ist niemand da. Niemand wird wissen, wie einfach ich es hatte.

Eine Staubschicht bedeckt den Mann. Weiß wie Asche. Aber er kann nicht lange tot sein. Sein Gesicht wirkt selbst unter der Schicht aus Staub weder verfärbt noch aufgedunsen. Nicht einmal Insekten haben ihn gefunden. Niemand wird den Unterschied merken, wenn ich ihnen das Herz mitbringe. Bis ich den Weg zurück nach draußen gefunden habe, wäre es ohnehin trocken und kalt geworden.

Führe meine Hand, Große Mutter, auf dass ich es nicht verfehle ...

Meine Hand zittert. Vorher sollte ich ihn mir ansehen, sage ich mir. Mir sein Gesicht merken. So viel bin ich ihm schuldig, nicht wahr? Vorsichtig streiche ich den Schmutz weg. Seine Augenlider und Lippen weich und kühl unter meinen Fingern. Jede meiner Bewegungen beinahe schön, wenn ich sein Gesicht nachzeichne und den Dreck aus seinen weißen Haaren kämme. Mein Herz macht einen schmerzhaften Sprung, schlägt wild um sich wie ein Tier in der Falle. Und ich möchte es wie immer befreien, statt es zu töten.

Wie viele Mädchen sind genau deswegen nicht zurückgekommen? Wie viele konnten ihre Beute nicht erlegen? Wie viele haben ihr eigenes Herz verloren?

Die Warnungen der Mütter klingen jetzt wie die Geschichten, die man Mädchen vor Sonnenaufgang erzählt. Das hier ist die Wahrheit und kein Rat und keine Warnung konnten mich auf dieses Gefühl vorbereiten. Aber er ist bereits tot! Trauer und Freude vermischen sich zu einem Gift, zu einer Säure, die meinen Körper von innen in hauchdünnen Schichten abschält.

Die Große Mutter weiß, was sie tut. Ich sollte dankbar sein, dass es nicht meine Hand war, die sein Leben nahm.

Ich halte den Dolch über seine Brust und hole tief Luft. Und weil ich am Ende weder mutig noch stark bin, schließe ich die Augen, als ich die Klinge zwischen seine Rippen stoße.

Sein Körper bäumt sich auf. Ich öffne die Augen. Und er öffnet seine. Mein Herz zuckt ein letztes Mal gegen meine Rippen und gibt auf.

»Träume ich?«, flüstert er und lächelt. Warum lächelt er? »Nicht ...« Er hebt eine Hand, reibt mit seinem Daumen die Tränen weg. »Warum weinst du?«

Ich weiß es nicht.

»Persephone ...«

Es klingt wie ein Name. Nicht meiner. »Nestis«, antworte ich erstickt.

Er runzelt die Stirn, lächelt dann jedoch. »Nestis.« Sein Brustkorb macht ein furchtbares Geräusch. Wie das erste Reh, das ich töten sollte und dessen Lunge ich in meiner Angst traf. Mutter zwang mich zuzusehen, wie es qualvoll verendete. Eine Lektion. *Fürs nächste Mal.* Wie das Reh schnappt er nach Luft und viel zu helles Blut spritzt auf meine Arme. Der Dolch! Ich schließe meine Finger um den heißen Griff, will ihn herausziehen und in einen der Flüsse werfen. Aber ich kann nicht. Wenn ich die Klinge herausziehe, stirbt er sofort. Und er wird bald sterben, wenn ich es nicht tue. Ich brauche Hilfe! Jemanden, der die Blutung stoppt ... Zu spät, zu spät. Ich will sein Herz nicht. *Bitte, große Mutter, rette ihn! Nimm meins!*

Er schreit. Ruft etwas in einer Sprache, die ich nie zuvor gehört habe. Und für einen Augenblick glaube ich wirklich, dass eine der Mütter meine Gebete gehört hat, meinen Ruf, und mir nun zu Hilfe eilt.

Eisige Finger umschließen meinen Kopf, rutschen ab. Flüchtig denke ich daran, dass das der Grund ist, warum wir keine Haare tragen dürfen. Das schenkt mir Augenblicke, eine Handvoll Herzschläge, um mich herumzurollen, meinerseits anzugreifen. Ich lasse sie verstreichen. Umklammere den Dolch, seinen Kopf und halte meinen Körper schützend über ihn.

Die eisigen Finger finden meinen Kiefer, reißen meinen Kopf zurück. Das wutverzerrte Gesicht einer Frau erscheint vor mir. Ausgerechnet einer Frau. Sein Schrei ist das Letzte, was ich höre. *Große Mutter, verrate mir bitte seinen Namen ...*

»Erik!«

Er hält mich immer noch fest. Meine Schreie versinken heiß und feucht in seinem Sweatshirt. Das Brüllen eines wilden Tiers. Er wiegt mich wie ein kleines Kind, bis ich wie eines weine. Bis ich leer und hohl bin und mir die Augen wehtun. Ich hebe meinen Kopf, greife nach seinem Kragen und ziehe ihn mit zitternden Fingern nach unten. Unter seinem Schlüsselbein schimmert silbern die Narbe.

Ununterbrochen murmelt er Nichtigkeiten gegen mein Haar, Koseworte, meinen Namen. Aber wie oft er ihn auch wiederholt – wie sehr ich mich darüber freuen sollte, dass er wirklich mich meint – der Schmerz und die Schuld bleiben. Denn was immer ich gesagt oder geglaubt habe, ich *bin* Nestis. Ich bin die Frau, die ihn beinahe umgebracht hat.

»Minthe war also nicht die Erste«, sage ich. Wie konnte er? Wie konnte er sich trotzdem so freuen, sie gefunden zu haben? Wie konnte er ihr verzeihen? Sie sogar lieben?

Und zwischen all diesen Fragen sehe ich zwei Gesichter. Eines davon gehört Mutter, der Frau, die mich, die Nestis aufgezogen und gepflegt hat. Meiner Ausbilderin. Ich erinnere mich an meinen Wunsch, mein sehnlichstes Geheimnis. Als Kind stellte ich mir gerne vor, wie sie mich eines Tages zur Seite nehmen und mir anvertrauen würde, dass sie meine echte Mutter und ich kein Findelkind wäre. Ich legte mir hunderte Erklärungen zurecht, warum sie das vor mir geheim gehalten hatte – jede abenteuerlicher und ehrenhafter als die andere. Merkten andere Mädchen und Frauen nicht regelmäßig an, wie ähnlich wir uns waren?

Dann brachte ein Trupp Mütter Rhoa mit – mit den gleichen Haaren und Augen wie ich, mit gleich geschwungener Nase und einem kleinen Mal hinten an ihrem Ohrläppchen. Als hätte jemand versucht, ein Loch hineinzustechen und mittendrin aufgegeben. In derselben Nacht schnitt man mir die Haare ab und ich vergrub beides, meine Haare und meine Träume, unter einem Baum.

Über das andere Gesicht, das meiner Mörderin, denke ich nicht nach. Wie ein Kind, das erfahren hat, dass der Nikolaus bloß der eigene verkleidete Vater war.

Manchmal träume ich von jemandem, und obwohl diese Person ganz anders aussieht als im realen Leben, weiß ich später trotzdem, wer es sein sollte. Dasselbe Gefühl habe ich jetzt, obwohl es sich nicht um einen Traum gehandelt hat. Ich glaube, dass Mutter Demeter war. Was nicht sein kann. Warum sollte jemand das eigene Kind zu einem Mörder erziehen? Warum sollte sie mich dazu ausbilden, den Mann zu töten, den ich liebe? Meinen eigenen Ehemann!

»Und jetzt?«, frage ich mich selbst. Frage Erik. Die ganze Welt. Was kommt als Nächstes? Welche Wahrheiten hält er noch vor mir geheim? Was erwartet mich in ein paar Tagen?

»Ich weiß es nicht«, gibt er zu. Er klingt so müde. »Du hast mir gar nicht erzählt, was Asteria dir gesagt hat.«

»Nicht nach Demeter suchen. Und keine Angst haben.« Mein Lächeln ist gequält und er erwidert es genauso erschöpft. »Wenn ich wüsste, was passieren wird, hätte ich keine Angst und anderer philosophischer Unsinn.« Dabei weiß ich, was geschehen wird: Ich werde sterben. Das nimmt mir die Angst nicht – im Gegenteil.

»Möchtest du denn überhaupt deine Zukunft wissen?«

»Abgesehen davon, dass ich sterben werde?«

»Nicht.« Er küsst meine Stirn. »Du hast es mir versprochen.«

Ich denke über seine Frage nach. Würde ich gerne etwas über meine Zukunft wissen? Vielleicht überlebe ich? Vielleicht erfahre ich, was ich vermeiden muss, um am Leben zu bleiben. »Hast du deine Kristallkugel dabei?«

Erik lacht leise. Seine Brust zittert unter meinem Gesicht und ich bilde mir ein, dass sein Herz ein winziges bisschen schneller schlägt. »Wir könnten zu Kassandra gehen.«

»Das hat Asteria auch gesagt.«

»Asteria hat dir gesagt, dass du zu Kassandra gehen solltest?«

»Ja?« Warum klingt er so ungläubig?

Er richtet sich auf. »Dann sollten wir das auf jeden Fall tun.«

»Jetzt?« Ich kann meinen Kopf kaum oben halten. Mir tut alles weh – die Augen, die Handgelenke, die Schnittwunden an meiner Hand.

»Natürlich nicht.« Er steht auf und hebt mich hoch, trägt mich zu einem der Sofas.

Bevor er mich loslässt, ziehe ich ihn an seinem Sweatshirt zu mir, denke an die dünne Narbe hinter dem Stoff. »Ist da noch mehr? Etwas, das schlimmer ist als Nestis?« Ich will nicht träumen, mich an nichts erinnern.

»Nein«, antwortet Erik.

Ich schließe die Augen und denke daran, wie er gezögert hat, bevor er mir antwortete.

25

»New York?«

Erik sieht mich kurz an und widmet sich wieder meinem Pullover. »Ja. Kassandra mag uns Götter nicht. Mag es nicht, gefunden zu werden.«

»Warum?« Ich schaue die ganze Zeit auf seine Hände, auf den Riss in meinem Pullover, der immer kleiner wird, während die losen Fäden sich ineinanderwinden.

»Sie wurde von Göttern gesegnet und verflucht. Von einem ganz bestimmten Gott.« Er murmelt etwas, das wie eine sehr lange und kunstvolle Beleidigung klingt. »Dazu verdammt, die Wahrheit zu sagen, die ihr niemand glauben wird. Seitdem hat man sie regelmäßig bei allen großen Belangen der Welt befragt.«

»Und niemand hat ihr geglaubt?«

»Nein. Unzählige Kriege und Grausamkeiten wären nie passiert, wenn jemand auf sie gehört hätte.«

»Heißt das, dass ich ihr auch nicht glauben werde?«

Erik unterbricht seine Reparaturarbeiten. »Ich weiß es nicht. Ich war nie zuvor bei ihr. Wir wissen von dem Fluch. Vielleicht können wir versuchen, ihr zu glauben? Es gibt nichts, was wir sonst tun könnten.«

Die letzten Fäden verzwirbeln sich ineinander, vervollständigen das Strickmuster. Erik reicht mir den Pullover – er sieht aus wie neu.

»Wie hast du das gemacht?«

Er zuckt mit den Schultern. »So wie die Pflanzen ihre Wurzeln verweben, schätze ich. Wenn man weiß, welcher Strang wohin gehört, damit alles hält, ist es sehr einfach.«

Ich ziehe den Pullover an, streiche über die Wolle. »Da du offenbar stricken kannst, weiß ich schon ganz genau, was du mir zu Weihnachten schenken kannst. Und was ich dir schenke.«

Augenblicklich wird er still und ich Dummkopf begreife, was ich da gesagt habe. Er lächelt. Ich wende mich ab und blinzele die Tränen weg. Selbst seine Stimme scheint zu lächeln. »Das würde mir gefallen.«

»Wirklich? Kein Gegrunze darüber, wie unmännlich das ist?« Ich verstelle meine Stimme. »Stricken ist für Schwächlinge!«

Es wird wieder still und dann passiert etwas Unglaubliches: Erik lacht.

Ungläubig drehe ich mich zu ihm, presse mir die Hand gegen den Mund, denn mein Körper kann sich nicht entscheiden, ob ich heulen oder mitlachen soll.

Mit einem Grinsen wischt er sich über die Augen. »Glaubt man das in der Menschenwelt?«

»Man hält nicht viel von Männern, die solche weiblichen Dinge tun.«

»Alle Götter, sogar der große Zeus, haben nur vor vier Frauen Angst. Und drei von ihnen sind die Schicksalsgöttinnen, die das Schicksalsgewebe erschaffen. Ich kann sehr gut damit leben, dass ich offenbar das gleiche Handwerk beherrsche.«

»Dann will ich einen Pullover. Mit Eichhörnchen!«

Er ergreift meine Hand und streift sich die Kapuze über den Kopf. »Alles, was du willst.«

»Erik?«, frage ich, um mich von diesem Gefühl des freien Falls abzulenken. »Wer ist die vierte Frau, vor der alle Angst haben?«

»Der Zerstörer.« Er küsst mein Haar. »Eine Göttin, der es prophezeit wurde, dass sie die Götterwelt vernichten wird.«

»Warum sollte jemand so etwas tun wollen?«

Wir erscheinen mitten auf einem Bürgersteig. Niemand erschreckt sich oder ist überrascht. Die Menschenmassen reißen uns einfach mit und wir folgen dem Strom bis zur nächsten Kreuzung.

»Hast du mal einen Waldbrand gesehen?«, fragt Erik.

»Ja, im Fernsehen.«

»Weißt du, wie ein solcher Wald Jahre später aussieht?«

»Es ist alles wieder grün?«

»Nicht nur. Alles ist neu und jung. Besser. Viele Pflanzen, die vorher nicht genug Licht oder Boden bekommen haben, haben dann eine

Chance. Das ist die Aufgabe des Zerstörers: alles neu und besser zu machen.«

Klingt nach einer mehr als bescheidenen Aufgabe. Bei einem Waldbrand sterben alle Pflanzen, unzählige Lebewesen und oft genug Menschen. Kann man mit so viel Zerstörung überhaupt etwas verbessern? Denn selbst nach einem Brand ist ein Wald immer noch ein Wald. »Also macht der Zerstörer aus der Götterwelt eine Götterwelt. Bloß anders?«

Erik lacht über meine Skepsis. »Das ist die große Frage, nicht wahr?«

Die Ampel wird grün. Ich folge den Menschen auf die andere Seite. Er reißt mich zurück, zieht mich zu einem Stromkasten an einem Gebäude. Er ist vollgeklebt und mit Vogeldreck verkrustet. Erik zeigt auf einen Sticker, ein schmutzigweißes Stück Papier mit einem Edding bemalt. Darauf ist ein einfaches Auge zu sehen. »Kassandras Auge.« Er sieht sich um, schaut, wohin das Auge blickt, und wir laufen ein Stück zurück, bevor wir die Straße in eine andere Richtung überqueren.

Unter anderen Umständen würde mir so eine Schnitzeljagd richtig Spaß machen. Ich bin in New York!, kreischt es schrill in meinem Hinterkopf. Aber je mehr Augen wir entdecken, desto schmerzhafter rast mein Herz. Die Zeit läuft mir schneller davon, als ich ihr durch die New Yorker Straßen folgen kann.

Irgendwann drückt mich Erik auf einen Stuhl in einem Café. Zwingt mich, zu essen und zu trinken. Das Gefühl in meinen Füßen habe ich irgendwann vor vier Kreuzungen verloren. Mein Oberkörper ist ein einziger blauer Fleck, von unzähligen Ellenbogen zerschlagen.

Es ist inzwischen Abend. Der Abend welchen Tages? Ich nehme die liegen gebliebene Zeitung vom Tisch nebenan, die hoffentlich neu ist, und blicke auf das Datum. Es ist tatsächlich schon September. Normalerweise müsste ich jetzt an meinem Stundenplan basteln und mich für Kurse anmelden. Stattdessen suche ich nach einer Hellseherin, die mir vermutlich all das prophezeien wird, vor dem ich Angst habe.

Noch vier Tage.

Erst als der Himmel langsam verblasst, die Sonne irgendwo unsichtbar hinter den Säulen der Wolkenkratzer und Häuser untergegangen ist, finden wir den letzten Hinweis. Zumindest hoffe ich, dass es der letzte ist. Das verwischte Auge blickt zu einem Hauseingang auf der gegenüberliegenden Seite. Misstrauisch betrachte ich die Jugendlichen, die auf der Treppe irgendein Kartenspiel spielen und dabei laut brüllen. Zwei von ihnen sehen uns genauso misstrauisch an.

Wir überqueren die Straße und alle verstummen. Beim Vorbeigehen sehe ich die Karten und verkneife mir ein Grinsen. Da glaube ich tatsächlich, die Gang aus Halbstarken zückt gleich Messer und Waffen, dabei streiten sie sich offenbar darüber, welches Pokémon das stärkste ist.

Im Treppenhaus riecht es muffig. Nach zu vielen Menschen, Zigaretten und Suppe. Ganz genau so wie im Treppenhaus zu meiner Wohnung. Ich will nach Hause. Zu meinem Dad. Ich würde jetzt sogar gern meine Tanten wiedersehen und mir von ihnen Löcher in den Bauch fragen lassen.

Vier Tage.

Jetzt werde ich es irgendwie diese Treppe hochschaffen, mit Kassandra sprechen, herausfinden, was ich tun oder eben nicht tun soll, und wenn alles vorbei ist, will ich nach Hause gehen. Und ganz lange ausschlafen.

Draußen erklingt eine Krankenwagensirene. Zumindest höre ich in den letzten Stunden dauernd welche. Keine Ahnung, ob es an der Stadt liegt oder ich einen Tinnitus habe.

Erik fängt mich ab, als ich an einer Stufe hängenbleibe. »Was möchtest du eigentlich machen, wenn das alles vorbei ist?«, frage ich und muss dann ihn stützen.

Überrascht sieht er mich an. »Was meinst du mit ›vorbei‹? Wenn du überlebst oder ...?« Während der Sprechpause zeigt er auf mich.

»Wenn ich überlebe natürlich.« Über die andere Möglichkeit will ich erst gar nicht nachdenken. Und ich brauche es auch nicht, stelle ich fest. Danach wird meine Seele wiedergeboren und ich werde alles vergessen haben.

»Darüber habe ich nicht nachgedacht.« Erik klingt so, als hätte er das tatsächlich nie getan. Nie Pläne für sein Leben mit Persephone gemacht.

Wir stehen vor einer dunklen Tür, auf der mit Kreide ein leeres Auge aufgemalt ist. Bevor ich klopfen kann, fängt Erik meine Hand ab.

»Was ist mit dir? Was willst du machen?«

»Ausschlafen?« Ich zupfe am Saum meines Pullovers herum. »Meinen Vater besuchen. Natürlich mein Studium beenden. Und wenn ich könnte, weiter im Laden arbeiten. Es hat Spaß gemacht.« Erik lächelt und ich hole tief Luft, schiebe und quetsche die Worte aus mir heraus. »Und ich würde gerne spazieren gehen. Mit Ros. Und dir.«

Er drückt meine Hand und blickt auf die Kreidezeichnung. »Du trägst dann natürlich deinen Eichhörnchenpullover?«

»Wenn schon, dann tragen wir alle drei einen. Partnerl…«

Die Tür wird mit Schwung aufgerissen und eine Rauchwolke schlägt mir ins Gesicht, versteckt meine Tränen.

Eine rothaarige Frau bläst einen Rauchring zwischen uns und klopft die Zigarettenasche auf dem Teppich vor unseren Füßen ab. »Sieh mal einer an, wer wieder unter den Lebenden weilt!«

»Kassandra?«

Sie streicht sich das strähnige Haar aus dem Gesicht, wirft es sich über die Schulter. »Höchstpersönlich. Komm rein.« Ich folge der Spur aus Asche in das verrauchte Innere. »Göttergatten und Hunde müssen leider draußen bleiben!«, ruft sie.

Erik lächelt mir aufmunternd zu und schließt die Tür.

Der Gestank von Zigaretten und Räucherstäbchen ist so stark, man könnte ihn in Stückchen schneiden. Ich halte mir einen Ärmelzipfel vor Nase und Mund. Meine Augen brennen so stark, ich kann Kassandra nirgendwo finden. Am Ende folge ich dem Klimpern von Geschirr und lande in einer winzigen Küche. Sie sitzt auf einem Hocker und zeigt auf einen Stuhl neben der kleinen Theke. Eine zweite Zigarette glüht bereits in ihrer Hand.

»Ist das nicht ein bisschen …?«

»Ungesund?«, unterbricht sie mich.

Ich nicke, denn sie sieht eigentlich wie die Heldin aus einem meiner Bücher aus: fast kirschrote Haare, Sommersprossen und die grünsten Augen, die ich je bei einem Menschen gesehen habe. Aber ihr ausgehöhltes Gesicht ist mit einem grauen Schleier überzogen, die Haare strohig und ungekämmt.

»Was kümmert es mich, wenn ich eh nicht sterben kann?« Sie bläst den Rauch in einem geschlängelten Muster zur Decke und blickt ihm verträumt hinterher, bis er sich im Nebel aufgelöst hat. »Ein Fluch ist erst dann eine Strafe, wenn sie dich auch unsterblich machen.« Sie lacht. »Aber wem erzähle ich das?«

Nach einem weiteren Zug streckt sie mir ihre Hand entgegen. Fangen wir an? Ich lege meine eigene hinein. Kassandra lässt sie wie einen toten Fisch auf die Tischplatte fallen.

»Ich brauche eine Gabe, Schätzchen. Nichts in dieser Welt ist umsonst. Nicht einmal meine Dienste.«

»Es tut mir leid ...« Panisch taste ich meine Hosentaschen ab. »Ich habe nichts mit.«

»Schöner Pulli.«

»Der gehört meinem Vater.« Ich streiche über die reparierte Stelle. *Und Erik.*

Kassandra drückt den Stummel auf der Tischplatte aus und zündet sich einen neuen Glimmstängel an. »Ich habe noch die ganze Ewigkeit vor mir«, singt sie.

Schlussendlich ziehe ich den Pullover aus. Drehe ihn sogar auf rechts und falte ihn ordentlich zusammen. Kassandra ergreift meine Handgelenke, reibt mit ihren Daumen über die Verbrennungen. »Auch ein gebranntes Kind, ja? Glaub nicht, dass Mitleid dich bei mir irgendwie weiterbringt.«

Sie bindet sich den Pullover um die Schultern und schiebt sich die Ärmel ihres Hemdes hoch. Zwischen verblassten Konzertbändern und billigen Armreifen sehe ich die silberrosa Linien von Verbrennungen – von den gleichen Fingerabdrücken, wie sie um meine Handgelenke liegen. Mit der Zigarette im Mund grinst sie mich an. »Ich hoffe, du erwartest jetzt nicht, dass ich dir was von einer Doppelhaushälfte und zweieinhalb Kindern erzähle.«

Unruhig rutsche ich auf dem wackeligen Stuhl herum. »Was wäre denn falsch daran?« Wegen zweieinhalb Kindern bin ich mir unsicher, ansonsten ist es nicht unbedingt eine grauenhafte Vorstellung.

»Menschen, die wissen, was sie vom Leben wollen, gehen nicht zu Hellsehern. Sie leben einfach.«

»Ich bin kein Mensch«, wiederhole ich Eriks Worte.

Kassandra nickt. »Götter sind wir auch nicht. Du wirst mir natürlich nicht glauben, aber ich sage immer die Wahrheit.« Sie nimmt einen tiefen Zug – der Stummel brennt bis an die Lippen ab – und das Grün ihrer

Augen wird vom Schwarz ihrer Pupille verschluckt. Sie öffnet den Mund und die Kippe fällt auf den Tisch, glüht einen Fleck in die Tischplatte.

»So viel Verrat«, haucht sie. Sie beugt sich vor, als wollte sie mir ein Geheimnis anvertrauen, und ich beuge mich ungewollt ebenfalls vor. In ihren überdimensionalen Pupillen bewegt sich etwas wie Bilder in winzig kleinen Fernsehern.

»Er lügt«, flüstert sie. »Und du wirst ihn belügen. Du wirst ihn hintergehen. Dieser Verrat kostet ihn fast das Leben.«

»Fast?«, frage ich schnell nach. »Also wird er überleben?«

»Hades existiert danach nicht.«

»Aber ...«

»Du wirst sterben. Jemand, den du liebst, jemand, der dich liebt, wird dich töten.« Blitzschnell streckt sie ihre Hände nach vorne und umfasst meinen Hals. Ihre Finger zerdrücken schmerzhaft meine Luftröhre und mit wachsender Panik schnappe ich vergeblich nach Luft. »Tot, tot, tot!«

Ich kratze an ihren Händen, bis sie mich endlich loslässt. Mit Tränen in den Augen suche ich nach Sauerstoff und atme Zug um Zug bloß Rauch ein. Lachend zieht sie an meinen Haaren. »Tot und weiß.«

Der Stuhl knallt hinter mir auf den Boden, als ich mich endlich losreißen kann. Das kann alles nicht wahr sein, die ist doch verrückt!

Kassandra klatscht wie ein kleines Kind begeistert in die Hände. »Es ist das Ende! Die Götter werden feiern. Persephone ist tot; es lebe Persephone!« Sie kringelt sich regelrecht vor Lachen.

»Ich werde wiedergeboren«, zische ich zurück und wische mir wütend die Tränen aus dem Gesicht. Ich zittere erneut. Verabscheue sie dafür, dass sie mich wie ein verängstigtes Kind fühlen lässt.

»Es ist das Ende!«, wiederholt sie ihrerseits wütend. »Dein Schicksal wird nicht erfüllt. Persephone wird sterben! Du wirst sie alle noch einmal verlieren. Du wirst *alles* verlie...«

»Hör auf!« Härter als nötig drücke ich eine Hand gegen ihren Mund. »Hör auf!«

Sie leckt gegen meine Handfläche und lacht, als ich sie angewidert wegziehe. »Du bist selbst schuld.« Ihr Finger zeigt auf mich, der Nagel abgekaut und vergilbt. »Böses Mädchen! Du hast gelogen. Und du wirst dafür bezahlen.«

Die Worte stoßen mich förmlich zurück und ich versuche, zwischen Möbeln und Rauch den Ausgang zu finden. »Gräber!«, kreischt sie hinter mir. Murmelt etwas. Lacht auf. »Dein Grab ... wartet auf dich ... Rosen ...«

Endlich finde ich die Wohnungstür und ziehe sie hinter mir ins Schloss. Kassandra brüllt und lacht hinter dem Holz. Ich halte mir die Hände an die Ohren, um kein weiteres Wort hören zu müssen. Sie ist verrückt. Komplett durchgeknallt! Nie im Leben wird mir dieser Wahnsinn passieren. Getötet von jemandem, der mich liebt und den ich liebe?

Erik redet auf mich ein, versucht meine Hände von meinen Ohren wegzuziehen.

Ich schließe die Augen und schüttele den Kopf. *Er lügt.* »Nein, nein, nein«, wiederhole ich.

Im nächsten Augenblick rieche ich die alten Bücher und die Blumen des grauen Palasts, aber der Zigarettengestank klebt an mir. Genauso wie Kassandras wahnsinniges Gelächter.

Irgendwann sehe ich Ros' Pfoten vor meinen Knien, spüre seinen warmen Atem an meiner Stirn und in meinem Haar, während er mich beschnüffelt. Er legt sich hin, sein Kopf schwer auf meinen Beinen. Ich nehme endlich die Hände von meinen Schläfen, vergrabe die Finger in seinem bunten Fell. Mein ganzes Gesicht. Mit geschlossenen Augen atme ich Ros' Geruch ein, den Duft von Erde, Rosen und Gras.

Irgendwo neben mir seufzt Erik. Seine Kleidung raschelt, sein Bein drückt sich gegen meins und er reibt warme Kreise und Muster zwischen meinen Schulterblättern, kämmt mit den Fingern durch mein Haar.

Seine Stimme weckt mich. »Was hat sie gesagt?«

»Sie lügt. Sie ist verrückt und sie lügt.« Bestimmt ist ihr vom ganzen Rauchen ein riesiger Tumor gewachsen, der auf das ganze Hirn drückt und sie wahnsinnig macht.

»Du weißt, dass es ihr Fluch ist. Dass sie trotzdem die Wahrheit spricht«, erklärt er.

»Behauptet man das nicht von allen Hellsehern? Sie plappern irgendeinen Unsinn und mit genug Fantasie kann man hinterher alles so interpretieren, dass es passt. Gib mir einen Kasten Bier und ich bin der nächste Nostradamus!«

»Warum sagst du mir nicht, was sie gesagt hat? Der Fluch besteht darin, dass niemand *ihr* glauben will. Aber wenn du es mir erzählst ...«

Aber wenn ich das tue, wird das Ganze trotzdem nicht weniger irre oder unmöglich klingen. »Wenn du darauf bestehst. Sie sagte, dass du lügst ...« Eriks Hand erstarrt. »Dass ich dir etwas Schlimmes antun werde, weswegen du vielleicht sogar stirbst.«

Er atmet hörbar ein. »Okay«, sagt er und klingt beinahe erleichtert. Ungläubig blicke ich hoch. *Okay?* Tatsächlich sieht er sehr ... entspannt aus. Zuversichtlich?

»Das ist nicht alles. Ich werde sterben.« Seine Augen flackern. »*Du* wirst mich töten. Und die Götter werden eine Party feiern, weil ich tot bin.«

Erik ist so blass, dass er Hypnos' Zwillingsbruder sein könnte. »Das kann nicht sein ...«

»Sag ich doch.«

»Ich würde niemals!« Er sieht mich flehend an. »Du wirst nicht wiedergeboren?«

»Tot, tot, tot«, wiederhole ich Kassandras wahnsinniges Lächeln. »Mein Grab aus Rosen wartet auf mich.«

Wieder reibe ich mein Gesicht an Ros' Fell, um Eriks Gesicht nicht sehen zu müssen. Ich erzähle ihm nichts davon, dass ich offenbar selbst schuld an meinem Fluch bin. Dass ich für etwas bestraft werde und wir beide dafür mit unserem Leben bezahlen sollen.

»Sie lügt«, flüstert Erik.

»Ich weiß.«

Wir schweigen und irgendwann döse ich erschöpft weg.

»Und wenn du zu Zeus gehst?«

Blinzelnd schrecke ich hoch. Hat er das gerade wirklich gesagt? »Ist es nicht egal, was ich tue? Wenn sie sagt, dass ich auf jeden Fall sterben werde?«

»Florine, bitte ...«

»Nein!« Ich funkle ihn an. »Mir bleiben gerade mal drei Tage. Die werde ich bestimmt nicht mit diesem ekelhaften Arschloch verbringen, nur damit ich vielleicht überlebe. Und ich will mich auch nicht streiten«, sage ich schnell, als er widersprechen will.

Erik springt auf und läuft einige wütende Kreise durch den Raum. Seine Schritte werden immer langsamer, bis er vor mir stehen bleibt. »Was willst du dann?«

»Ich will eine lange, heiße Dusche, einen Liter Shampoo und schlafen. Morgen fahre ich zu meinem Vater.«

»Alles, was du willst«, flüstert er und greift nach meinem Arm und seiner Kapuze.

»Ich war noch nicht fertig.« Dieses ›Alles, was du willst‹ werde ich ihm ganz schnell austreiben. »Du kommst mit.«

Ros winselt leise.

»Und Ros selbstverständlich auch.«

»Werde ich? Willst … Willst du etwa …?«, stottert Erik. Beinahe tut er mir leid.

»Ja, ich werde dich meinem Vater vorstellen. Wenn ich sterbe, möchte ich, dass er …« Schnell drehe ich mich weg, reibe mir wütend übers Gesicht. Ich möchte, dass mein Vater weiß, dass ich jemanden geliebt habe. Dass er glaubt, ich sei glücklich gewesen, so wie er mit meiner Mutter damals. Dass jemand anderes sich an Erik und nicht nur an Hades erinnert.

»Florine?«

»Was?«

»Ich weiß nicht, was ich anziehen soll.«

Ich lache. Dann weine ich. Spüle die Angst und Kassandra aus meinem Kopf. »Damit wir uns verstehen: Nur ich darf in unpassenden Situationen Witze machen.«

»Gibt es da nicht ein schönes Wort für Gleichberechtigung bei den Menschen? Fängt sogar mit dem gleichen Buchstaben wie dein Name an.«

»Belehrst du mich gerade über Feminismus?«

»Ich habe von den Besten gelernt.«

26

Etwas bewegt sich unter der Erde, schlängelt sich unter meinen Füßen durch den schwarzen Boden. Grüngelbe Pflanzenspitzen schießen in einem Halbkreis um mich aus dem Boden. Sie wachsen höher und dunkler, zerschneiden mit ihren Blättern und Blütenkelchen die Luft. Ich beiße mir auf die Lippe, tue so, als würde ich sie nicht sehen. Kerberos wälzt sich grunzend auf den Rücken und ich kämme mit den Fingern pflichtbewusst seine Brust durch. Augenblicke später wackele ich mit meinen Zehen, bis sie im Boden eingegraben sind. Schicke andere Wurzeln und Pflanzen zurück. Es wird still hinter mir. Selbst die Seelen verstummen. Dann lacht Hades. Mein Gesicht brennt und ich presse es gegen meine Knie. Ich liebe dieses Geräusch … Es ist meine persönliche Ambrosia, an der ich mich nicht satt trinken kann. Die Schwertlilien um mich neigen sich, küssen mit ihren violett-gelben Köpfen meine nackten Schultern.

Der Efeu, mit dem ich Hades an seinen Stein gefesselt habe, löst sich, fließt seinen Oberkörper hoch, umschlingt sein Gesicht und seine Schultern. Die feinen Ranken klettern in sein Haar. Gleichzeitig rolle ich meine Finger zusammen, stelle mir vor, wie es sich anfühlen müsste.

Wir sind still danach. Vielleicht habe ich zu viel verraten. Vielleicht tat er das. Wenn ich mich jedoch umsehe, ist die Unterwelt inzwischen überwuchert. Meine Worte und seine zu einem Dschungel vereint. Wir haben so viel gesagt. So wenig. Immerhin haben wir die ganze Ewigkeit vor uns. Aber ich habe Angst, dass sie nicht reichen wird. Dass mir niemals die Worte ausgehen. Denn einige von ihnen werde ich niemals pflanzen. Ich werde sie mit meinen Lippen sagen müssen – gegen seine.

Kerberos und ich suchen die Ufer nach verlorenen Seelen ab, als Hades die Botschaft bekommt. Die Seelen flüstern es mir später zu. Erzählen mir, wie lange er danach bewegungslos auf seinem Stein saß, das Gesicht in seinen Händen vergraben.

»Von wem war die Nachricht?«, frage ich sie.

»Von Zeus.«

Wir haben nicht die Ewigkeit, verstehe ich. Zeus sucht offenbar nach mir. Meine Mutter. Andere Götter. Ich könnte mit meinen Wurzeln die ganze Welt umschlingen und sie wären immer noch nicht genug, um mich bei ihm zu halten. Sie würden mich herausreißen und an einen Ort verpflanzen, an dem seine Worte mich nicht erreichen können.

Er lächelt später. Ich setze mich in meinem Rosennest auf und lächele zurück. Er tritt in die Schatten. Zögert. Seine Augen werden schwarz. Die Ranken schießen hoch, verweben sich zu Mustern – zu Gittern, die mit Rosen besetzt sind. Ein wunderschöner Käfig umschließt mich. Ein Käfig aus seinen Worten. Und ich verstehe, was er sagen will. Was er mir von Anfang an sagen wollte. In diesem Moment fühle ich mich mächtiger als Zeus. Als alle Götter, Monster und Titanen.

Mein Kristallmesser liegt warm in meiner Hand und ich halte es so, dass er es sehen kann, schiebe es zwischen die Rosengitter. Lasse es fallen. Meine Antwort. Es schlägt kaum hörbar auf der Erde auf.

Hades zuckt zusammen und löst sich in den Schatten auf. Die Ranken ziehen sich zurück, mein Rosenkäfig ist verschwunden.

Minuten später ist er immer noch nicht zurück und ich decke mich mit Rosenblättern zu. Was habe ich falsch gemacht? Warum hat er mich befreit? Es muss doch etwas geben, das mich für immer an ihn binden kann. Ich öffne meine Augen. Es gibt etwas. Dafür werde ich aussprechen müssen, wofür ich keine Worte kenne. Wofür es vielleicht keine Worte gibt.

Mit jedem Stängel, den ich um einen anderen wickele, mit jedem geknüpften und verwachsenen Knoten wächst mein Herz größer, droht, meine Rippen zu sprengen. Das, was ich hinterher in den Händen halte, ist nicht hässlich, aber weit davon entfernt, makellos zu sein. Es passt zu mir, rede ich mir zu. Es ist genug. Ich muss genug sein.

Er schaut von einem Schreiben auf, als er mich kommen hört, und lässt die Nachricht in einem bunten Feuer verpuffen. Ich schlucke meine Angst hinunter. Mir läuft die Zeit davon.

Sein Lächeln zittert, als ich ihm meinen nicht perfekten Kranz aus zerknickten Mohnblüten zeige. Die Farben in seinen Augen verändern sich wie ein Kristall, der das Sonnenlicht gefangen hat. Dann schließt er die Augen und neigt seinen Kopf vor mir. Ich setze ihm die Mohnkrone auf, und als ich zurücktrete, hält er etwas in seinen Händen – eine Krone aus Rosen.

Sie liegt perfekt und schwer auf meinem Kopf, seine Fingerspitzen warm in meinen Haaren. Ganz anders als die Berührungen und Küsse seiner Blumen. Ich bin größer als das Universum selbst. Meine Angst blubbert in einem Kichern empor. »Sind wir jetzt vermählt?«

Mit einem Seufzen sinkt er zurück auf seinen Stein. »Das sind wir, Kore.«

Die Worte treffen mich wie hundert Messerstiche. »Du denkst, ich sei ein Kind!«

Er funkelt mich wütend an. »Ganz offensichtlich nicht.« Sein Mund verzieht sich bitter. »Das ist kein Spiel für mich! Für eine Vermählung reichen Blumen nicht. Dafür müssten wir etwas Unaussprechliches tun.«

»Ich weiß, was dieses Unaussprechliche ist, *Aides!*« Meine Hände zittern nicht, als ich die Spange an meiner Schulter öffne, meinen Gürtel. Mein Kleid fällt auf den Boden.

Obwohl seine Augen heißer brennen als der Feuerfluss, rührt er sich nicht.

»Möchtest du, dass ich warte, bis irgendjemand anderes mich findet? Mein eigener Vater? Irgendein Menschenheld?« Ich trete näher, lasse mein Kleid zurück. »Willst du, dass jemand anderes mich mit Gewalt an sich bindet? Mich erobert wie ein Stück Land?«

Die Erde erzittert, es grollt tief in ihrem Inneren. »Wählst du mich nur deshalb, damit es niemand anderes tut?«, fragt er.

Ich bleibe stehen. Das ist der Augenblick, um ihm davon zu erzählen, was in meiner Brust gewachsen ist – für das ich die Ewigkeit bräuchte, um es zu erforschen und auszumessen. Um ganz genau sagen zu können, was es ist.

»Nein.« Ich wünschte, ich könnte meinen Brustkorb öffnen, damit er es mit seinen eigenen Augen sieht. Damit er mir sagt, wie es heißt.

Ein weiterer Schritt und meine Knie berühren seine. Zögernd umfasse ich sein Gesicht, spüre endlich mit meinen eigenen Fingern seine Wärme und Rauheit. Ich küsse ihn und er versteht – er küsst mich zurück.

»Persephone«, flüstert er, als ich mich auf seinen Schoß setze. Woher kennt er meinen Namen? Warum hat er keine Angst davor, ihn auszusprechen? Ist es ein Test, um zu beweisen, dass ich mich ebenfalls nicht ängstige? Dass ich seinen wahren Namen kenne?

»Hades«, antworte ich.

Später, viel später, nachdem er die roten und weißen Blütenblätter, die an meinem Bauch und den Brüsten kleben, mit seinen Fingern und Lippen zerdrückt hat, bis sie durchsichtig sind, und ich nichts anderes als Rosen und Mohn schmecken kann, presst er die verbotenen vier Silben wie Brandzeichen gegen meinen Hals: Per-se-pho-ne.

Wir bewegen uns – zwei Gestirne, deren Laufbahnen sich kreuzen. Das Universum erzittert um uns herum und dann fallen doch Wörter aus meinem Mund. Aides, Melas, Hennichos, Agesander, Phonios. Ein verbotener Regen. Ein Gebet an den Gott der Unterwelt und der Seelen, den Wächter, den Unsichtbaren, den Schlüsselmeister, den Gott der Rosen.

Bitte, bitte, bitte …

Und er erhört mich.

27

Wieder sehe ich es nicht, aber Hades entsendet eine Nachricht an Zeus und meine Mutter. Ich werde zu Persephone, der Göttin des Frühlings, Königin der Unterwelt. Meine Wurzeln reichen bis in sein Herz und ich betrinke mich jeden Tag an seinem Lachen.

Als seine Gefährtin habe ich nicht viele Aufgaben. Es gibt keine Empfänge, keine Feste wie auf dem Olymp. Wir kümmern uns um die Seelen, hören den Bitten und Gebeten der Lebenden und der Verstorbenen zu. Ich lerne die Wahrheit über die menschliche Natur kennen – wie selten sie von ihrem Pfad der Grausamkeit abweicht. Sie wollen Geld. Sie wollen Macht. Sie wollen Frauen. Sie wünschen einander den Tod. Wie kann er bloß ihre hässlichen Worte Tag für Tag ertragen? Warum fällt ihm all dieser Dreck zu und nicht anderen Göttern?

»Sie sind sterblich«, erklärt er mir. »Sie haben einfach nur Angst.«

Vielleicht hat er recht. Denn die Toten, die bei uns ankommen, haben nichts mit ihren irdischen Gebeten gemein. Über diejenigen, die zum Feuerfluss geleitet werden, reden wir nicht. Es hat keinen Sinn, sie ein weiteres Mal zu bestrafen und doch ... Mein Messer sehnt sich nach ihnen.

Deswegen ist es meine Aufgabe, die Seelen zu begrüßen, sie zusammen mit Kerberos entlang der Flüsse zu leiten.

Nachts in unserem Rosenbett erzähle ich Hades von den vielen Neuankömmlingen und ihren Geschichten – zu viele, meint er. Wir glauben, ein neuer Krieg wütet auf der Erdoberfläche, denn wir sind glücklich und blind. Und führen die Menschen nicht ohnehin dauernd Kriege?

Es ist nicht Ares, der die Seelen zu uns treibt. Es ist meine Mutter.

Hermes verneigt sich vor mir, sein Blick gleitet über mich, halb besorgt, halb forschend. »Persephone«, grüßt er förmlich.

Ich reiche ihm die Hände, wie ich die Toten es untereinander tun sah. Er ergreift sie überrascht.

Danach hat er keine Angst vor mir. Hades ist rastlos. Verletzt. Die Götterwelt ist in Aufruhr. Sie nennen ihn Entführer, Vergewaltiger, Dieb.

»Er ist nichts davon«, sage ich Hermes.

Sein Lächeln verlischt. »Ich weiß.«

Und weil er so freundlich war, weil er uns glaubt, gebe ich ihm ein Geschenk. Meine letzte Erinnerung an mein altes Leben. An meine Mutter.

»Das ist zu viel«, antwortet er und reicht mir Demeters Granatapfel zurück. »Ich kann das nicht annehmen.«

»Dann gib es meiner Mutter zurück.«

Zum Abschied küsst er meine Hände. »Das ist der Anfang. Gib gut auf dich acht.«

Hermes hat recht. Es ist der Anfang. Meine Mutter führt einen Krieg. Gegen die Götter, gegen die Menschheit, gegen den Mann, den ich liebe ... Ich bin mir sicher, dass sie nicht gewinnen kann. Zeus ist zu starrköpfig und zu arrogant, um sein Haupt vor ihr zu beugen. Er freut sich, dass sie diesmal seinen Bruder dafür verurteilen, ein Schänder zu sein.

Hades muss zum Olymp. Kerberos und ich stellen uns der Seelenflut. Die Flüsse steigen in Minuten an, treten über die Ufer. Wir können flüchten, bevor das tödliche Wasser uns mitreißt.

Jemand steht neben meinem Bett, als wir zurückkehren. Demeter sieht mich von unten bis oben an und verzieht ihre Lippen. Es ist unmöglich zu sagen, ob die Enttäuschung oder der Ekel überwiegt.

»Mutter«, grüße ich.

»Kore«, antwortet sie. Betrachtet meinen Rock. »Es ist also wahr: Du hast für meinen Bruder die Beine breitgemacht.«

»Wir sind vermählt.«

»Vermählt!«, äfft sie mich nach. »Göttinnen liegen nicht bei Tieren! Wie konntest du mir das antun? So bedankst du dich für meine Liebe?

Läufst ohne ein Wort davon! Ich war wahnsinnig vor Sorge.« Und sie sieht besorgt aus. Älter, als ich sie in Erinnerung habe. »Wie oft habe ich dir gesagt, wie widerwärtig sie sind, was sie uns antun, und du spielst freiwillig für einen von ihnen die Hure?«

Das Wort trifft mich wie eine Ohrfeige, mein Gesicht brennt. »Ich liebe ihn!«

Ihre Augen weiten sich. »Was verstehst du schon von Liebe? Du kannst nicht lieben. Nicht ihn … Nicht …« Sie zeigt auf die Seelen, die Motten gleich um mich schwirren. »Du liebst nicht einmal mich!«, sagt sie bitter.

»Das ist nicht wahr!« Nichts davon ist wahr. Ich kann lieben. Ich kann doch lieben? Oder trägt die Welt hinter meinen Rippen einen anderen Namen? »Ich liebe auch dich.«

Ihr Lächeln ist hoffnungsvoll. »Dann komm mit mir!«

»Was? Nein! Er ist mein Mann und mein Platz ist hier.«

Demeter ergreift meinen Arm und zieht mich mit. »Du hast keine Ahnung, wo dein Platz ist. Du gehörst an die Spitze aller Götter – nicht in dieses Erdloch!«

»Ich werde ihn nicht verlassen! Ich kann nicht!« Ohne Wurzeln sterbe ich.

Natürlich missversteht sie mich. »Du kannst es.« Sie nickt zu meinem Gürtel, zu dem Kristallmesser. »Bis dass der Tod euch scheidet.«

Nur mit Mühe kann ich ihr und ihrem grauenhaften Gedankengang folgen. »Du willst, dass ich ihn töte?«

Demeter lächelt und endlich steht meine Mutter vor mir, nicht diese bittere alte Frau, die mich beschimpft. Sie umarmt mich, streichelt meine Haare. »Es ist dein Schicksal«, flüstert sie sanft. »Erinnerst du dich nicht an die Geschichte? Deine Gutenachtgeschichte? Du hast sie so sehr geliebt.«

Ich erinnere mich nur an ein Märchen. Eine Lüge.

»Du wirst die Götterwelt vernichten, mein Liebling. Auch die Menschheit, wenn du willst. Dein Schicksal ist in deinem Namen festgeschrieben. Persephone – die Zerstörerin. Das einzige Wesen, das einen Gott töten kann. Hast du es vergessen?«

So etwas vergisst man nicht. Aber ich glaubte, es sei ein Märchen, das sie einem Kind erzählte, damit es keine Angst hatte. Das mächtigste Wesen der Welt braucht keine Angst vor den Monstern in seinen Albträumen zu haben. Oder davor, allein einzuschlafen.

»Aber warum?« Warum ich?

Sie hält mich ein Stück von sich. »Weil es dein Schicksal ist, Dummerchen. Weil jemand die Welt retten muss.«

»Und dafür muss ich meinen Mann töten?«

»Deinen Mann!« Sie stößt mich von sich. »Glaubst du, er wusste nicht, was du bist, als er dich fand? Was deine Bestimmung ist? So dumm ist er nicht, dass er sich die Chance entgehen lässt, für sein Überleben vorzusorgen.«

Deswegen kannte er also meinen Namen. Das Märchen sagt es selbst: Die Götter fürchteten meinen wahren Namen und sprachen ihn nicht. Die Rosen, sein Lachen und seine Lippen sagen mir, was ich wissen muss – es war kein Kalkül. Hades liebt mich.

»Sieh es als eine Prüfung«, sagt sie, während sie mein Rosennest umkreist. »Eine Übung. Der erste Schritt zur Erfüllung deines Schicksals. Töte ihn. Töte ihn, wenn er schläft, wenn er dir so sehr leidtut.«

»Nein. Das werde ich nicht«, antworte ich. »Ich könnte ihn niemals töten.« Sie kennt mich nicht, wenn sie glaubt, ich sei zu so etwas fähig!

Ihr Lachen verliert sich kalt zwischen den Blättern. »Ich sehe das als Herausforderung an, einverstanden? Oder glaubst du, dass gewöhnliche Weiber Kriegerinnen auf die Welt bringen? Denkst du wirklich, dass du dich mir widersetzen kannst?« Sie bleibt vor mir stehen, will mich berühren. Ich trete von ihr weg. »Du bist wirklich noch ein Kind. Die Menschen sind sonst zu nichts gut, aber sie haben für alles ein hübsches Sprichwort parat: Wenn Kinder nicht hören wollen, müssen sie es fühlen.«

Was soll das bedeuten?

Demeter lächelt und verschwindet.

Ich erzähle ihm nichts von Demeter und er mir nicht von seinem Besuch auf dem Olymp. Die Seelenflut bricht von einem Tag auf den anderen ab, die Flüsse fließen innerhalb ihrer Umgrenzung und wir atmen auf. Er lacht abermals und ich vergesse die Worte meiner Mutter, wie man einen schlechten Traum vergisst. Wir sind immer noch glücklich. Wir sind immer noch blind.

»Willst du wieder nach oben?«, fragt er mich eines Tages, als ich mir in einer Quelle die Erde von den Händen wasche. »Die Menschenwelt sehen? Den Olymp?«

»Gibt es denn etwas in der Menschenwelt zu sehen?« Nach meiner Geburt habe ich Jahrhunderte dort verbracht. Das Einzige, das ich vermisse, sind die Tiere und das Sonnenlicht. Aber nicht stark genug, um mich danach zu sehnen.

»Die Menschen haben Geschichten. Märchen ...«

Hastig trockne ich mir die Hände am Saum meines Kleides ab. »Was für Geschichten? Über Götter? Über uns?«

Hades grinst. »Ja, sie haben Geschichten über uns beide.«

»Und wie gehen sie aus?«

Er hebt mich hoch, wirft mich über seine Schulter. Ich strampele lachend, er schiebt mit den Zähnen meinen Rock zur Seite und beißt in meine Hüfte. Kerberos springt um uns herum, fällt mit seinem Gebell in unser Lachen und mein Quietschen ein. Manchmal wünsche ich mir, jemand würde die Zeit anhalten, denn was ist schon Ewigkeit, wenn nicht die unendliche Wiederholung unserer Küsse und unseres Glücks?

Hades stellt mich neben seinem Stein ab. Wenn ich sein Lächeln sehe, vermisse ich nicht einmal mehr die Sonne.

»Natürlich gehen sie alle gut aus. Die Menschen glauben, dass die Liebe immer siegt.«

Als bräuchte ich eine Ewigkeit, um zu begreifen, was ich für ihn empfinde. Vielleicht ist dieses kleine Wort gut genug?

Thanatos erscheint neben uns, entfaltet seine schwarzen Schwingen und ich will ihn wie immer nach seinem Bruder fragen.

»Nein!«

Ich drehe mich zu Hades um, folge seinem Blick nach unten zu meinem Arm. Thanatos' schwarze Finger liegen eisig um mein schwarzes Handgelenk.

»Nein!«, wiederholt Hades.

Thanatos zieht an mir, zieht mich mit, und ich trete so mühelos aus meinem Körper, als würde ich mein Kleid ablegen.

Hades schreit – und mein Herz bleibt stehen.

Ich sehe den Augenblick, als mein Körper verlischt und ausgeht. Er hält ihn fest, die Erde um ihn herum peitscht in Wellen auf. Wurzeln kriechen daraus, umfassen meine Hülle und versuchen, sie zum Leben zu erwecken. Mein Körper wächst in den Boden hinein, verfärbt sich grün und braun, bekommt Wurzeln. Blätter sprießen aus meiner Haut. Mein Haar dreht sich zu Blüten ein. Und mein Körper lebt – als Rosenstrauch, als die schönste Blume, die er je für mich schuf – aber ich bin tot.

Hades sinkt auf die Knie, bittet und betet und bettelt. »Persephone, Persephone, Persephone …«

Ich kämpfe gegen Thanatos' Griff an, um Hades' Gebete zu erhören.

»Wenn ich dich loslasse, bist du für immer fort«, sagt Thanatos neben mir.

Also bleibe ich stehen und sehe zu, wie Hades immer noch betet, seinen Kopf neigt. Er murmelt etwas gegen meinen hölzernen Leib und grüne Dornen sprießen aus der Rinde. Er presst sein Gesicht dagegen, umarmt meinen toten Körper, malt sich mit seinem Blut rot.

»Nein! Hör bitte auf!« Ich reiße mich aus Thanatos' Hand. Meine Seele verlischt wie eine ausgeblasene Kerze.

Es tut weh, die Augen zu öffnen. Die Tränen quellen Tropfen um Tropfen daraus wie Eriks Blut aus seiner Haut und ich warte. Warte, warte. Bis sie versiegen. Bis der Schmerz mich wieder atmen lässt. Aber jede Erinnerung und jeder Gedanke durchbohrt meine Lunge. Eriks Lüge, ich würde das Schlimmste bereits kennen. Und das Allerschlimmste daran ist, dass es meine eigene Mutter ist, die mich verflucht hat. Die mich auf grausamste Art und Weise mit jedem Leben und jeder Erfahrung straft und erzieht. Dass sie mich jedes Mal brutal Erik und dem Leben entreißt. Nur damit ich ihrem Willen folge. Damit ich zur Mörderin werde.

Ich rolle mich zusammen, öffne vergeblich den Mund. Die Luft will einfach nicht hinein. Es wird dunkel in meinem Kopf und aus der Dunkelheit kommen sie heraus: die Männer, die mich schänden wollen. Mutters Schläge, wenn ich bei Übungskämpfen nicht die Beste war. Die Messerstiche. Die Dolche an meinem Hals, zwischen meinen

Rippen, in meiner Magengrube. Hände in meinen Haaren, an meiner Kehle, in meiner Seele.

»Florine.« Erik drückt sein Gesicht an meines und ich atme seinen Atem ein, seine Worte und meinen Namen.

Als ich aufwache, sehe ich weiße Schwingen über mir. Hypnos wendet seinen verbundenen Kopf in meine Richtung, seine Hand liegt auf Eriks Kopf, der neben uns kniend schläft. Er sieht zerschlagen aus, der Bluterguss noch nicht verheilt. Die Haut seiner Augenlider blauschwarz wie Tinte.

»Bring ihn nach Hause«, flüstert Hypnos. Er klingt genauso wie sein Bruder und ich rücke ungewollt von ihm ab.

»Und wie soll ich das machen?«

Hypnos hebt Eriks Kapuze an. Natürlich. Ich ziehe sie ihm über den Kopf, warte darauf, in der Unterwelt aufzutauchen. Nichts passiert. Offenbar muss man dafür bei Bewusstsein sein?

Hypnos versucht, mir zu helfen, das Sweatshirt auszuziehen, aber da er mich nicht berühren darf, dauert es doppelt so lange. »Erik soll euch verdammt noch mal Fäustlinge stricken«, grummele ich. »Dir und deinem Bruder.«

Ich streife den Pulli über. Hoffentlich klappt es jetzt. Mit geschlossenen Augen denke ich an die Unterwelt, an mein Rosenbett, an Eriks Sitzplatz – an meinen dornenbesetzten Leichnam.

Wir landen vor dem schwarzen Stein. Hypnos zieht Erik darauf und schmiegt sich um dessen Körper, deckt ihn mit seinen Flügeln zu. Die Narbe schaut aus dem Kragen seines T-Shirts hervor und ich drehe mich weg. Setze mich in das Rosennest und berühre die Ranken dieser ersten und einzigen Rosen, die keine Dornen tragen. »Was ist passiert?«, frage ich Hypnos. »Was ist mit ihm los?«

»Sein Platz ist in der Unterwelt. Wir brauchen ihn und er braucht uns.«

»Also ist er bloß müde? Erschöpft?«

Hypnos nickt.

Minutenlang schaue ich die beiden an, bevor ich meine Hand ausstrecke und eine von Hypnos' samtigen Schwingen berühre. Weißer Staub bleibt auf meinen Fingern zurück. »Ich will nicht träumen«, sage ich ihm. Und ich will nicht wach sein. Will mich nicht mehr erinnern.

Hypnos greift nach hinten, nimmt meine Hand und ich schlafe ein.

Sobald ich die Augen öffne, strömen die Erinnerungen auf mich ein. Ich hole tief Luft, atme Rosen und Erde, unsere gepflanzten Worte, ein.

Erik unterhält sich leise mit Andrea. Ihre Hände sind zu Fäusten geballt, ihr Zorn diesmal nicht gegen mich gerichtet. Sie nickt, stimmt Eriks Worten zu und verschwindet im lila Strudel ihrer Haare. Bevor die Erinnerungen mir erneut die Luft nehmen, schiebe ich sie zur Seite. Es ist immer noch Andrea, meine beste Freundin.

Erik bleibt sitzen, nickt und lächelt abwesend den Seelen zu, die an uns vorbeiziehen. Ich wünschte, ich könnte ihn vor meinem Tod ein letztes Mal lachen hören. Nur um sicherzugehen, dass er es kann. Dass es mich genauso trunken macht wie damals.

Stattdessen halte ich meine Hände hoch, wünsche mir Blumen herbei. Sie sprießen aus meinen Fingerspitzen und wachsen hoch, die Blütenblätter rot wie Blut. Diesmal mache ich es so, wie mein Vater es mir gezeigt hat – eine Blume um die andere, die Stängel so legen, dass die Knoten nicht aufgehen. Die Mohnkrone ist weder hässlich noch perfekt schön, aber sie ist besser als die erste. Und vielleicht irgendwann ist sie mehr als genug – genau richtig.

Erik hebt den Kopf, als er die Rosen rascheln hört. Er streicht über den staubigen Saum des Sweatshirts, küsst mein Knie. »Es steht dir.«

Ich zeige ihm die Krone.

Seine Augen weiten sich, er neigt den Kopf und ich setze die Blumen darauf, küsse seine Haare. Als ich mich aufrichte, hält er eine Rosenkrone und sie ist schwer, seine Fingerspitzen warm.

Meine Stimme zittert. »Sind wir jetzt verheiratet?«

Sein Lächeln klebt an meinem Mund. »Das sind wir. Das werden wir immer sein.«

Später, viel später, fällt nur ein Wort aus meinem Mund. »Erik …«

Er küsst meinen Bauch und seufzt meinen Namen. »Florine.«

28

»Bereit?«, frage ich Erik.

Er blickt auf das Haus vor uns, streicht zum hundertsten Mal sein Hemd glatt. »Nein.«

Ich auch nicht, wenn ich ehrlich bin. Dad hat sich einen Ast gefreut, als ich sagte, dass ich vorbeikomme. Hat nicht einmal wegen der unbeantworteten Anrufe geschimpft. Seine Begeisterung über meine Begleitung fiel dagegen suboptimal aus. Wenn ich Glück habe, wird er vor Erik ein bisschen mit seiner Auswahl japanischer Messer fuchteln und ihm mit dem Tod oder der Entfernung entsprechender Körperteile drohen. Wenn ich Pech habe, sind meine Tanten da. Sie werden Erik dann wie eine Gans auseinandernehmen, sich danach die rot lackierten Finger an einer Serviette abtupfen und seine blanken Knochen hinter dem Haus vergraben.

Kaum dass wir durch das Gartentor treten, geht die Haustür auf. Mein Vater steht aufrechter als bei einer Militärparade, entfaltet sich zu seiner vollen Größe und Breite. Fehlt nur noch, dass er knurrt. Dann kann ich wenigstens Witze darüber machen, dass Ros ganz und gar nach meinem Vater kommt und er seine Großvaterqualitäten einsetzen kann.

Er scannt Erik von oben bis unten und sein Gesichtsausdruck ist gequält, als er mich in seine Arme schließt. »Hallo, Distel«, seufzt er und ich höre die Stimme meiner Mutter, die einzige Erinnerung, die mir blieb. Ein stacheliges Wort voller Liebe.

Ich versuche nicht zu heulen. Warum nennt er mich ausgerechnet heute so? Dabei habe ich mir vorgenommen, nicht an den nächsten

Tag zu denken. Ich will bloß so tun, als wäre die Welt in Ordnung und meinen Freund, eigentlich Ehemann, meinem Vater vorstellen, das Schlimmste, was mir passieren kann.

Widerwillig reicht er Erik die Hand. »Und du bist bestimmt die Prüfungen, von denen Flo mir erzählt hat.«

Oh. Mein. Gott. »Dad!«, zische ich.

»Erik«, sagt Erik. »Es freut mich, Sie kennenzulernen.«

So sieht nicht das Gesicht eines Mannes aus, der sich freut. In seinen Augen leuchten die Resignation und Entschlossenheit eines Soldaten, der waffenlos seinem Feind entgegentritt.

Der Einzige, der sich wirklich wohl fühlt und ohne irgendwelche Spitzen begrüßt wird, ist Ros. Mein Vater empfängt ihn wie einen lang verlorenen Sohn. In der Küche warten eine Schüssel mit Wasser und ein riesiges Steak auf ihn.

Und so sitzen wir um den gedeckten Tisch und das einzige Geräusch, das dabei erklingt, ist Ros' genüssliches Schmatzen in der Küche. Ich beiße etwas von meinem Hühnchen ab. Mein Vater hat sich mal wieder selbst übertroffen. Erik tut es mir nach und läuft augenblicklich bis zu den Haarspitzen rot an. Er legt das Hühnchen hin, wischt sich mit Tränen in den Augen den Mund mit der Serviette ab und inhaliert praktisch das Wasser aus seinem Glas. Ich gieße ihm schnell ein neues ein. Mein Vater grinst so böse, ihm fehlt nur noch ein Monokel und eine weiße Perserkatze auf dem Arm.

›Benimm dich!‹, forme ich mit den Lippen.

Er rollt mit den Augen. »Und, Erik?«, fragt er, leert demonstrativ eine Flasche Tabasco auf seiner Keule aus und beißt, ohne ihn aus den Augen zu lassen, hinein. »Was machst du beruflich?«

»Ich besitze einen Blumenladen.«

»So?« Mein Vater lehnt sich überrascht in seinem Stuhl zurück. Offenbar hat er etwas anderes erwartet. »Ein bisschen jung dafür.«

»*Dornröschen* ist die Nummer eins bei den Bräuten. Wir wurden in jeder großen Brautzeitschrift vorgestellt!« Ich strecke meinem Vater die Zunge raus.

»Ein Florist für Hochzeiten also?« Er grinst böse. »Bist du denn selbst für die richtige oder die wilde Ehe?«

»Wilde Ehe?«, wiederholt Erik.

»Hast du vor, meine Tochter zu ehelichen, oder ist sie nur ein kleiner Spaß für zwischendurch?«

In diesem Moment weiß ich, dass Kassandra gelogen hat. Denn hier sitze ich, zwei Tage vor meinem Tod und verschlucke mich an einem Hühnerbeinknochen. Mein Leben zieht an mir vorbei.

Erik klopft mir auf den Rücken und ich spucke das Knochenstück aus. »Ehrlich gesagt ...«, beginnt er.

Sofort nehme ich das Buttermesser vom Tisch, um mich und Erik zu erlösen, sollte er so dumm sein, meinem Vater zu stecken, dass wir nach göttlichem Recht bereits verheiratet sind.

»Ich möchte den Rest meines Lebens mit Florine verbringen. Ob wir dafür nun verheiratet sind oder nicht, entscheidet sie.«

Mein Vater zeigt mit seinem Messer triumphierend auf Erik. »Ganz genau!« Er öffnet den Mund, runzelt die Stirn und schließt ihn wieder. Es herrscht wohl eine Flaute, was seine geplanten Tiraden und Angriffe angeht. Ein kleines bisschen ist er auch beeindruckt. Zumindest scheinen seine Tötungsabsichten nur noch bei neunundneunzig Prozent zu liegen. Ich proste ihm mit meinem Glas zu.

Hinterher geht Erik mit Ros nach draußen, während ich meinem Vater beim Abräumen helfe. Die Teller scheppern zu laut, als ich sie neben der Spüle abstelle. »Was sollte das?«, fahre ich ihn an. »Musstest du so gemein sein?«

»Ich? Gemein? Wo bleibt mein ›Danke‹ dafür, dass ich Faith und Felicia nichts von ihm erzählt habe?«

»Danke«, sage ich schwach.

»Und was ist mit dir?« Er zeigt auf die Haustür. »Sag mir bitte, dass du dir keinen Nazi angelacht hast.«

»Was? Wie kommst du jetzt auf diesen Mist?«

Mein Vater quetscht eine halbe Flasche Spülmittel ins Wasser. »Bist du blind? Ihm fehlen nur die Springerstiefel.«

»Ja, klar! Der moderne Nazi von heute besitzt Blumenläden und strickt in seiner Freizeit.«

»Ich mache mir nur Sor...« Mein Vater hält inne und spült dann glucksend ein Glas ab. »Er strickt?«

»Wenn du jetzt einen blöden Spruch machst ...«, warne ich ihn.

Er hebt eine Augenbraue. »Deine Mutter hat auch gestrickt, weißt du?«

Nein, das wusste ich nicht. Aber es erklärt endlich die Pulloversammlung mit fragwürdigen Motiven, die mein Vater in seinem Kleiderschrank vor mir versteckt. Heute trägt er einen mit einem riesigen, ein bisschen besoffen wirkenden Kraken auf der Vorderseite – seinen Lieblingspullover.

»Er strickt mir einen zu Weihnachten«, sage ich ganz leise. »Mit Eichhörnchen drauf.«

Mein Vater wäscht die restlichen Teller ab und seufzt. »So schlimm, ja?«

Er hat ja keine Ahnung.

Danach wäscht er schweigend weiter ab, reicht mir das abgespülte Besteck zum Abtrocknen.

»Du liebst ihn.« Mein Vater reicht mir ein Glas. Es ist keine Frage, also antworte ich nicht darauf.

»Was ist mit ihm? Liebt er dich?«

»Was ist das bitte für eine Frage?«

»Eine ganz normale.«

»Und was soll ich dazu sagen? Ich kann schlecht in seinen Kopf reinschauen, um zu sehen, ob er mich liebt oder nicht.« Das war vermutlich die falsche Antwort. Dad wird jetzt rumgeifern, warum er mir das nie gesagt hat.

Erik erscheint in der Küchentür, lächelt mich an.

»Natürlich weiß man das!« Mein Vater schrubbt die Pfanne und entweder ist es Angebranntes oder die Beschichtung, die an der Bürste hängenbleibt. Er bemerkt Erik nicht. »Entweder liebt er dich oder er liebt dich nicht. Also?«

Ich blicke zu Erik.

Aus dem Türrahmen neben ihm explodieren Blätter und blasse Blüten heraus. Dutzende Rosen. Erik tritt überrascht zurück, sieht erschrocken zwischen meinem Vater und den Blumen hin und her und rupft sie hektisch ab.

»Ja«, flüstere ich. »Er liebt mich.«

Mein Vater brummt etwas.

Ich beiße mir auf die Lippen, um nicht laut loszulachen, weil Erik mit immer größer wachsender Panik die Blumen pflückt. »Was?«, frage ich nach.

»Einen Schal«, grummelt mein Vater. »Ich will einen Schal. Zu Weihnachten.«

»Ich sage es ihm.« Meine Stimme klingt leicht und locker, obwohl mein Herz Hackfleisch ist. Es wird keine Schals und kein Weihnachten geben. Keine Weihnachtsfotos in herrlich grauenhaften Pullovern.

Mein Vater wäscht sich die Hände und trocknet sie ab. »Ich hab dein Bett frisch bezogen. Der Florist schläft im Gästezimmer. Hast du mich verstanden?«

»Verstanden.«

Mit einem Stirnrunzeln betrachtet er mein Lächeln. »Erwische ich euch beide im selben Zimmer, werde ich euch den Teufelszwillingen zum Fraß vorwerfen.«

Mein Lächeln verschwindet augenblicklich in der nächsten Dimension und Dad nickt zufrieden.

»Ros, mein Junge«, ruft er beim Rausgehen. »Komm her! Komm her, mein Feiner! Magst du mit Opa ein bisschen fernsehen?«

Erik taucht abermals im Türrahmen auf. Ohne Rosen. »Opa?«, fragt er nach.

Ich werfe ihm das Geschirrtuch zu und rolle mit den Augen. »Lass ihn. Er wollte schon immer einen Hund haben, aber meine Tanten sind allergisch.«

Und es ist ja nicht so, als hätte ich genug Zeit, um ihm ein anderes Enkelkind zu schenken.

Im Wohnzimmer plappert der Fernseher vor sich hin und ich kann deutlich das Klicken einer Kamera hören. Vorsichtig luge ich um die Ecke. Dad macht Selfies mit Ros. Bestimmt, um seinen Studenten von seinem ›Enkelsohn‹ zu erzählen. Hoffentlich kommt er dazu, ihnen die Bilder zu zeigen, bevor die Polizei ihm von meinem Verschwinden erzählt. Falls es überhaupt irgendjemand bemerkt und meldet. Viel wahrscheinlicher wird es so sein, dass mein Vater nach einer erneuten Flut unbeantworteter Nachrichten zu mir fährt … Und was findet? Bloß die von den Golems zerstörte Wohnung und keine Antworten. Als meine Mutter starb, war ein Teil von ihm mit ihr gestorben. Hoffentlich bleibt nach meinem Tod noch etwas von ihm übrig.

Erik trocknet das restliche Geschirr ab. Ich sitze mit einer Tasse Tee am Küchentisch und höre einfach zu. Eriks Schritten, dem Klappern des Geschirrs, den Erklärungen des Sprechers über Paarungsverhalten von Nasenaffen, Ros' lautem Schnarchen und dem noch lauteren meines Vaters. Den Vögeln draußen im Garten. Den Nachbarn, die von der Arbeit nach Hause kommen. Kindern, die vorbeiradeln.

»Dein Tee wird kalt«, sagt Erik.

Ich trinke den längst kalt gewordenen Tee aus und wir schleichen uns an meinem schlafenden Vater vorbei, um nach oben zu gehen.

Erik schließt die Tür des Gästezimmers ab und ich knöpfe sein Hemd auf und küsse die Narbe. Jeder Kuss eine Entschuldigung. »Wie konntest du ihr verzeihen?«

»Ihr?« Er hebt mich hoch und wirft mich aufs Bett.

Es quietscht protestierend auf und ich lache in das Kissen hinein, um meinen Vater nicht aufzuwecken.

»Ich habe eine Frage.« Er rollt mich herum. »Nachdem du darauf bestanden hast, die Unterscheidung zu machen, lässt es mir einfach keine Ruhe: Deine Gefühle für mich – sind es deine oder gehören sie Persephone? Vielleicht liebst du mich gar nicht wirklich. Vielleicht ist es nur ein Instinkt wie bei Ros?«

»Hast du gerade das L-Wort gesagt?«

»Lenk bitte nicht ab.«

»Wer hat denn zuerst mit dem Ablenken angefangen?«

Seine Mundwinkel zucken, und obwohl ich gerne recht habe und es Spaß macht, mit ihm zu streiten, würde ich alles tun, um ihn lächeln zu sehen. »Ich bin Persephone, okay? Ich bin sie alle. Wir haben dich alle geliebt. Zufrieden?«

Lächelnd drückt er meine Hand gegen die Stelle, an der der Bluterguss war. »Hast du mir denn verziehen?«

Es kostet Kraft, nicht wegzusehen. »Alexej hätte es bestimmt getan.«

»Was ist mit *dir*?«

»Ernsthaft?« Ich schubse ihn von mir hinunter und kitzele ihn durch. »Wie kannst du es wagen, meine Worte gegen mich zu wenden? Im Haus meines Vaters!«

Endlich lacht er und mein Herz saugt das Geräusch auf, bis es kurz vorm Zerplatzen ist.

Irgendwann sagt er mir hoffentlich, wie er mir verzeihen konnte. Damit ich weiß, wie es geht. Wie ich ihm ebenfalls verzeihen kann, dass er mich in Alexejs Leben im Stich gelassen hat.

29

Sollte ich jetzt nicht durch die Welt düsen? Partys feiern? Jeden letzten Tropfen aus meinem Leben aussaugen? Hermes hätte es bestimmt getan. *YOLO* ist immerhin das neue *Memento mori*. Aber ich mag dieses leise Beisammensein. Eriks Schulter an meiner, während er eine meiner Haarsträhnen zu einem komplizierten Zopf flicht. Es ähnelt eher dem Leben, das ich gerne geführt hätte.

»Wirst du danach eigentlich Florian heißen?«

Augenblicklich lässt er meine Haare fallen. »Nein! Ich will jetzt nicht darüber reden.«

Aber ich. Ich hebe meine Hände hoch, breite sie vor der weißen Zimmerdecke aus. »Flo – der Gott der Unterwelt«, verkünde ich theatralisch.

Als er aus dem Bett steigen will, rolle ich mich auf ihn, umfasse sein Gesicht. »Du siehst nicht wie ein Florian aus – ganz bestimmt nicht wie Flo.«

Sanft zieht er meine Hände zu seinem Mund, küsst die verbrannten Handgelenke.

»Kannst du nicht einfach Erik bleiben?«

Seine Lippen berühren meine Handflächen. »Alles, was du willst.«

»Wirklich alles?«

Erik schließt die Augen und ich küsse seine Lider. »Wirklich alles.«

»Das wird eine lange Liste«, warne ich ihn.

»Ich komme schon zurecht.«

»Erstens«, flüstere ich. »Du wirst mich ... Du wirst *sie* suchen. Zweitens: Du wirst ihr sofort alles erzählen. Vor allem von Nestis.

Denn all diese Tage, die Wochen, die wir verloren haben, bereue ich am meisten.«

»Ich auch«, murmelt er. »Ich auch.«

»Drittens: Du wirst ihr das Messer geben.« Ich presse meine Lippen gegen sein Ohr und er vergräbt seine Finger in meinen Haaren. »Viertens«, flüstere ich. »Bring sie zu Demeter, damit ich sie töten kann.«

Erik erstarrt unter mir, presst seine Finger beinahe schmerzhaft gegen meine Kopfhaut, aber er nickt. »Du wirst überleben«, erinnert er mich. »Das hast du mir versprochen.«

Nein, will ich sagen. Ich habe nur versprochen, alles dafür zu tun. Da ich nun weiß, was ich dafür opfern müsste, kann ich das unmöglich tun. Nicht einmal als Nestis habe ich es gekonnt. Und zu ›überleben‹ ist mir zu wenig.

Er dreht seinen Kopf, zieht mit seinen Lippen eine Spur bis zu meinem Mund und küsst mich. Und küsst mich. Und küsst mich.

Als ich die Augen öffne, ist es dunkel draußen. Die Sterne und der Mond blicken mich durchs Fenster an. Eriks Haare leuchten in ihrem Licht. Seine Wimpern. Vorsichtig steige ich aus dem Bett und ziehe mich an. Schlüpfe danach in Eriks Sweatshirt, das vorhin noch ein Hemd war.

Keine Ahnung, wann genau ich diesen Plan gefasst habe. Vielleicht als ich es trug, um uns in die Unterwelt zu bringen. Vielleicht schon früher, bei unserem Pizza-Frühstück, als ich zum ersten Mal erlebt habe, wie es sein könnte. Vielleicht als ich ein anderes Messer in meiner Hand hielt, während es in der Brust des Mannes steckte, den ich liebe.

»Hypnos, Thanatos, Ker«, flüstere ich in die Dunkelheit. Dabei bin ich mir sicher, dass Andrea nicht auftauchen wird.

Hypnos' Schwingen schimmern geisterhaft im Mondlicht, Thanatos sehe ich nur, weil er sich bewegt und zu seinem Bruder stellt. Andrea ist wie erwartet nicht erschienen. Dabei hätte ich sie gern gesehen. Für den Fall, dass alles schiefläuft und es wirklich das letzte Mal ist.

»Ich will, dass er schläft, bis es vorbei ist.«

Hypnos nickt.

»Und du beschützt ihn.«

Thanatos neigt leicht den Kopf. Seine schwarzen Finger sind mit den weißen seines Bruders verwoben. Ich erinnere mich an seinen kalten Griff um mein Handgelenk. Wie machen sie das? Wie können sie sich berühren, ohne dass der eine schläft und der andere stirbt? Wahrscheinlich werde ich sie das niemals fragen können.

Ein letztes Mal blicke ich zu Erik.

Seine Augen sind offen. Er sieht mich an. Hypnos setzt sich an den Bettrand und Erik lächelt. Genauso wie vor Tausenden von Jahren. Auf die gleiche Art, die mein Herz stahl. Er blickt zu dem Messer in meiner Hand. »Ich liebe dich«, sagt er und schließt die Augen.

Fast bitte ich Hypnos darum, ihn aufzuwecken. Es ist ein Missverständnis. Erik soll nicht auf diese Weise lächeln, weil er glaubt, dass ich mein Versprechen einlösen will – dass ich ihn töten werde. Ich will ihm alles erklären. Ihm sagen, dass ich ihn ebenfalls liebe.

»Du hast nicht mehr viel Zeit«, flüstert Thanatos.

Trotzdem präge ich mir Eriks Anblick ein. Erinnere mich an das Bild meines schlafenden Vaters mit Ros in seinen Armen. Dann klebe ich sie alle aneinander. Eriks seltenes Lächeln, unsere wenigen Stunden und Minuten. Mein Vater. Meine Tanten. Andrea und Ros. Hypnos und Thanatos. Hermes, Asteria, Hera und Hestia … meine Mutter. Meine richtige Mutter. Mein Testament an mein nächstes Ich. Ein Päckchen Erinnerungen; ein Päckchen Glück. Sollte ich scheitern …

Ich ziehe mir die Kapuze tief ins Gesicht, bedecke mit dem Stoff meine Augen und wünsche mich auf den Olymp. Zu dem grauen Palast.

30

Das Papier raschelt und knistert vertraut, während ich durch das Buch blättere. Die Märchenhelden sind alle gleich: die wunderschönen, gutherzigen Mädchen und Prinzessinnen, die mutigen Helden, die Listigen und die Dummen. Das sind die großen Lektionen: Du brauchst entweder ein reines Herz, ein cleveres Köpfchen oder ganz viel Liebe. Nur so gewinnt man. Nur so bekommt man sein Happy End. Mein Herz ist genauso mittelmäßig wie meine Blumenkronen, aber es platzt vor Liebe. Und ich habe einen Plan.

Mir bleibt die Hoffnung, dass die einfachsten Pläne tatsächlich die besten sind. Ich streiche ein letztes Mal über den Buchdeckel und lege das Werk zwischen die Säulen, damit Erik es nicht zusammen mit der restlichen Zerstörung beseitigt. Damit mein nächstes Ich ihm sagen kann, welche Märchenfigur Alexej in ihm sah. Den Pullover presse ich ein letztes Mal gegen mein Gesicht, präge mir den Geruch von Rosen ein und lege ihn darauf.

Ich lasse meinen verwunschenen Garten hinter mir und springe auf ein bernsteinfarbenes Stück Marmor. Das Schwierigste an meinem Plan ist nicht, Helios davon zu überzeugen, mich unsterblich zu machen und mich anschließend aus unserer Abmachung herauszuwinden – ich bin immer noch der Zerstörer und kann sogar ihn töten – nein, am schwierigsten wird es sein, ruhig zu bleiben und ihm nicht eine reinzuhauen, wenn er sich zu sehr darüber freut, dass ich ihn doch um Hilfe bitten muss.

Ich knibbele an den Krusten um meine Handgelenke. Kratze meine Verzweiflung zusammen, um überzeugend zu sein. Denn es muss einfach klappen!

Helios wartet auf mich. Natürlich tut er das. Er lächelt und ich erwidere es, obwohl mir gar nicht danach ist. Wie viel davon macht seine Ausstrahlung aus? Wie viel davon gehört der Erdgöttin in mir, deren Pflanzen das Sonnenlicht lieben – es zum Überleben brauchen? So wie ich ihn offenbar brauche, um am Leben zu bleiben.

»Ich habe dich erst morgen erwartet.«

Bevor ich antworte, setze ich Minthes Lächeln auf, das sie ihren Freiern schenkte, um ein paar Münzen mehr und ein paar Schmerzen weniger zu gewinnen. »Ich konnte nicht länger warten.« Und das ist nicht einmal gelogen.

Helios grinst, freut sich ehrlich wie ein kleiner Junge am Weihnachtsmorgen. Beinahe fühle ich mich schlecht dafür, dass ich ihn benutzen will.

»Ich wusste es!«, sagt er. »Er ist zu nichts zu gebrauchen.«

Mein schlechtes Gewissen verpufft. Eine passende Antwort liegt mir bereits auf den Lippen. »Und wie machen wir das?«, frage ich stattdessen. »Wie machst du mich wieder unsterblich?«

Er nimmt meine Hände in seine, streicht mit seinen Daumen über die Verbrennungen und schaut verträumt. »Wir werden heiraten«, antwortet er. »Sobald du meine Frau bist, wirst du unsterblich sein.«

»Heiraten?« Minthes und meine Angst verdrehen mir die Eingeweide. Ich bin bereits verheiratet. »Du meinst …?«

Er lacht, immer noch glücklich, immer noch jungenhaft, aber seine Augen sind hungrig, seine Finger viel zu heiß. »Genau das meine ich.« Wenn er könnte, würde er mir jetzt bestimmt die Kleidung vom Körper brennen, so wie er mich ansieht. Und er kann es, verstehe ich. Erinnere mich an all die Male, als das Sonnenlicht mich berührt hat. An jede einzelne Verbrennung. An den Sonnenstich, den ich letzten Sommer bekam. ›Von der Sonne geküsst‹ hat plötzlich eine ganz neue Bedeutung bekommen.

Er zieht mich zu seinem Palast, schleift mich regelrecht hinter sich her, während ich den Säulenstücken und Steinen ausweiche. »Mir ist natürlich bewusst, dass du bereits einen Ehemann hast.« Kurz sieht er sich nach mir um, studiert mich von Kopf bis Fuß, als hätte ihm jemand ein angebissenes Brötchen gereicht. »Darum werden wir uns also zuerst kümmern müssen. Insofern war es sehr vernünftig, so früh zu mir zu kommen.«

Wir steigen die bröseligen Stufen zum Palast hoch. Ich umklammere mein Messer, bereit zu kämpfen und wegzulaufen. »Und wie willst du dich darum kümmern?«

»Ich?«, fragt er überrascht nach.

»Du wirst dich selbst darum kümmern.« Eine Gestalt tritt zwischen den Säulen hervor, sieht mich genauso wie Helios von oben bis unten an. »Du wirst jetzt endlich das tun, wozu du bestimmt bist.«

Die Stimme aus meinen Albträumen prickelt eisig auf meiner Haut. Warum ist sie hier? Warum ausgerechnet jetzt?

»Mutter ...« Ich beiße mir auf die Zunge. Diese Frau ist nicht meine Mutter. »Demeter.« Ich reiße meine Hand aus Helios' Griff und trete von ihm weg.

Er grinst. Mein Körper wird unerträglich warm, wo er mich ansieht. Schweiß sammelt sich unter meiner Kleidung, kriecht unangenehm meine Haut entlang.

»Kore«, erwidert Demeter. Sie streckt mir ihre Arme entgegen.

Will sie mich umarmen? Misstrauisch sehe ich zwischen ihr und Helios hin und her, wähle das hoffentlich kleinere Übel. Mit jedem Schritt, der mich von Helios wegbringt, fällt mir das Atmen leichter. Trotzdem wünsche ich mir Wind oder Regen herbei, um seine Blicke und meinen Schweiß von mir abzuwaschen. Das Messer an meinem Gürtel wird dafür immer wärmer und schwerer. Ich höre meine eigenen geflüsterten Worte. Die Erlösung von ihrem Fluch scheint so einfach zu sein. So nah. Denn Demeter steht nur wenige Schritte von mir entfernt. Mein Kristallmesser ist griffbereit. Und ich bin der Zerstörer, das hat sie selbst gesagt. Das Ergebnis dieser Rechnung ist eindeutig. Ich brauche lediglich so zu tun, als wäre ich Thanatos. Als wäre ich ...

Demeter seufzt. »Du siehst furchtbar aus.«

Ich bin kurz davor zu sterben, kurz davor sie zu töten, und das ist es, was ihr durch den Kopf geht?

Sie bemerkt meinen Gesichtsausdruck. »Ich meine doch nicht das.« Augenrollend nickt sie zu meinen Hüften. »Nicht deine menschliche Hülle. Auch wenn die sicherlich verbesserungsfähig wäre. Dir bleibt nicht mehr viel Zeit.«

»Und wessen Schuld ist das?«, frage ich sie.

»So ist das also. Ich bin die Böse hier, ja?«

»Ich bin nicht diejenige, die ihr Kind regelmäßig tötet und quält!«

Sie läuft hin und her. Jedes Mal, wenn sie näher kommt, brennt meine Hand unter dem Verband, sehnt sich nach der Sicherheit des Messers. Es war ein Fehler, zu Helios zu gehen. Er hat eindeutig gesagt, was er begehrt. Ich war so naiv, wie Andrea es immer von mir behauptet. Ich dachte wirklich, ich könnte ihn austricksen.

Demeters Erscheinen dagegen ist ein glücklicher Zufall, eine Chance, mein Leben zu retten. Asterias Warnung schwirrt mir durch den Kopf. Dabei habe ich gar nicht nach Demeter gesucht, nicht wahr? Sie fand mich selbst.

Demeter bleibt vor mir stehen. Zu nah. »Ich möchte dir etwas zeigen.« Vorsichtig nimmt sie meinen Arm, so behutsam, wie man eine potentiell giftige Schlange berühren würde. Das ist meine Chance, denke ich. Jetzt. Nimm das Messer. Mach es.

Der Augenblick verstreicht und wir beide fallen. Demeter bringt mich irgendwohin und ich kann nichts dagegen tun. Warum habe ich Eriks Sweatshirt zurückgelassen?

Unter meinen Füßen spüre ich festen Boden und blinzele mehrmals. Das Licht um mich herum fließt und glitzert. Milliarden goldener Lichtpartikel, die um mich wirbeln und in meinen Wimpern hängenbleiben. »Wo sind wir?« Selbst meine Stimme klingt weich und gedämpft, jedes Wort eine schimmernde Staubwolke.

Demeter hält weiterhin meine Hand, führt mich wie ein kleines Kind durch den Lichtstaub. Es gibt sonst nichts anderes zu sehen. Wir schreiten durch eine riesige Schneekugel, gefüllt mit Honig und goldenem Glitzer.

Der goldene Staub teilt sich wie ein Vorhang. Wir laufen in eine weitere Schneekugel hinein. »Pass auf, wo du hintrittst«, warnt Demeter.

Ich springe über einen Stoffballen. Sie liegen überall. Golden, regenbogenfarben, zerfranst und fleckig. An manchen Stellen sind riesige Löcher zu sehen, wenige einzelne Fäden halten den Stoff zusammen. Manche dieser Risse sehen versengt aus, andere bräunlich verkrustet. Muster und Knötchen und loses Garn durchziehen die heilen Stellen. Irgendwo vor uns raschelt es unablässig.

»Wo sind wir?«, frage ich erneut.

Demeter zieht mich näher, umfasst meine Schultern und stellt sich hinter mich. »Wir sind bei den Moiren.«

Weder weiß ich, was Moiren sind, noch sehe ich jemanden, der dem Wort Sinn verleihen würde. Das Rascheln und eine Art von Schläge erklingen in einer unregelmäßigen Melodie. Wie ein Sturm, der irgendwo hinter dem Horizont brodelt, ohne dass man wirklich sagen kann, ob er näher kommt oder vorbeizieht.

Die Stoffbahnen und Ballen türmen sich hoch, schlagen Wellen, bilden Berge und Täler. Demeter schiebt mich vorwärts. Gutgelaunt und aufgeregt. Als würden gleich Leute hervorspringen und mir alles Liebe zum Geburtstag wünschen. Niemand springt, niemand ruft etwas. Zwischen den Stofftürmen bewegt sich etwas. Arme, Schultern, Hände und ... Haare?

Demeter führt mich durch einen weiteren Wall und wir laufen über eine Ebene, folgen der Stoffbahn zu ihrer Mitte.

Drei greise Frauen sitzen auf dem Boden, jedes ihrer Gelenke geschwollen und knorrig wie Äste eines alten Baums. Sie bilden einen Kreis. Eine von ihnen hat langes weißes Haar, silberne Wellen, die in unzähligen Kreisen um ihren Körper fallen. An jede ist eine Spindel gebunden und eine zweite Frau nimmt eine nach der anderen hoch, dreht sie kurz und das Haar verfärbt sich, wird dicker oder dünner, glänzend, matt oder zerfranst. An manchen Spindeln liegt das Garn in einer dicken Schicht gerollt. An sehr vielen sind nicht mehr als ein paar Zentimeter da. Die dritte Frau ist fast gänzlich unter einem Stück der Stoffbahn begraben. Sie schiebt die Fäden, die zu ihr führen, hin und her, verwebt sie mit Hilfe eines goldenen Hakens. Auf die gleiche Weise, wie Erik es mit der Wolle meines Pullovers getan hat. Die fertige Bahn führt zur ersten Frau. In ihren Händen hält sie eine winzig kleine Sichel. Sie neigt ihren Kopf, kneift ihre milchig grauen Augen zusammen und ritzt mit der Spitze über das Gewebe. Zieht mit ihren Fingernägeln einen hauchdünnen Faden heraus und schiebt ihn sich zwischen die faltigen Lippen. Kaut und schluckt. Noch einen. Dann eine ganze Strähne davon. Die Sichelspitze sprüht Funken und der Geruch von verbranntem Fleisch und Haar steigt in die Luft. Ein schwarzblutiges Loch erscheint.

Ich befreie mich aus Demeters Griff, halte Ausschau nach einer Fluchtmöglichkeit. Dabei kann ich diesem verstörenden Ort ohne ihre Hilfe gar nicht entkommen.

»Sieh hin.« Demeter hebt ein Stück der Bahn hoch. »Das ist das Schicksal der Menschen und der Götter. Das Schicksalsgewebe unserer Welt.«

Ungewollt komme ich näher, blicke über ihre Schulter.

Demeter zeichnet mit dem Zeigefinger einen grünen Faden nach. »Und hier bist du.«

»Ich?« Sie hält mir den Stoff hin und ich nehme ihn in die Hände. Er ist schwer, ich sinke unter dem Gewicht augenblicklich in die Knie, unfähig, meine Augen von dem grünen Zwirn zu lösen. Er sieht nicht wie Haar aus, ist weder so dünn noch so seidig wie seine Nachbarn. Man könnte meinen, jemand hätte einen Grashalm hineingewebt. Ich ertaste einen Draht im Gewebe. Vielleicht haben die alten Frauen genau das getan – einen Grashalm für mein Leben benutzt. Ich ziehe den Rest der Bahn zu mir, mein Daumen die ganze Zeit gegen mein eigenes Schicksal gepresst. Da ist eine kleine Unebenheit, ein Knoten. Ein anderer Faden hat sich mit meinem verheddert. Silbrig weiß. Wie Wurzeln. Wie Narben. Wie Räucherstäbchenasche. Wie Erik.

Ich ziehe fester, beobachte, wie mein Lebensfaden verschwindet und wiederauftaucht. Wie Eriks immer darauf zuläuft, bis sie sich treffen und einen neuen Knoten bilden. Ich könnte meine Augen schließen und stundenlang den beiden Linien und Knötchen folgen; sie lesen wie Braille – meine und Eriks Geschichte.

Andere Fäden tauchen auf, umkreisen unsere: Wollschwarz, pudriges Weiß. Das blutige Lila von Andreas Faden ist manchmal in meinem verhakt. ›Schicksal‹, hatte sie unser Treffen genannt. Schicksal, in der Tat.

Der Stoff wird zu schwer zum Ziehen. Ich sinke unter dem Gewicht nach unten und krieche auf allen vieren über den Boden, nähere mich den alten Frauen – den Moiren.

Mit zittrigen Fingern berühre ich eines der neusten Knötchen. Es sieht so aus ... Entsetzt stehe ich auf und taumle ein Stück zurück. »Mein Faden ...«

Demeter stellt sich zu mir, streichelt mein Haar. »Er wird dünner«, bestätigt sie.

Schnell laufe ich weiter, knie mich vor der Frau hin, die das Gewebe zerstört. Sie scheint mich weder zu sehen noch zu hören. Mein Faden ist hier so dünn, ich kann ihn kaum zwischen den anderen erkennen. »Was bedeutet das?«

Demeter hockt sich neben mich. »Du wirst sterben.« Sie nickt zu der goldenen Sichel. »Das ist dein letztes Leben.«

Nein … Das kann nicht sein. Ich folge ihm mit den Augen, wie er durch den Stoff verläuft, zwischen Rissen, Löchern und Brandspuren. Bis zu der alten Frau, bis zur Sichel. Ich möchte sie ihr aus den Händen reißen. Die Prophezeiung … »Sollte … Sollte ich nicht unsterblich sein?«, flüstere ich. Wische mir die Tränen weg, bevor sie auf das Schicksalsgewebe fallen.

Es war meine letzte Hoffnung, mein letzter Trost, dass ich wiedergeboren werde und ein Teil von mir zu Erik zurückkehren kann.

Demeter streicht mir die Haare aus dem Gesicht. Ihre Hände kühl und rau, ganz genauso wie in meinen Erinnerungen. »Das solltest du tatsächlich. Das wärst du, wenn du die Granatäpfel gegessen hättest. Das war unser beider Fehler, nicht wahr? Du hast dich widersetzt und ich hatte angenommen, du hättest es nicht getan.«

Aber nur ich werde dafür bezahlen?

Die Art, wie sie mir die Tränen vom Kinn wischt, erinnert mich an die Mutter, die Persephone irgendwann hatte.

»Ich möchte dir noch etwas zeigen«, sagt sie.

»Nein. Ich will zurück.« Ich habe genug gesehen.

Ohne meine Abwehrversuche zu beachten, zieht sie mich auf die Beine hoch und führt mich näher an die Moiren. »Schau hin.« Sie zeigt auf die Frau, die die Stoffbahn zusammensetzt. Die Farben schillern und schimmern, die einzelnen Fasern stark und gleichmäßig. Und ich sehe ihn: meinen grünen Faden. Er ist der breiteste und stärkste von allen. Unzählige andere umgeben ihn – das ganze Gewebe scheint grüner und bunter zu sein. Klarer. Verwirrt schaue ich zu der Frau mit der Sichel. Mehrere Fäden verschwinden gerade zwischen ihren Lippen. Ein riesiges Loch klafft im Stoff auf ihrem Schoß. »Wie ist das möglich?«

»Die Zukunft ist nicht in Stein gemeißelt, wie du siehst.« Demeter lacht. Sie zeigt auf den schönen makellosen Stoff. »So könnte es sein. Das ist das Potenzial dieser Welt – dein Potenzial!« Auch sie richtet den Blick auf die Frau mit der Sichel. »Und das ist die Gegenwart. Das, was tatsächlich passiert. Das Ergebnis aller Entscheidungen, die Menschen und Götter treffen.«

Die Gegenwart bekommt weitere Blutflecken, Risse und Verbrennungen. Ganz selten wird bloß ein einzelner Faden herausgerissen. Sonst sind es immer mehrere. Sie hängen wie bunte gruselige Spaghetti zwischen den Lippen der greisen Schicksalsgöttin.

»Manche Entscheidungen wiegen schwerer als andere. Manche Personen halten das Schicksal der Welt tatsächlich in ihren Händen.« Eine gewisse Feierlichkeit umgibt sie, als sie das Kristallmesser aus meinem Gürtel zieht und es mir reicht. »Manchmal muss man einen Schnitt machen ... Das wegschneiden, was einen krank macht.«

Ich reiße ihr die Klinge aus den Händen.

Wie ein Tier faucht sie einen Fluch, zeigt mir dann vorwurfsvoll ihren Zeigefinger und den winzigen Schnitt darauf.

Dabei habe ich nichts getan. Sie selbst hat das Messer falsch gehalten. »Und wer entscheidet, was weggeschnitten werden muss? Ich?« Ich richte das Messer auf sie.

Demeters Augen weiten sich, bevor sie erneut zu glucksen beginnt. »Dein Urteilsvermögen lässt zu wünschen übrig, findest du nicht? Es ist dir im Grunde gleichgültig, was mit der Welt geschieht. Du denkst nur an dich. An dein eigenes Glück, an ...«

»Das ist nicht wahr!«

»Oh, du glaubst jetzt bestimmt, dass es nicht stimmen kann, weil du meinen Bruder liebst?« Bei dem Wort zucke ich zusammen und sie wirkt zufrieden. Bisher hat sie ihn lediglich ein einziges Mal beim Namen genannt, fällt mir ein. »Aber sag mir doch, Kore, würdest du immer noch um sein Leben fürchten, wenn du nicht glauben würdest, ihn zu lieben? Wenn dein Herz jemand anderem gehören würde, würdest du keinen Gedanken an sein Leben verschwenden.« Mit einem Schritt ist sie bei mir, umfasst meine Hand mit dem Messer und presst die Klinge gegen ihren Bauch. »Du würdest die Welt für diesen anderen Mann opfern. Die Unterwelt und meinen Bruder. Selbst deine menschlichen Eltern, an denen du so furchtbar hängst, würdest du aufgeben, deren Tod in Kauf nehmen, wären sie nicht ausgerechnet die deinen.«

Ihr Kleid ist zu dünn, ihr Bauch zu weich. Ich spüre, wie der Stoff und ihre Haut unter der Klinge nachgeben.

Demeter lächelt breiter. »Die ganze Welt geht zugrunde.« Neben uns lodern erneut Flammen auf. Die Schicksalsgöttin hackt wie wahnsinnig mit der Sichel auf den Stoff ein. Ich schließe die Augen. Es ist nicht meine Schuld, sage ich mir. Ich bin nicht diejenige, die all diese Leben nimmt. In diesem Moment bin nicht ich der Zerstörer. Jeder Gedanke schmeckt wie eine Lüge.

Demeters Hand schlägt klatschend auf meiner Wange auf. »Sieh es dir gefälligst an«, zischt sie. »Wenn du schon nichts tun willst, dann sieh zu und ertrage die Wahrheit. Ertrage die Konsequenzen deiner Ignoranz!«

Wütend reiße ich die Augen auf, blicke durch Tränen hindurch auf die brennende zerstörte Zukunft.

Mit einem Ruck stößt sie meine Hand und das Messer tief in ihren Bauch. Die Klinge sinkt mühelos hinein, ich spüre ihr warmes Blut an meinen Fingern und auf dem Stoff ihres Kleides blüht eine hellrote Blume auf.

»Nein!« Ich verschlucke mich an meinem Schrei. Zerre an meinen Händen, um mich aus ihrer Umklammerung zu befreien. Warum tut sie das? »Hör auf! Bitte, hör auf!« Ich bin keine Mörderin!

»Dachtest du, dass ich nicht bereit bin, selbst den Preis zu zahlen?«

»Hör auf!«, kreische ich abermals.

»Ich bin doch die böse Mutter, die grausame ...«

»Ja!«, brülle ich zurück. »Das bist du! Du bist ein Monster! Zufrieden? Und jetzt lass mich los!«

»Nein. Bring es zu Ende!«

Meine Finger sind glitschig und warm von ihrem Blut, mein Verband damit vollgesaugt. Mit meinem ganzen Gewicht stemme ich mich gegen sie und endlich gleiten meine Finger aus ihren Händen. Ich taumle rückwärts, falle auf ein Stück Stoff.

Demeter ragt über mir auf, zieht sich die Klinge aus dem Bauch. Ein neuer Schwall Blut ergießt sich über ihr Kleid, tropft zu Boden und auf das Schicksalsgewebe. Sie taumelt kurz, bevor sie sich zittrig aufrichtet. »Du hattest deine Chance. Denn das ist dein Plan gewesen, nicht wahr? Mich an seiner Stelle umzubringen. Und dich von dem ›Fluch‹ zu befreien.

So nennst du es doch?« Ihre Schritte sind zögernd, ihre rot verschmierten Füße klatschen feucht auf dem Boden. Sie kniet sich vor mich hin, streichelt mir die Haare aus dem Gesicht. »Und nicht einmal das konntest du. Ich liebe dich. Ich liebe dich so sehr, mein Kind«, flüstert sie, streicht meine Tränen weg. »Aber wenn ich mich zwischen dir und der Erde entscheiden muss, dann werde ich immer die Erde wählen. Verstehst du das?«

Ich klammere mich an ihre Hände, an die Kristallklinge, an den Stoff um uns herum. »Ja«, flüstere ich erstickt, würge einen Schrei hinunter, die Schluchzer. Denn ich verstehe. Das tue ich tatsächlich. Was bin ich im Vergleich zu der ganzen Erde? Zu all den Leben?

Als ich doch aufschluchze, lässt sie mich los, befreit sich von meinen Händen wie eine Mutter von ihrem klammernden Kind. Die Moiren sind verschwunden und ich sitze auf dem bröseligen Boden in Helios' Palast.

»Aber ich werde dir beweisen, wie sehr ich dich liebe. Du wirst nicht sterben. Und ich tue das für dich, wofür du zu schwach bist. Ich gebe dich frei.« Sie streicht mir abermals über den Kopf, wischt das Messer an ihrem Kleid ab und ein weiterer Heulkrampf erschüttert mich. »Fangt schon mal an.«

Die Steinchen auf dem Boden knirschen, Helios' viel zu heiße Finger gleiten in mein Haar. Er küsst meine Wange unter dem Auge, leckt über die Haut.

Mein Körper erstarrt, füllt sich mit Erinnerungen und Ekel. »Womit anfangen?«

Er leckt über meine Lippen, schließt die Augen. »Mit unserer Vermählung.« Dann drückt er mich grinsend nach unten, presst mich auf den Boden.

»Nein!« Ich ziehe die Beine an, schlage seinen Oberkörper mit den Knien von mir weg. »Erik! Ich bin mit Erik verheiratet!«

»Nicht mehr lange. Hast du nicht zugehört? Wir werden dich von ihm befreien, damit du endlich deiner Bestimmung folgen kannst. Hinterher haben wir genug Zeit, um uns kennenzulernen.« Seine Finger schließen sich brennend heiß um meinen Knöchel. »Es sei denn, du magst es, wenn es wehtut.«

Mit schmierigen Händen taste ich den Boden um mich ab, suche nach meinem Messer. Minthes Panik klebt bitter in meinem Rachen, die Resignation. Aber ich bin nicht sie. Nicht nur. Ich bin der Zerstörer!

»Ich weiß leider nicht viel über deine Vorlieben«, redet er weiter. »Du hast die schlechte Angewohnheit, es nur in der Nacht zu tun. Versteh mich nicht falsch. Es ist kein Vorwurf. Wir haben immerhin die Ewigkeit vor uns.«

Mein Kristallmesser ist weg. Demeter hatte es – und sie ist weg. Bei Erik, der schläft, weil ich es Hypnos befohlen habe. Wird Thanatos ihn beschützen können? Ihn zumindest rechtzeitig aufwecken? Und was ist mit meinem Vater?

Helios hinterlässt eine Spur aus Bissen und Küssen entlang meiner Beine. Der Stoff meiner Jeans brennt, gibt nach wie das Schicksalsgewebe unter der Sichel. Mit all meiner Verzweiflung schlage ich gegen sein Gesicht, kratze an seinen Händen. Reiße mit den Fingernägeln quer über seine Wange und Funken regnen auf mich herab. Er lacht bloß.

Ich muss zu Erik! Ich muss ihn irgendwie warnen. Ihm das Sweatshirt bringen. Aber ich kann weder Hypnos noch Thanatos rufen, um Erik nicht schutzlos zurückzulassen. »Ker!«, schreie ich. »Ker, bitte!«

Helios hält augenblicklich inne. Verschließt mit seiner Hand meinen Mund und sieht sich um. Nur Stille und bröckelnde Säulen umgeben uns. Er grinst. »Es hat begonnen.« Mit dem Daumen reibt er über meine Lippen und zwingt ihn dann in meinen Mund. Ich beiße rein. Sein Lächeln wird hungriger. »Du bist nicht mehr die Königin der Unterwelt. Du hast keine Macht mehr. Aber gleich bist du mein. ›Königin der Welt‹ klingt so viel besser, denkst du nicht?«

Minthes Panik reißt mich in die Tiefe. Ihre Erinnerungen und Ängste wickeln mich ein, nur damit ich das alles überlebe. ›Gib auf‹, flüstern sie. ›Du hast keine Wahl.‹ *Hat man nicht immer eine Wahl?*

»Andrea«, flüstere ich und schließe die Augen. »Andrea, bitte …«

Als ich die Augen öffne, ist Helios' Lächeln verschwunden.

Andrea steht hinter ihm, ihr Haar peitscht wild um ihren Oberkörper, während sie mit einer Hand in seinen Kopf hineingreift. »Lass sie los!«, befiehlt sie und reißt an ihm.

Helios' Gesicht und Arme verfärben sich dunkelrot, fast schwarz. Ein Röcheln entweicht seinen Lippen und endlich lockert sich sein Griff.

Andreas Finger gleiten aus seinem Kopf heraus und sie wischt sie an ihrem Kleid ab. Mit einem Tritt zwischen die Schulterblätter schickt sie ihn zu Boden, wo er bewegungslos zu meinen Füßen liegen bleibt.

Sie steigt über seinen Körper und zieht mich auf die Beine. Ich falle ihr um den Hals. »Danke, danke, danke!«

Widerwillig klopft sie mir ein paarmal auf die Schulter, bevor wir im Strudel ihrer Haare verschwinden.

»Komm schon«, sagt sie an meinem Ohr. »Das reicht jetzt. Lass mich los.« Sie löst sich aus meiner Umarmung und streicht sich die Kleidung glatt.

»Wir müssen zu Erik, Demeter ist bei ihm!«

»Und?«

»Er schläft und sie hat mein Messer!«

Andrea stößt mich von sich. Noch bevor ich auf dem Boden aufschlage, ist sie verschwunden. Dabei weiß sie gar nicht, wo Erik ist! Ein eisiger Luftstoß trifft meinen Rücken und ich sehe nach hinten. Rutsche vom leuchtenden Fluss weg. Sie hat mich in die Unterwelt gebracht.

Ich springe auf, laufe in die Richtung der Haupthöhle und bleibe stehen. Sollte ich nicht auf Andrea warten? Ich laufe wieder zurück, versuche die Stelle zu finden, an der wir gestanden haben, aber das erdige Ufer und das Wasser sehen überall gleich aus. Und wenn Erik längst zurück ist? Dass Demeter ihn tatsächlich gefunden und getötet hat, mag ich mir gar nicht vorstellen. Kassandras irres Geflüster geistert durch meine Gedanken, ihre Prophezeiung, dass Erik sterben wird. Es kann nicht sein! Er ist immerhin ein Gott. Und sie ist eine Erdgöttin, sie hat nicht meine Fähigkeiten, lediglich mein Messer. Oder liegt meine Kraft in der Klinge?

Abermals renne ich los, die Angst haftet wie riesige Spinnweben an mir, verklebt mir Nase und Mund.

Als ich endlich in die Höhle mit dem Dschungel hineinlaufe, möchte ich heulen vor Erleichterung. Bitte sei da! Erik. Hades. Ich kann die Namen nicht laut aussprechen. Mein Herz würde zerreißen, wenn er den Ruf nicht erhört.

Die Pflanzen kriechen zur Seite, verbiegen sich raschelnd. Ich hetze durch die Schneise, durch diese lebendige Höhle, die mich zur Flussgabelung mit Eriks Thron und den beiden Rosensträuchern führt.

Es ist niemand da.

Schweratmend drehe ich mich um mich selbst. Seelen ziehen wie Glühwürmchen an mir vorbei, umkreisen mich in einem Strudel. Ich schlucke mehrmals, hole tief Luft. »Erik«, stottere ich. »Erik! Hades!«

Die Namen verklingen zwischen den Pflanzen.

»Erik!«

Stille.

»Hades!«

Stille. Ich wische mir die Tränen und den Schnodder aus dem Gesicht. Laufe und schaue und suche. Keine Ahnung wonach. Ich habe nichts. Kein magisches Sweatshirt, kein Kristallmesser. Andrea ist auch weg. Ich streiche immer wieder über meine Seite, über die Stelle, an der ich das Messer trug. Das Leder des Gürtels bereits ausgebeult. Die Hilflosigkeit überwältigt mich, als wäre ich wieder drei. Die Erklärungen meiner Tanten rauschen in meinem Kopf, das Schluchzen eines Mannes, der wie mein Vater klingt. ›Sie ist für immer eingeschlafen‹, wiederholen sie, bis meine Frage sie zum Schweigen bringt: ›Warum wecken wir sie nicht wieder auf?‹ Ich suche nach Taschentüchern und in meiner Hosentasche finde ich tatsächlich etwas. Ausgerechnet den komischen Kaugummi, den Hermes mir geschenkt hat. Ich starre auf die Packung auf meiner Handfläche. *Und wenn du mal ganz down bist, hilft ein Kaugummi.* Wann habe ich sie eingesteckt? Hatte ich sie überhaupt dabei, als ich bei meinem Dad war? Egal. Wie gesagt: besser als nichts. Mit zitternden Fingern knibbele ich an dem Zipfel, erwarte jeden Augenblick Hermes zu hören. *Glaub mir, alles kann noch viel schlimmer werden.* Ich trenne den oberen Teil der Packung ab. Kein Hermes. Ich schlucke hart. Das ist es also. Das ist der tiefste Punkt, den er meinte. Schlimmer geht es nicht. Oder offenbar doch: In der Packung sind keine Kaugummis. Sie ist leer.

Verwirrt schüttele ich sie über meiner Handfläche aus und etwas Rotes rollt heraus, kullert fast auf den Boden. Ich weiß sofort, was das ist. Ein Kern. Und ich weiß auch, welchen Granatäpfeln er entstammt. Ein Teil von mir will ihn weit von sich werfen, in den Fluss schleudern. Dem Rest von mir ist es egal. Wenn das der Preis für Eriks Leben ist?

Ich lege ihn in den Mund, beiße zu. Sofort sehe ich Erik. Sehe ihn durch fremde Augen.

Er liegt immer noch im Gästebett im Haus meines Vaters. Schläft er? Hypnos hat sich schützend um ihn gewickelt. Seine Schwingen zerfetzt, sein Körper mit blutigen Schlieren überzogen. Sein Bruder liegt auf dem Boden, eine dunkle Lache breitet sich um seinen Körper aus. Das Messer in meiner Hand ist klebrig und warm. Mein Körper erstarrt und mein Herz stottert, versucht ihn anzutreiben, die Schreie und die Tränen herauszubefördern, bevor mein Brustkorb explodiert.

Persephone? Demeters Stimme ist abgehackt, gefroren. Ihre Hände zittern. Genauso wie meine. Dazu waren die Granatäpfel also da? Damit sie in meinen Gedanken lesen konnte?

Wie konntest du so etwas tun?

Ich blicke auf die beiden Zwillingsgötter, erinnere mich an ihr Flüstern, an ihren Schutz, an ihr Lachen, das mich zu Hades führte. Und ich bete, bete, bete, dass das ganze Blut, dass ich auf Erik und Hypnos sehe, nicht Erik gehört und schäme mich augenblicklich für diesen Wunsch. Für mein grausames Herz.

Demeter macht einen Schritt nach vorn. Noch einen. Kämpft gegen mich an. Die Messerspitze zeigt auf Erik, führt sie zu ihm.

»Nein!«, schreien wir gemeinsam.

In diesem Moment öffne ich doch meine Brust und mein Herz – ausgerechnet für sie – und zeige ihr das Universum dahinter, zwinge sie, zu sehen. Zu verstehen. »Das ist doch Liebe!«

Sie zögert und ich drücke meine und ihre Finger auseinander. Das Messer fällt auf den Boden. Ich presse meine blutige Hand gegen meinen Mund und schreie. Schreie meine Trauer und Liebe heraus, meine Schuld für all dieses Blut.

Demeter schreckt zurück. Ein violetter Wirbelwind formt sich mitten im Raum, offenbart Andrea. Für Augenblicke starrt sie Erik und ihre bewegungslosen Brüder an, folgt mit ihrem Blick den blutigen Spuren bis zu Demeter, bis zu mir.

Andreas Augen leuchten blutrot, als sie an uns herantritt. Eine andere Klinge wächst aus ihrer Hand, ein anderes Messer. Sie entblößt ihre Zähne in einem grausamen Lächeln und schneidet damit quer über Demeters Gesicht. Mit einem Schrei lasse ich mich fallen, rolle mich schützend auf dem Boden zusammen. Die Verbindung zu Demeter ist gebrochen. Die Magie des Granatapfelkerns aufgebraucht.

Die Erde unter mir ist kalt, saugt meine Tränen wie Regen auf. Ich warte darauf, dass der Schmerz nachlässt. Die Tränen. Mein Gesicht ist unverletzt und schmerzt dennoch. Mein Körper ist mit tausenden Messerstichen übersät. Mein Herz. Meine nicht vorhandenen Schwingen.

Ein Windstoß fährt durch die Höhle, die Pflanzen rascheln und weiche Schritte nähern sich mir. Ich falte mich unwillig auseinander, blicke zu der blutigen Klinge in Andreas Hand. »Ist sie tot?«

Andrea kniet sich hin, schwenkt die Waffe im Flusswasser und es zischt und blubbert. »Schön wär's. Aber ich bin nicht du. Sie wird sich für ein paar Jahrhunderte verkriechen.«

Sie holt das saubere Messer aus dem Wasser, schüttelt es ab und schiebt es sich in die Handfläche zurück. Die Haut schließt sich um den Griff und sie streckt ihre Finger durch.

»Ist Erik ...?« Mehrmals schlucke ich, dränge die Tränen hinunter. »Ist er in Sicherheit?« Eigentlich meine ich: *Ist er am Leben?* Doch ich kann es nicht aussprechen.

Andrea greift in die Falten ihres Kleides und holt mein Kristallmesser hervor. Das Blut ihrer Brüder klebt daran. Sie wirft es mir hin. »Noch nicht.«

Die Glühwürmchenseelen kreisen um uns wie Ringe um einen Planeten. Ich beobachte ihr Lichtspiel in der Spiegelung auf der Klinge. In dem Blut, das daran klebt. Vielleicht stimmt es doch nicht. Vielleicht kann man eine Weissagung deuten, bevor diese geschehen ist. »Dann bring es zu Ende«, sage ich.

Andrea sieht mich endlich an. »Du erinnerst dich.«

»Ja.« Ich hole tief Luft. Warte. Und warte. Die letzten Sekunden sollten intensiv sein, eine Bedeutung haben. Mein Herz ist leer.

Plötzlich steht Andrea vor mir. Über mir. Ihre kalten Finger schließen sich um meinen Hals. Kassandras Lachen dröhnt in meinem Kopf. *Tot, tot, tot.* Es ist wahrlich ein morbider Grund, um dankbar zu sein, und doch bin ich dankbar, dass es diesmal kein Messer ist. Mein Körper erinnert sich an Kers Klinge. An all den Schmerz. Ich lege meine Hände auf ihre. Nicht um mich zu befreien, sondern um sicherzugehen, dass sie es wirklich tut. Um sie ein letztes Mal zu berühren. Trotzdem spüre ich den reißenden Schmerz, sehe ihr wildes Gesicht – das gleiche wie damals, als sie Nestis die Kehle aufschlitzte.

31

Heiße Tropfen klatschen auf mein Gesicht. Andreas Tränen vermischen sich mit meinen. »Ich liebe ihn«, flüstert sie. Ihr Blick ist flehend.

»Ich weiß.« Ich auch. Aber das weiß sie. Sie musste mich durch die Jahrtausende dieselben Worte sagen hören.

»Ich muss ihn beschützen!«

Meine Lippen zittern, mein Lächeln mag nicht darauf halten. »Ich weiß.« Dasselbe gilt für mich. Deswegen wehre ich mich nicht. Um dafür zu sorgen, dass Erik für den Rest der Ewigkeit sicher ist. Sicher vor meiner Mutter. Sicher vor dem Zerstörer.

Andrea schluchzt auf. »Aber ich liebe dich auch!«

»Ich weiß.« Die letzten Worte muss ich mit Mühe an ihren eisigen Fingern vorbeipressen. »Ich dich auch ...« Denn ihr Herz ist wie meins. Manches nimmt dort mehr Platz ein als anderes. Zu eng gesetzte Pflanzen, die sich gegenseitig mit ihren Wurzeln ersticken und das Licht wegnehmen.

Sie brüllt auf, schlägt meinen Kopf mehrmals gegen den Boden. Der Schmerz ist ein Echo an Messerstichen, wenn meine Kopfhaut an Steinchen aufplatzt. Das Blut rinnt warm über meinen Nacken. Meine Haare landen knisternd im Wasser. Die Kälte kriecht meinen Kopf hoch, betäubt die Schmerzen und gefriert meine Tränen zu Eis. Andreas Augen sind rot vom Weinen. Ihr Körper bebt bei jedem Schluchzer. Die Seelen kreisen nun um ihren Kopf. Ein Lichtkranz. Ein Heiligenschein. Es ist wunderschön. Ich möchte lächeln. Meine Lippen sind bereits Holz, meine Haare Rosen. Meine Seele klebt wie Harz an Andreas Fingern, sie reißt sie jedoch nicht heraus wie sonst.

Irgendwann lässt sie los, ihre Finger zerstochen und blutig. Nach einigen stolpernden Schritten fällt sie auf den Boden. Ich beobachte ihre zusammengekrümmte Gestalt, will nach ihr greifen und ihren Rücken streicheln, bis sie nicht mehr weint. Ihr erklären, dass sie alles richtig gemacht hat. Es war mein letztes Leben. Sie braucht mich nie mehr umzubringen. Muss ihn nie wieder vor mir beschützen.

Ein weißer Schatten entfaltet sich neben ihr, offenbart eine schwarze Gestalt. Mein Lachen verhallt lautlos in meinem hölzernen Grab und mein grünes Herz schlägt schneller. Hypnos und Thanatos leben! Sie setzen sich zu Andrea, jeder auf eine Seite, und halten ihre zerrissenen Schwingen über sie. Sie stößt ihre tröstenden Hände weg, weint heftiger.

Erik erscheint, schiebt sich zittrig die Kapuze vom Kopf. Andrea verstummt sofort und verschwindet im violetten Wirbel ihrer Haare. Die Seelen stieben auseinander, schweben suchend über Erik.

Hypnos und Thanatos reden auf ihn ein, Hypnos versucht, nach ihm zu greifen. Unerträglich sanft schiebt Erik seine Hände weg. Er sieht mich an und mein Herz splittert. Warum sieht er ausgerechnet mich so an?

Ich will ihn trösten. Ihn immer noch beschützen.

Er kniet sich neben mich, streicht über meinen dornigen Körper.

»Nicht!«, keuche ich. Mit letzter Kraft schlage ich seine Hand weg. Meine leuchtenden Finger gleiten durch seine. Er reißt seine Hand trotzdem zurück. Zum Glück ist sie unverletzt.

»Mach das nie wieder!«, zische ich. Ich bin nicht gestorben, damit er …

Blinzelnd setze ich mich auf. Blicke durch meine durchsichtigen Hände auf meine durchsichtigen Knie, auf das weiße Holz darunter.

Vorsichtig erhebe ich mich und trete aus dem Rosenstrauch. Sein Stamm ist verkümmert und knochenweiß. Genauso wie die Handvoll Rosenblüten.

Tot und weiß.

Meine Sicht verschwimmt an den Rändern, wird dunkel. »Ich bin tot.«

Erik lächelt durch Tränen hindurch. »Das bist du.«

»Und ich bin dennoch hier!« Ich springe ihm in die Arme, will ihn umarmen, gleite jedoch durch seinen Körper hindurch.

Er dreht sich zu mir um, hebt zögernd die Hände und zeichnet dann doch meine Arme nach. Ich spüre nichts. Nicht einmal einen Hauch Wärme.

»Es ist das erste Mal, dass deine Seele bei mir bleibt.« Erneut will er mich berühren, lässt seinen Arm jedoch sinken. »Und jetzt musst du gehen.«

»Warum?« Ich sehe mich um, reibe vergeblich über die Augen. Die Dunkelheit verschwindet nicht. »Kann ich nicht hierbleiben?«

Die Glühwürmchen bilden eine Galaxie um Erik und mich, schlüpfen beim Kreisen zwischen unseren Körpern hindurch.

Es ist inzwischen so dunkel geworden, dass ich sein Gesicht kaum erkennen kann.

»Du musst gehen«, wiederholt er. »Du darfst nicht bleiben.«

»Warum?« Ich habe zwar keinen Körper mehr, aber ich bin immer noch da. Ich bin immer noch ich. Ich liebe ihn genauso wie zuvor. Warum will er, dass ich ausgerechnet jetzt gehe?

Ich kneife die Augen zusammen, konzentriere mich auf Eriks Erklärung.

»Du musst gehen«, sagt eine andere Stimme. »Deine Seele verlischt sonst.«

»Thanatos?«

»Verstehst du nicht? Deine Seele ist endlich in der Unterwelt. Und er lässt dich gehen. Hades lässt dich gehen!« Seine Stimme erklingt in voller Lautstärke und ich trete erschrocken zurück. Der Seelenschwarm stößt mich zurück zu ihm. Was soll das? Ich sehe mich um. Der Seelenfluss strahlt mir warm entgegen.

»Wenn du den Weg in die Menschenwelt findest, ohne dich umzudrehen, wirst du wieder leben. Lauf!«, ruft Thanatos. »Lauf und dreh dich nicht um!«

Ich trete zurück zum Wasser. Die Seelen bugsieren mich rückwärts, zerren und ziehen an meinen Haaren, treiben mich weg vom tödlichen Licht. Führen mich durch die Dunkelheit.

Sie schwirren nach vorn, bilden eine Linie, die sich in der Dunkelheit auflöst. Es sieht aus wie … eine Lichterkette? Wie die Münzen, die man bei einem Videospiel sammelt. Ich bin sogar irritiert, als ich das erste Licht anstupse und es nicht fröhlich klingelt.

»Freust du dich schon?«

Ich runzele die Stirn. Wer ist das? Die Stimme ist nicht fremd. »Worauf?«

»Auf deine Haare!« Die Worte erklingen irgendwo vor mir. Ich eile ihnen hinterher.

»Sie sind sehr schön geworden.«

Ich folge dem Mädchenlachen. Meinem Lieblingsgeräusch aus meinem zweiten Leben. »Rhoa?«

Der Boden zittert unter meinen Schritten und Rhoa lacht und lacht und lacht.

32

»Rhoa?«, wiederhole ich.

Doch mit einem Mal schweigt die Dunkelheit. Egal, wie sehr ich mich anstrenge, ich höre weder Rhoas Lachen noch irgendein anderes Geräusch. Es wartet auch kein weiteres Licht auf mich.

Meine Füße führen mich näher an den Fluss; ich wärme meine Hände daran. Schritte erklingen. Das Geräusch löst sich auf, bevor ich daran denken kann, mich umzusehen. Ich kann nicht einmal sagen, aus welcher Richtung es kam. Ob da überhaupt etwas ist oder ich es mir einbilde.

Die Wärme und die gleichmäßige Strömung machen mich schläfrig. Die Oberfläche kräuselt sich, bildet Muster und Gesichter. Ich blinzele.

Das Kind blinzelt auch, klettert aus dem Wasser. »Jetzt hast du dich aber verlaufen.«

Dem kann ich nicht widersprechen. Kein gutes Gefühl, von einem Kind getadelt zu werden.

»Wo ist dein Schutzanzug?«

Mit einem Stirnrunzeln blicke ich an mir hinunter, sehe die leuchtenden Umrisse meines Oberteils, die Löcher in meiner Jeans. »Den musste ich zurückgeben.«

Luka reicht mir ein abgewetztes Plüschschwein. »Willst du Mopsi halten? Aber nur kurz. Danach gibst du sie mir zurück.«

»Nein, danke.« Am liebsten würde ich mich jetzt hinlegen und einschlafen. Ganz nah am Wasser, damit dessen Licht und Wärme mich vor der Dunkelheit beschützt.

»Weißt du nicht, wo du hinmusst? Ich kann Oma fragen, ob du bei uns bleiben darfst. Leonie hatte auch kein Zuhause und Oma hat gesagt, dass sie bleiben darf.«

»Deine Oma ist sehr lieb.« Erneut höre ich Schritte.

»Oh, du hast einen Hund! Wie heißt er denn?«, fragt Luka.

»Ich habe keinen«, antworte ich. Warum hört sich das nach einer Lüge an?

Links von mir steht ein riesiger dreifarbiger Hund. Eines seiner Augen ist blau und das andere ist braun. »Ros«, sage ich. Er wedelt mit dem Schwanz. »Sein Name ist eigentlich Kerberos, aber wir nennen ihn Ros.« Wer sind eigentlich ›wir‹? Dad und ich?

Luka ist bereits verschwunden, das leuchtende Wasser fließt unbeirrt weiter. Ich zucke mit den Schultern und folge Ros, sein wedelnder Schwanz ein Banner, das mir den Weg weist.

Auch diesmal wartet kein Licht auf mich. Eine alte, mollige Frau schiebt auf vertraute Weise eine lose Haarsträhne unter ihr Tuch und lächelt. »Rivkah!«, ruft sie. Tränen leuchten in ihren Augen.

Danach beginnt ein Lied aus beinahe hundert Namen, eine Kette aus Müttern und Vätern, Freundinnen, Tanten und Großmüttern … Bei jedem Schritt fühlt sich mein Kopf leerer an, mein Herz dagegen krampft schmerzhaft zusammen, als würde es nach etwas suchen. Aber wonach? Da ist nichts, sage ich mir. Warum tut es dann so weh? Was treibt mir die Tränen in die Augen?

Der Duft altmodischen Parfüms umgibt mich, Spuren von Cognac und Johannisbeeren.

Anastasia rollt mit den Augen. »Hör auf!«, zischt sie und wischt mit ihren leuchtenden Fingern meine Tränen weg. »Hör auf, du Dummkopf!«

Sie zieht an meiner Hand und seufzt. »Was ist denn jetzt schon wieder?«

»Was passiert, wenn ich weitergehe? Wenn ich nicht bleibe?«

Sie schneidet eine Grimasse, als ich die Nase hochziehe. »Was wohl, du Genie? Du wirst leben.«

»Aber was ist mit dir?«

»Was soll mit mir sein? Ich bleibe hier. Ich habe Kinder, weißt du? Bald kommen meine Urenkel hierher.« Sie bekreuzigt sich. »Die armen sind genauso hilflos wie du. Wenn ich sie nicht begleite, irren sie ewig hier herum.«

Als würde sie tanzen, gleitet sie elegant und selbstsicher durch die Dunkelheit, hält meine Hand fest in ihrer.

»Steck deine Nase nicht nur in Bücher – lebe ein bisschen«, sagt sie streng und umarmt mich. »Ich liebe dich, Brüderchen! Und jetzt lauf so schnell, wie du kannst!«

Viel zu schnell lässt sie mich los und ich beginne tatsächlich zu laufen, ohne genau zu wissen wohin. Kurz halte ich inne, bleibe noch einmal stehen. »Ich dich auch«, flüstere ich in die Dunkelheit. Mit wem spreche ich? Ich will mich umdrehen, doch dann sehe ich jemanden vor mir.

»Erika?«

»Tante Elisa!«

Meine Tante streckt mir die Hände entgegen und ich laufe in ihre Arme. Sie drückt mich an ihre Brust, an das Medaillon, das mein Foto trägt. »Mit wem hast du gesprochen, mein Schatz?«

»Ich weiß es nicht …«

Die Erde riecht nicht mehr so feucht. Mir ist nicht mehr so kalt. Ich bleibe stehen. Ist nicht gerade jemand bei mir gewesen? Ich drehe mich langsam um. Warme Hände legen sich auf meine Schultern. »Immer schön nach vorne schauen, Distel.«

33

»Mama?«

Meine Mutter lacht hinter mir. »Du erinnerst dich?«

»Natürlich.« Nicht an viel. Aber an ihre Stimme. Ihre Hände. Meinen Spitznamen. Ihren Tod.

»Wie geht es deinem Vater?«

»Gut«, antworte ich. Ist das eine Lüge? »Du weißt schon … Trägt immer noch die Pullover, terrorisiert seine Studenten. Lebt von Dokus und Tabasco.«

Schnell erzähle ich mehr. Nur um sie lachen zu hören.

Meine Geschichten enden mit meinem Besuch im Winter und wie Dad Hausverbot im Kino bekam, weil er eine Flasche Tabasco reinschmuggelte. »… weil die Nachos nicht scharf genug waren! Kannst du dir das vorstellen?«

Das Gelächter meiner Mutter hört sich nach Bauchschmerzen und Tränen in den Augen, nach purem Glück an. Wie gerne würde ich sie anschauen, sie berühren. Sie drückt mein Gesicht nach vorn, sobald ich mich umdrehen will.

»Geh weiter, mein Engel.«

»Wozu? Bitte, lass mich hierbleiben. Ich will bei dir sein. Bitte!«

»Du weißt, dass das nicht geht.«

Nein, weiß ich nicht.

Sie schiebt mich ein weiteres Stück nach vorn. Mein Fuß bleibt an etwas hängen. Papier raschelt und ich stemme mich gegen ihre Arme.

»Ich könnte dich ganz einfach dazu bringen, weißt du?«, sagt sie. »Emotionale Erpressung nennt man das. Ich bräuchte bloß so etwas wie ›Denk an deinen Vater!‹ zu sagen. ›Du kannst ihn nicht ganz allein lassen.‹ ›Pass für ihn auf mich auf‹.«

Mein leuchtender Körper zieht sich bei den Worten zusammen. Sie hat recht, ich kann ihm das nicht antun.

»Aber ich möchte, dass du es für dich tust«, spricht sie weiter. »Tu es für dich, mein Schatz.« Als sie mir einen leichten Stoß gibt, wandelt sich die Dunkelheit zu Formen und Schemen. »Pass für uns alle auf dich auf …«

Endlich drehe ich mich um. Blicke auf ein Regal. Bis auf ein paar leere Aktenordner ist es leer. Ich wische mit dem Finger eine Spur in die Staubschicht. Es riecht nach altem Papier und Erde.

Wo bin ich?

Es ist Nacht. Durch das winzig kleine Fenster fällt kaum Licht herein. Ich taste mich an der Wand entlang bis zur halboffenen Tür. Im Raum dahinter ist es heller, aber genauso verlassen und leer. In einer Ecke stapeln sich Eimer und leere Plastikblumentöpfe. Ich rüttele an den Glastüren. Es ist abgeschlossen. Der Parkplatz draußen wirkt verlassen. Im Schaufenster kleben Schilder, die Aufschrift ist nur von außen zu lesen. Bestimmt so etwas wie ›Wegen Ladenaufgabe geschlossen‹. Aber warum stehe ich mitten in der Nacht in einem verlassenen Blumenladen? Mein Hirn schleudert mir augenblicklich ein Szenario nach dem anderen entgegen. In den Top drei: Eine Naturkatastrophe hat die Menschheit ausgelöscht und ich bin die letzte Überlebende.

Platz zwei: eine Alienentführung.

Und auf dem ersten Platz, meine Damen und Herren: Ein Serienmörder hat mich betäubt und zu diesem verlassenen Gebäude geschleift, um mich auf grausame Weise umzubringen.

Sofort taste ich meinen Kopf nach einer Beule ab. Alles in Ordnung. Die Spuren um meine Handgelenke erzählen eine andere Geschichte, die Narben scheinen jedoch alt zu sein. Außerdem höre ich Autos in der Nähe. Also gibt es noch Menschen und das Gebäude ist nicht so abgelegen.

Im hinteren Teil des Ladens finde ich weitere Türen und probiere jede einzelne aus. Im Notfall kann ich mit dem Wischmopp, den ich in einer Kammer finde, die Fenster einschlagen.

Ich drücke den Griff der letzten Tür nach unten. Sie schwingt auf und ich falle fast hinaus. Es riecht nach Laub, denke ich sofort. Nach Herbst, Erde und … Rosen?

Hier draußen ist es wesentlich heller. Ich erinnere mich gar nicht, jemals so viele Sterne in der Stadt gesehen zu haben. Sie zwinkern mir ununterbrochen zu. Ihr Licht mildert den Schrecken ab, plötzlich auf einem Friedhof zu stehen. Und das Wort sagt es zum Glück selbst – es ist friedlich. Angenehm still. Kein Grund, Angst zu haben. Abermals schaue ich hoch zu den Sternen und der Anblick treibt mir Tränen in die Augen. Ich grinse. Bilde mir ein, dass sie glitzernd zurückgrinsen.

Auf der Suche nach dem Friedhofstor, das ja irgendwo sein muss, gehe ich um das Gebäude herum, springe von einem Moosfleck zum nächsten. Als ich um eine Ecke biege, finde ich das Tor, es steht sogar offen. Ein Fahrrad liegt davor. Es kommt mir auf jeden Fall bekannt vor. Hatte nicht eine andere Studentin auch so eins? Ich zucke mit den Schultern und springe weiter. Es ist eine schöne Nacht, finde ich. Etwas Magisches liegt in der Luft, kribbelt auf meiner Haut. Ich bin ein Teil dieser Magie, gehöre zwischen die Gräber, Bäume und Sterne wie der Duft nach gefallenen Blättern und Rosen. Obwohl ich nicht weiß, wie ich hier gelandet bin, fühle ich mich wohl und sicher. Seltsam. Ich gehe meine Erinnerungen durch, finde alles dort, wo es hingehört: meinen Namen, meine Familie, meine Kindheit, mein Studium. Nur ein Rätsel bleibt: wie ich hierhergekommen bin. Bestimmt wollte ich einen Spaziergang machen. Wenn es mein Fahrrad ist, bin ich wahrscheinlich bloß hingefallen. Ein Blackout wie bei meiner letzten Klausur. Erstaunlich ruhig laufe ich weiter. Jetzt suche ich mir ein nettes Plätzchen – auf einem Friedhof gibt es doch Bänke? – und schaue mir etwas länger den Nachthimmel an. Vielleicht erinnere ich mich sogar an das eine oder andere Sternbild.

Verwundert bleibe ich stehen. Ein Stück vor mir wächst der größte Rosenstrauch, den ich je gesehen habe. Der Stamm ist bestimmt so dick wie mein Arm. An sich ist es nicht ungewöhnlich, dass er noch blüht, der Erderwärmung sei Dank, aber ich habe nie zuvor solch schöne, perfekte Rosen gesehen. Höchstens in einer Zeitschrift. Ich klopfe meine Taschen ab und schnaube. Natürlich habe ich mein Handy nicht dabei.

Ich trete näher. Sehe mich kurz um. Ist es schlimm, Rosen von einem Friedhof zu klauen? Makaber? Hastig reiße ich einen Zweig ab und gratuliere mir, dass ich mit meinen diebischen Pfoten keine Dornen erwischt habe.

Die Blüten schmiegen sich seidenweich an mein Gesicht und meine Lippen. Ihr Duft so stark, dass ich ihn auf meiner Zunge schmecken kann. Fast automatisch schließe ich die Augen. Da ist etwas ... eine Erinnerung. Etwas, woran ich immer beim Duft von Rosen denken muss. Wie lange ich auch suche, ich finde nur ein viel zu kurzes Wort.

»Erik?«

Jemand seufzt hinter mir. Ein Mann. Er atmet warm gegen meinen Hinterkopf und presst einen langen Kuss auf mein Haar. »Florine.«

Mein Name klingt so anders aus seinem Mund. Lächelnd öffne ich die Augen. Überall schießen Pflanzen aus dem Boden, Tausende perfekter Rosen erblühen im Zeitraffer. Sie überziehen den ganzen Friedhof. Ein beinahe weißes Meer rauscht um uns. Die Sterne lachen über mir. Die Bäume. Selbst die Götter. Ich lache mit und drehe mich um.

Erik

»Vermisst du es nicht?«, frage ich sie und flechte einen kleinen Zopf in den großen hinein.

Sie blickt über die Schulter zu mir. »Machst du Witze? Endlich kann ich jede Haarfarbe haben, die ich will!«

Ihre ersten Farbversuche gleiten durch meine Finger. Ausgewaschenes Rosa und Lila auf Weiß. Aber ihre Haarfarbe ist nur eines der Dinge, die der Seelenfluss ihr genommen hat.

Ros bremst vor ihr ab, lässt die Frisbeescheibe in ihren Schoß fallen und schüttelt sich aus. Verteilt überall nassen Sand und Salzwasser.

Sie springt mit dem Frisbee in der Hand auf.

»Florine, warte!«

Aber sie rennt bereits lachend los und ihr Haar löst sich aus dem unfertigen Knoten, die Zöpfe öffnen sich. Ros springt mit heraushängender Zunge um sie herum – der glücklichste Seelenwächter der Welt. Geschickt wirft sie das Frisbee und rennt Ros hinterher. Schreit auf, als die kalten Ozeanwellen sie treffen und mitreißen. Und ich bin der glücklichste Gott der Welt.

Der Mann auf den Felsen beobachtet sie ebenfalls. Sein braungebranntes Gesicht ist angespannt, die ausgeblichenen Augen nachdenklich. Ich hebe die Hand zum Gruß und Poseidon nickt zurück. Er richtet sich schwerfällig auf. Der Ozean rauscht, trägt Treibholz, Plastik und Worte zu meinen Füßen.

Besuch mich jetzt häufiger, Bruder.

Ich nicke. Die Schuld ist ein weiteres Gewicht auf meinen Schultern. Aber auch dieses werde ich tragen. Im Augenblick könnte ich die Welt aus den Angeln heben.

Viel Glück, rauscht der Ozean. Poseidon hinkt tiefer ins Wasser, seufzt erleichtert, als die Wellen über ihm brechen.

»Danke, Bruder«, flüstere ich zurück. Dabei ist er derjenige, der Glück braucht. Vielleicht sogar mehr als das. Jemanden, der ihn erlöst und seine Töchter vor dem Tod bewahrt.

Die Sonne brennt auf mich nieder. Sandkörner knistern wie Maiskörner im heißen Öl. Ich schenke Helios ein müdes Lächeln und strecke ihm meinen Mittelfinger entgegen.

»Sonnenmilch würde mehr bringen.« Florine drückt das Wasser aus ihren Haaren, schüttelt sie aus und grinst, als ein paar Tropfen mich treffen. »Warum haben wir eigentlich keine mit? Ein Wunder, dass du noch keinen Sonnenbrand hast. Du bist so weiß wie ...« Stirnrunzelnd sucht sie nach Vergleichen.

»Wie was?«, frage ich nach, während ihr Blick über mich kriecht. Ich bin sonst nicht stolz darauf, Zeus' Bruder zu sein, aber manche seiner Fähigkeiten teilen wir alle. Meine Haut wird Schicht um Schicht dunkler, bis wir den gleichen Hautton haben. Danach hole ich die Farbpartikel aus dem Sand und den zerbrochenen Muscheln unter mir und schicke sie zu meinen Augen und Haaren.

Ihre Augen weiten sich und beginnen gefährlich zu glitzern. Sie zieht kurz an meinen Haaren, die eine blassere Version ihrer eigenen sind. »Bedeutet das, dass, wenn wir in ein paar hundert Jahren die Nase voll voneinander haben, wir diese Rollenspiele machen und so tun, als kennen wir uns nicht? Nur dass wir uns wirklich nicht erkennen?«

Es fällt mir schwer, nicht zu lachen – im Augenblick eines der schwersten Unterfangen meines Lebens. »Ich werde *dich* aber erkennen. Denn du siehst dann noch genau so aus.«

»Aha!« Sie setzt sich auf meinen Schoß und stößt einen Finger gegen meine Brust. »Du gibst also zu, dass du irgendwann die Nase voll von mir hast!«

Ich fange ihre Hand ab und küsse ihren Finger. »Wer denkt denn bereits über irgendwelche Rollenspiele nach? Ich wusste nicht einmal, dass es so etwas gibt.«

Ihr Grinsen wird raubtierhaft. Hastig greife ich nach ihren Handgelenken, bin jedoch nicht schnell genug. Sie kitzelt mich entlang meiner Rippen und das Lachen, das ich so lange versteckt habe, entschlüpft mir. Wir ringen im Sand. Ros rennt im Kreis um uns herum und bellt seine Begeisterung in den Wind.

Ruckartig wache ich auf und atme die salzige Luft ein.

Sie hebt ihren Kopf, ihr Haar bildet einen Vorhang um unsere Gesichter, ein weißes Zelt. »Dein Herz …« Sie kaut an ihrer Unterlippe. »Alles in Ordnung?«

Nickend schließe ich die Augen, presse meine Finger gegen ihre Haut, merke mir deren Beschaffenheit und Wärme – als würde ich sie nicht seit Jahrtausenden auswendig kennen. Sie ist da. Sie bleibt. Sie kann nicht sterben. Aber meine innere Uhr tickt in ihrem alten Rhythmus, folgt einem grauenhaften Kreislauf. Eigentlich müsste ich jetzt in Trauer sein. In dem traumlosen Schlaf gefangen, in den Hypnos mich heimlich gezwungen hat. Dieser Schmerz kehrt regelmäßig zurück. Ohne Vorwarnung. Ohne Muster. Der Phantomschmerz ihrer Leben und meiner Verluste. Wie lange wird es dauern, bis er nachlässt? Bis er ganz aufhört? Ich will eines Tages keine Panik mehr empfinden müssen, sie könnte mir jederzeit entrissen werden, während sie in meinen Armen liegt.

»Wollen wir zurückgehen? Dein Vater wartet bestimmt.«

»Er ist noch gar nicht zu Hause.«

Sie küsst mich und streckt sich neben mir aus, legt ihren Kopf auf meinen Bauch. »Du denkst wieder daran«, flüstert sie.

»Ja«, gebe ich zu. Hole tief Luft und warte auf ihre Fragen. Darauf, dass sie mich damit in den Wahnsinn treibt und ich meine Angst für einen weiteren Tag vergesse.

Aber sie stellt keine Fragen. Hat sie bisher nie getan. Verdächtig schnell fand sie sich damit ab, wer wir sind. Es war einfach, die Menschen von dem Unfall zu überzeugen. Andrea mit einem Vorschlaghammer auszustatten, damit sie das Auto ruiniert. Im Krankenhaus unsere Verletzungen zu erklären.

»Eine Sternschnuppe«, ruft sie. »Schau!«

Eine Sternschnuppe nach der anderen zieht an uns vorbei. Vielleicht Andreas Werk. Vielleicht Asterias. Seit Wochen versuchen wir alle, das Unmögliche zu vollbringen.

»Garten!«, ruft sie laut. »Haus! Die größte Tabasco-Flasche der Welt!«

Sekundenlang höre ich zu, bevor ich begreife, dass es ihre Wünsche an die fallenden Sterne sind.

»Dass Erik den Laden wieder öffnet«, schreit sie in einem Atemzug heraus. Ich lache. Beleidigt stößt sie einen Finger gegen meine Rippen.

»Weißt du noch, was passiert ist, nachdem die Rosen verwelkt waren?«, frage ich nach.

Ihre Antwort ist bloß ein Grummeln.

»Genau, du hast geweint. Was willst du dann mit einem Laden voll toter Blumen?«

Schweigend zeichnet sie Muster in den warmen Sand und ich wiederhole sie auf ihrer Haut.

»Und wenn es lebende Pflanzen wären?« Sie rollt sich herum und sieht mich an. »Topfpflanzen? Sukkulenten und Kakteen? Kräuter?« Ihr Grinsen ist ansteckend. »Seed-Bombs! Moosspray? Es gibt so viele coole Sachen! Wir machen einen Pflanzenwaffenladen auf!«

»Gehört es zu deinem Plan, die ganze Welt zu deinem Garten zu machen?«

Ihr Lächeln verlischt.

Verdammt.

»Ist es das, was ich wollte? Vor dem Unfall?«

Keine Lügen mehr. »Ja. Das ist das, was du wolltest.«

Fast schon schmerzhaft drückt sie ihre Stirn gegen meinen Bauch. »Guter Plan, findest du nicht?«

»Okay«, sage ich.

»Okay?«

»Ich mache den Laden auf.«

»Yes!« Sie strampelt mit den Beinen im Sand und übersät mein Gesicht mit Küssen. Ros ist sofort zur Stelle und leckt meine andere Gesichtshälfte ab.

Die Verbindung wird hergestellt und das ernste Gesicht ihres Vaters erscheint auf dem Bildschirm. »Hallo, Florine. Ich bin dein Vater.«

Sie rollt mit den Augen. »Man nennt es partielle Amnesie, Dad. Ich habe nur einen Teil meiner Erinnerungen verloren. Inzwischen bete ich jeden Abend darum, dein mieser Darth-Vader-Witz würde dazugehören.«

Sie zeigt ihm ihr neustes Fundstück: Eine Chili-Paste, die sie auf dem Markt gefunden hat. Begeistert diskutieren sie über mögliche Rezepte. Mein Magen verdreht sich schmerzhaft. Eine der Reisetaschen ist bereits halbvoll mit Fläschchen und Dosen mit Chili in jeder Form und Ausführung. Man könnte damit mehrere Vulkane einheizen.

»Und wo ist Erik?« Er droht mir mit dem Finger, sobald ich ins Bild trete. »Las Vegas liegt hoffentlich nicht auf eurer Strecke! Verhütet ihr?«

»O mein Gott, Dad! Das Gespräch mit den Tanten hat mir bereits gereicht!«

»Ich bin nicht von gestern, okay? Ich weiß ganz genau, was ihr da alles treibt. Bei eurem ›Urlaub‹.« Er macht Anführungszeichen mit den Fingern. »Aber du bist zu jung, um Mutter zu sein! Und …«

Florine hält sich die Hände an die Ohren. »Ich hör dich nicht, ich hör dich nicht, lalalalala!«, schreit sie und rennt aus dem Raum.

Seufzend sinke ich auf ihren Platz und wir sehen uns an.

»Wie geht es ihr?«, fragt er mich. »Irgendwelche Fortschritte?«

»Nein. Tut mir leid.«

»Warum entschuldigst du dich? Sie hat ja nicht mich vergessen.«

»Es war mein Auto und …«

»Ach, hör auf!«, unterbricht er mich. »Ich bin froh, dass es dein Auto war. In meinem hättet ihr so einen Unfall bestimmt nicht überlebt.«

Nicht die letzte Lüge, die wir ihm erzählen werden, fürchte ich. Spätestens, wenn er bemerkt, dass Florine nicht altert, werden wir uns weitere überlegen müssen. Vielleicht sage ich ihm dann sogar die Wahrheit. Der Zorn der Götter wäre mir gewiss. Aber was wollen sie schon tun? Sie mir wegnehmen?

Florine bringt Ros herein und die schlechte Stimmung verpufft augenblicklich.

»Ros, mein Junge! Schau, was Opa dir gekauft hat!«

Es ist schwer, etwas gleichermaßen mit deiner ganzen Seele zu wünschen und zu fürchten. Ich will, dass sie sich erinnert, aber ich will ihr die Schmerzen ersparen, die diese Erinnerungen unweigerlich mit sich brächten.

»Hier war ich schon einmal?« Skeptisch zeigt sie auf den Teich und den verlassenen Garten oben auf dem Hügel. »Wirklich?«

Keine Lügen mehr. Ich nehme ihre Hand und führe sie hoch zum Garten. Um den Teich, in den sie mich vor sechshundert Jahren hineingeschubst hat, bevor sie lachend weggerannt ist, mache ich einen Bogen. Allen Versuchen zum Trotz stank meine Kleidung noch Wochen später nach Sumpf.

Die Bilder überlagern sich, während sie durch den Garten wandert. Gegenwart und Vergangenheit. Florine und Kaltha und Persephone. Drei Aufnahmen, die man übereinanderlegt. Die Gegenwart bunter und schärfer. Sie berührt Kalthas Rosenstrauch und die Zeit bleibt stehen. Die Ränder liegen perfekt aufeinander. Inzwischen erwarte ich nichts. Meine Hoffnung genieße ich in genauso winzigen Bissen wie die Kochkünste ihres Vaters. Zuviel davon tötet dich. Es ist der zweiundfünfzigste Ort. Einundfünfzig Rosengräber haben wir bereits besucht. Sie findet sie alle schön, wird nie müde, die immer gleich aussehenden Blüten zu fotografieren und ihrem Vater zu schicken. Alles vergeblich. Sie weiß nicht, was sie sind. Was sie bedeuten. Die Erinnerungen scheinen unwiederbringlich verloren zu sein.

Bestimmte Orte haben wir bisher nicht besucht. Ich spare sie bis zum Schluss auf. Die Geschichte meiner Narbe, die sie dauernd nachzeichnet, ohne wirklich zu merken, wie oft sie es tut. Ein altes Märchenbuch, das sie nicht lesen kann. Manche ihrer Erinnerungen fürchte ich mehr als andere.

Vor dem Teich bleibt sie stehen und zeigt aufgeregt auf die Schildkröten, die auf einem Stein dösen. Wieder einmal holt sie ihre Kamera heraus.

Sekunden, Minuten und Stunden ziehen an uns vorbei. Ich halte sie fest, ertrage die Panik.

Wir haben Zeit. Wir haben die Ewigkeit.

Regentropfen prasseln auf die Blätter, malen Kreise auf die Oberfläche. Ros verschwindet auf dem Pfad, der zurück zum Strand führt. Es ist Abend.

Die Schildkröten haben sich nur Millimeter bewegt und blinzeln uns träge durch den Regen an. »Florine?« Ich berühre ihren Arm. »Wollen wir zurück? Es regnet …«

Ihre Augen sind rot, der Regen wäscht jede neue Träne weg. Sie wirbelt herum und auch diesmal bin ich nicht schnell genug. Sie stößt mich in den Teich.

Mit einem Klatschen lande ich in dem warmen Wasser. Der Geruch von Schilf und modrigen Pflanzen durchtränkt augenblicklich meine Kleidung. Eine aufgescheuchte Ente schnattert entrüstet. Die Zeit dreht sich weiter, zieht Spiralen um mich. Ihr Gelächter verschwindet hinter den Bäumen, hallt als Echo durch sie hindurch.

Wie vor sechshundert Jahren stehe ich auf, wate aus dem stinkenden Teich. Vielleicht ist es mein Herz, das so laut schlägt. Vielleicht höre ich bloß ihres. Die Erde vibriert unter ihren Füßen, als sie dem Efeu zu entkommen versucht. Kichernd fällt sie hin und strampelt halbherzig gegen die Ranken. Ich lasse mir Zeit. Wringe mein T-Shirt aus. Warte, bis der Regen den Teichgestank von mir spült. Wir haben die Ewigkeit.

Ich folge ihren Spuren in der aufgeweichten Erde, durchschreite diesmal keine Jahrzehnte, lediglich Sekunden, aber wie immer finde ich sie.

Danksagung

Mit besonderem Dank an alle Göttinnen und Götter,
die geholfen haben, aus dieser Geschichte
ein Buch zu machen.

Rebecca Andel
*bester Bro, Testlesegöttin und
Heilerin blutender Autorenherzen*

Nora Bendzko
Segensgöttin erster Ideen

Lillith Korn
Wächterin der Worte, Zerstörerin der Ausrufezeichen

Daniel D. Wallace
patron god of anxious writers and better stories

Avellana Ord
word mage, giver of names

Du brauchst Lesenachschub und hast Entscheidungsschwierigkeiten, möchtest dich überraschen lassen oder wünschst Empfehlungen? Da können wir helfen!
Wir stellen für dich ganz individuell gepackte Buchpakete zusammen – unsere

Drachenpost

Du wählst, wie groß dein Paket sein soll, wir sorgen für den Rest.

Du sagst uns, welche Bücher du schon hast oder kennst und zu welchem Anlass es sein soll.
Bekommst du es zum Geburtstag #birthday
oder schenkst du es jemandem? #withlove
Belohnst du dich selber damit #mytime
oder hast du dir eine Aufmunterung verdient? #savemyday
Je mehr wir wissen, umso passender können wir dein Drachenmond-Care-Paket schnüren.
Du wirst nicht nur Bücher und Drachenmondstaubglitzer vorfinden, sondern auch Beigaben, die deine Seele streicheln. Was genau das sein wird, bleibt unser Geheimnis …

Die Wahrscheinlichkeit ist groß,
dass sich das ein oder andere signierte Exemplar in deiner Box befinden wird. :)

Wir liefern die Box in einer Umverpackung, damit der schöne Karton heil bei dir ankommt und als Geschenk nicht schon verrät, worum es sich handelt.

Lisan bringt das kleinste Drachenpaket zu dir, wobei *klein* bei Drachen ja relativ ist. € 49,90
Djiwar schleppt dir in ihren Klauen einen seitenstarken Gruß aus der Drachenhöhle bis vor die Tür. € 74,90
Xorjum hütet dein Paket wie seinen persönlichen Schatz und sorgt dafür, dass es heil bei dir ankommt – und wenn er sich den Weg freibrennt! € 99,90

Zu bestellen unter www.drachenmond.de